MAIS UMA VEZ, OLIVE

ELIZABETH STROUT

Mais uma vez, Olive

Tradução
Sara Grünhagen

Companhia Das Letras

Grafia atualizada segundo o Acordo Ortográfico da Língua Portuguesa de 1990, que entrou em vigor no Brasil em 2009.

Título original
Olive, Again

Capa
Flávia Castanheira

Imagem de capa
Jardim II, Ana Calzavara, 2017, óleo sobre tela, 120 × 160 cm. Coleção particular

Preparação
Ciça Caropreso

Revisão
Valquíria Della Pozza
Thiago Passos

Dados Internacionais de Catalogação na Publicação (CIP)
(Câmara Brasileira do Livro, SP, Brasil)

Strout, Elizabeth
Mais uma vez, Olive / Elizabeth Strout ; tradução Sara Grünhagen. — 1ª ed. — São Paulo : Companhia das Letras, 2023.

Título original: Olive, Again
ISBN 978-65-5921-378-8

1. Ficção norte-americana I. Título.

22-129533 CDD-813

Índice para catálogo sistemático:
1. Ficção : Literatura norte-americana 813

Cibele Maria Dias – Bibliotecária – CRB-8/9427

EDITORA SCHWARCZ S.A.
Rua Bandeira Paulista, 702, cj. 32
04532-002 — São Paulo — SP
Telefone: (11) 3707-3500
www.companhiadasletras.com.br
www.blogdacompanhia.com.br
facebook.com/companhiadasletras
instagram.com/companhiadasletras
twitter.com/cialetras

Para Zarina, mais uma vez

Sumário

Detido

No início da tarde de um sábado de junho, Jack Kennison pôs seus óculos escuros, entrou em seu conversível com a capota rebaixada, passou o cinto de segurança por cima do ombro e sobre sua grande barriga e dirigiu até Portland — a quase uma hora de distância — para comprar uma garrafa de uísque sem correr o risco de esbarrar em Olive Kitteridge no mercadinho dali de Crosby, no Maine. Ou então naquela outra mulher que ele tinha visto duas vezes no mercado, ele segurando seu uísque enquanto ela falava do tempo. Do *tempo*. Aquela mulher — ele não conseguia lembrar o nome dela — também era viúva.

Enquanto dirigia, um sentimento de quase calma tomou conta dele, e entrando em Portland ele estacionou e foi caminhar à beira-mar. O verão dava sinais de chegada e, embora ainda fizesse um pouco de frio em meados de junho, o céu estava azul e as gaivotas voavam sobre as docas. Havia gente na rua, muitos eram jovens com crianças ou carrinhos, e todos pareciam estar conversando uns com os outros. Esse fato o impressionou. Como as pessoas consideravam aquilo natural, estar juntas, conversando! Ninguém parecia lhe lançar sequer um olhar, e ele entendeu uma coisa que já sabia, mas que agora lhe vinha de outra forma: ele era apenas um velho barrigudo, ninguém digno de nota. Isso era libertador — quase. Por muitos anos de sua vida ele foi um homem alto, bonito, sem barriga, caminhando pelo campus de Harvard, e as pessoas então olhavam para ele, em todos aqueles anos ele via alunos olharem para ele com deferência, e também as mulheres, elas olhavam para ele. Nas reuniões de departamento ele era intimidador; seus colegas lhe diziam isso, e ele acreditava, pois era a imagem que queria passar. Agora ele caminhava por um dos cais onde os condomínios tinham sido construídos, pensando que talvez devesse se mudar para ali, com água por todos os lados, e pessoas também. Tirou o celular do bolso, deu uma olhada, guardou-o de volta. Era com sua filha que ele queria falar.

Um casal saiu de um dos apartamentos; eles eram da sua idade, o homem também tinha barriga, embora não tão grande quanto a de Jack, e a mulher parecia preocupada, mas o modo como eles se comportavam o levou a pensar que já estavam casados fazia anos. "Acabou agora", ele ouviu a mulher dizer, o homem respondeu alguma coisa e a mulher falou "Não, acabou". Os dois passaram por Jack (sem reparar nele), e, quando ele se virou para olhar um momento depois, ficou — vagamente — surpreso ao ver que a mulher tinha se enlaçado ao braço do homem enquanto caminhavam pelo cais na direção da pequena cidade.

Jack ficou parado na ponta do cais observando o mar; olhou para um lado, depois para o outro. Pequenas ondas se encrespavam com uma brisa que só agora ele sentiu. Era aqui que a balsa da Nova Escócia atracava, ele e Betsy a tinham pegado uma vez. Haviam passado três noites na Nova Escócia. Tentou lembrar se Betsy tinha se enlaçado ao braço dele; é possível. Em sua mente se formou uma imagem dos dois saindo da balsa, o braço da esposa no dele...

Ele se virou para ir embora.

"Idiota." Disse a palavra em voz alta e viu que um garoto no cais ali perto se virou e olhou espantado para ele. Isso significava que ele era um velho falando sozinho num cais em Portland, no Maine, e ele não entendia — Jack Kennison, com seus dois doutorados —, ele não entendia como isso tinha acontecido. "Uau." Ele também disse isso em voz alta ao passar pelo garoto. Havia bancos, e ele se sentou em um vazio. Pegou o celular e ligou para a filha; ainda não era nem meio-dia em San Francisco, onde ela morava. Ficou surpreso quando ela atendeu.

"Pai?", disse ela. "Está tudo bem?"

Ele olhou para o céu. "Ah, Cassie, eu só queria saber como você está."

"Estou bem, pai."

"Ah, certo. Que bom. Bom ouvir isso."

Houve um momento de silêncio, depois ela disse: "Onde você está?".

"Ah. Estou nas docas em Portland."

"Por quê?", perguntou ela.

"Eu só pensei em vir dar uma volta em Portland. Sabe, sair de casa." Jack fixou os olhos na água.

Outro silêncio. Depois ela disse: "Certo".

"Escuta, Cassie", disse Jack, "eu só queria dizer que sei que não presto. Eu sei disso. Só pra você saber. Eu *sei* que eu sou um merda."

"Pai", disse ela. "Pai, por favor. O que é que eu deveria dizer?"

"Nada", disse ele com brandura. "Não há nada a dizer sobre isso. Eu só queria que você soubesse que eu sei."

Houve outro silêncio, mais longo desta vez, e ele sentiu medo. Ela perguntou: "Você está dizendo isso pelo modo como me tratou ou por causa do seu caso com a Elaine Croft naqueles anos todos?".

Ele baixou os olhos para as tábuas do cais, viu seu tênis preto de velho sobre a madeira áspera. "Pelos dois", disse ele. "Ou você escolhe, se quiser."

"Ah, pai... Ah, pai, eu não sei o que fazer. O que eu deveria fazer por você?"

Ele balançou a cabeça. "Nada, minha filha. Você não tem que fazer nada por mim. Eu só queria ouvir a sua voz."

"Pai, a gente estava de saída."

"Ah, é? Aonde vocês vão?"

"No mercado de agricultores. É sábado e a gente vai ao mercado de agricultores todo sábado."

"Certo", disse Jack. "Vão lá. Não se preocupe. A gente se fala. Até mais."

Ele achou que a tinha ouvido suspirar. "Certo", disse ela. "Tchau."

E foi isso! Foi isso.

Jack ficou sentado por um longo tempo no banco. As pessoas passavam por ele, ou talvez ninguém tenha passado por alguns minutos, mas ele continuava pensando em sua mulher, Betsy, e sua vontade era de uivar. Ele apenas entendia uma coisa: que merecia tudo aquilo. Merecia o fato de agora usar um absorvente na cueca por causa da cirurgia de próstata, ele *merecia* isso; merecia que sua filha não quisesse falar com ele pelos anos em que ele não quis falar com ela — ela era gay; ela era lésbica, e isso ainda provocava uma leve onda de desconforto nele. Betsy, porém, não merecia estar morta. Ele é que merecia ter morrido, Betsy não merecia essa condição. No entanto, sentiu uma súbita fúria contra sua mulher — "Ah, Santo Deus", murmurou ele.

Quando sua mulher estava morrendo, era ela quem estava furiosa. Ela dizia: "Eu te odeio". E ele respondia: "Eu não te culpo". Ela dizia: "Ah, *pare* com isso". Mas ele estava falando sério — como poderia culpá-la? Não poderia. E a última coisa que ela disse para ele foi: “Eu te odeio porque eu vou morrer e você vai continuar vivendo”.

Olhando para uma gaivota no alto, ele pensou: Mas eu não estou vivendo, Betsy. Que piada terrível tem sido tudo isto.

O bar do Hotel Regency ficava no porão, as paredes eram de um tom verde-escuro e as janelas davam para a rua, mas a calçada ficava bem no alto e o que ele conseguia ver eram basicamente pernas passando. Sentou no balcão do bar e pediu um uísque puro. O garçom era um sujeito simpático. “Bem”, Jack respondeu quando o rapaz perguntou como ele estava.

“Certo, então”, disse o garçom; ele tinha olhos pequenos e escuros abaixo de seu cabelo escuro e meio comprido. Enquanto o rapaz servia a bebida, Jack reparou que ele era mais velho do que tinha parecido de início, embora ultimamente Jack tivesse sérias dificuldades para adivinhar a idade das pessoas, sobretudo dos jovens. Depois Jack pensou: e se eu tivesse tido um filho? Ele havia pensado nisso muitas vezes na vida e ainda o surpreendia continuar pensando. E se não tivesse se casado com Betsy para se consolar, como havia feito? Ele tinha se casado para se consolar, e ela também, por causa daquele tal Tom Groger que ela tanto amara na faculdade. Como teria sido? Perturbado, mas se sentindo melhor — ele estava diante de alguém, o garçom —, Jack desdobrou esses pensamentos diante de si como se estendesse uma grande toalha de mesa. Entendeu que era um homem de setenta e quatro anos que olha para trás, para a vida, e se impressiona com o rumo que ela tomou, que sente um arrependimento insuportável por todos os erros cometidos.

Depois pensou: como é viver uma vida honesta?

Não era a primeira vez que pensava nisso, mas hoje parecia diferente, ele se sentia distante e pensou realmente nisso.

"Então, o que o traz a Portland?" O garçom fez a pergunta enquanto limpava o balcão com um pano.

Jack disse: "Nada".

O sujeito ergueu os olhos para ele, virando-se ligeiramente para limpar o outro lado do balcão.

"Eu queria sair de casa", disse Jack. "Moro em Crosby."

"Uma boa cidade, Crosby."

"É verdade." Jack tomou um gole do uísque e depositou o copo com cuidado no balcão. "Faz sete meses que a minha mulher morreu", disse.

O sujeito olhou de novo para Jack, afastando o cabelo dos olhos. "O quê? O senhor disse que…?"

"Eu disse que faz sete meses que a minha mulher morreu."

"Que dureza", disse o sujeito. "Deve ser difícil."

"Bem, é difícil. É, sim."

A expressão do rapaz não se alterou enquanto ele dizia: "Meu pai morreu faz um ano, e a minha mãe está ótima, mas sei que tem sido difícil para ela".

"Claro." Jack hesitou, depois disse: "E para você, como tem sido?".

"Ah, é triste. Mas já fazia um tempo que ele estava doente, sabe."

Jack sentiu aquela lenta queimação interna que lhe era familiar, que ele sentia quando aquela viúva falava sobre o tempo no mercado. Teve vontade de dizer: Pare com isso! Diga como *realmente* tem sido! Recostou-se na cadeira, empurrou o copo para a frente. As coisas simplesmente eram assim. As pessoas ou não sabiam como se sentiam sobre alguma coisa, ou escolhiam nunca dizer como realmente se sentiam.

Por isso ele tinha saudades de Olive Kitteridge.

Certo, disse a si mesmo. Certo. Calma, garoto.

Ele fez seus pensamentos voltarem a Betsy. Então lembrou de uma coisa — engraçado lembrar disto agora: há muitos anos, quando ele foi fazer uma cirurgia para retirar a vesícula, sua mulher ficou com ele na recuperação, e mais tarde, quando ele acordou, um paciente ao lado disse: "A sua esposa estava te olhando com tanto amor... Fiquei impressionado por ela te olhar com aquele amor todo". Jack acreditou naquilo; lembrava de até ter ficado um pouquinho desconfortável com a história, e mais tarde — anos depois —, durante uma briga, ele trouxe o assunto à tona, e Betsy disse: "Eu esperava que você morresse".

Ele ficou perplexo com a franqueza dela. "Você esperava que eu *morresse*?" Na sua lembrança, ele tinha aberto os braços, estupefato, ao lhe perguntar isso.

Então ela disse, parecendo desconfortável: "Teria facilitado as coisas pra mim".

E foi assim.

Ah, Betsy! Betsy, Betsy, Betsy, nós estragamos tudo — arruinamos a nossa chance. Na verdade, ele não era capaz de situar quando tinha sido essa chance, talvez por nunca ter havido uma. Afinal, ela era ela, e ele era ele. Na noite de núpcias, ela havia se entregado, mas não inteiramente, como fizera nos meses anteriores. Ele, claro, sempre se lembrou disso. E desde aquela noite ela nunca mais se entregou inteiramente, passados agora quarenta e três anos.

"Há quanto tempo o senhor mora em Crosby?", perguntou o garçom.

"Seis anos." Jack passou as pernas para o outro lado do banquinho. "Já faz seis anos que eu moro em Crosby, no Maine."

O garçom assentiu com a cabeça. Um casal entrou e se sentou na outra ponta do balcão; eram jovens, e a mulher tinha um cabelo comprido jogado sobre um ombro — uma pessoa confiante. O garçom foi até eles.

Então Jack permitiu que sua mente se voltasse para Olive Kitteridge. Alta, grande; por Deus, que mulher estranha. Ele tinha gostado um bocado dela, ela tinha um jeito honesto — era honesto? —, havia alguma coisa nela. Uma viúva, ela havia — lhe pareceu — praticamente salvado a vida dele. Eles tinham ido jantar algumas vezes, ido a um concerto; ele a havia beijado na boca. Ele podia rir alto agora ao pensar nisso. A boca. De Olive Kitteridge. Como beijar uma baleia coberta de craca. Ela tinha um neto de uns dois anos, Jack não se importou muito com isso, mas ela sim, pois a criança foi chamada de Henry em homenagem ao avô, o marido falecido de Olive. Jack sugeriu que ela fosse visitar o pequeno Henry na cidade de Nova York, e ela dissera: Melhor não. Vai saber por quê. Ela não se dava bem com o filho, isso ele sabia. Mas ele também não se dava bem com a filha. Tinham isso em comum. Lembrou de como Olive lhe dissera de cara que seu pai havia se matado quando ela tinha trinta anos. Um tiro na cozinha. Talvez isso tivesse a ver com o jeito dela; devia ter. E aí uma manhã ela foi lá e se deitou inesperadamente ao lado dele na cama, no quarto de hóspedes. Ele se sentiu bem demais. Sentiu uma leveza invadi-lo quando ela apoiou a cabeça em seu peito. “Fique”, ele disse finalmente, mas ela se levantou e disse que precisava ir para casa. “Eu gostaria que você ficasse”, ele disse, mas ela não ficou. E nunca mais voltou. Quando ele ligou para ela, ela não atendeu o telefone.

Ele tinha esbarrado nela no mercadinho só uma vez — alguns dias depois de ela ter se deitado com ele; ele estava segurando seu jarro de uísque. “Olive!”, ele exclamou. Mas ela estava agitada: seu filho, lá em Nova York, ia ter outro bebê a qualquer momento! “Achei que ele tivesse tido um bebê recentemente”, disse Jack, e ela respondeu: Bem, a mulher engravidou de novo e eles só haviam lhe contado agora! Olive tinha um neto; por que eles precisavam de mais crianças, já havia duas que a mulher do filho tinha levado para o casamento. Olive deve ter dito isso no mínimo umas três vezes. Ele ligou para ela no dia seguinte, o telefone só chamou, e ele imaginou que a secretária eletrônica dela estivesse desligada. Seria isso? Tudo era possível em se tratando de Olive. Ele supôs que ela, finalmente, tivesse ido a Nova York ver esse neto novo, porque, quando ligou no dia seguinte, também ninguém atendeu. Ele mandou um e-mail para ela com ????? no campo de assunto. E não escreveu nada. Ela também não respondeu. Fazia mais de três semanas que isso tinha acontecido.

O garçom estava de volta na frente de Jack, preparando as bebidas do casal. Jack disse: "E você? Você cresceu por aqui?".

"Que nada", respondeu o sujeito, "cresci perto de Boston. Estou aqui por causa da minha namorada. Ela mora aqui." Ele jogou a cabeça um pouco para o lado, afastando o cabelo escuro dos olhos.

Jack assentiu, bebeu seu uísque. "Minha mulher e eu moramos por muitos anos em Cambridge", disse, "e depois viemos para cá."

Ele podia jurar ter visto alguma coisa no rosto do garçom, um risinho zombeteiro, antes de o sujeito se virar para ir servir as bebidas do casal.

Quando voltou, o sujeito disse para Jack: "Um homem de Harvard? Quer dizer que o senhor é um homem de Harvard". Ele puxou uma gaveta com copos limpos embaixo do balcão e começou a colocá-los — de boca para baixo — na prateleira acima dele.

"Eu limpava banheiros lá", disse Jack. O idiota lhe lançou um olhar rápido, como se para ver se ele estava brincando. "Não, eu não limpava banheiros. Eu era professor."

"Ótimo. E o senhor queria se aposentar aqui?"

Jack nunca quis se aposentar. "Quanto eu lhe devo?", perguntou.

* * *

No carro, voltando para casa, ele pensou em Schroeder, que homem imbecil ele era, que reitor de merda. Quando Elaine entrou com o processo, quando ela realmente fez isso, alegando não ter conseguido estabilidade no emprego por causa de assédio sexual, Schroeder se transformou num homem horrível. Ficou muito estranho, nem quis deixar Jack falar com ele. Está nas mãos dos advogados, disse. E Jack foi afastado com uma licença para pesquisa. Levou três anos para a coisa se resolver, para Elaine sair com uma bolada, e àquela altura Jack e Betsy já tinham se mudado para o Maine; Jack havia se aposentado. Eles vieram para o Maine porque Betsy quis — ela queria ir para bem longe, e, ah, eles conseguiram mesmo. Crosby era uma cidade costeira bonita sobre a qual ela tinha pesquisado na internet, e era meio que o mais longe que alguém poderia chegar, embora só ficasse a poucas horas subindo a Costa Leste. Eles se mudaram para a cidade sem conhecer uma pessoa de lá. Mas Betsy fez amigos; era da sua natureza fazê-los.

Pare no acostamento.

Pare o carro no acostamento.

Essas palavras foram ditas algumas poucas vezes antes que Jack prestasse atenção nelas; elas vinham de um alto-falante, e o som diferente delas, diferente de apenas pneus rolando no asfalto, deixou Jack intrigado, e ele ficou surpreso quando viu as luzes azuis e a viatura da polícia em seu encalço. *Pare o carro no acostamento.* "Jesus", Jack disse alto, parando o carro no acostamento da rodovia. Desligou o carro e lançou um olhar para o chão do banco do passageiro, para o saco plástico com sua garrafa de uísque, comprada numa mercearia na saída de Portland. Jack viu o jovem policial se aproximando — mas que cara de trouxa com esses óculos escuros — e disse, educadamente: "Em que posso ajudar?".

"Carteira de motorista e documento do carro, senhor."

Jack abriu o porta-luvas, encontrou enfim o documento do carro, depois tirou a habilitação da carteira e estendeu os dois para o policial.

"O senhor está ciente de que estava dirigindo a cento e dez quilômetros por hora numa zona de noventa quilômetros por hora?" O tom do policial era grosseiro, Jack achou.

"Bem, não, senhor, eu não estava ciente disso. E sinto muitíssimo." Sarcasmo era o seu ponto fraco, era o que Betsy sempre dizia, mas esse policial não era capaz de detectar isso.

"O senhor está ciente de que a vistoria do veículo está vencida?"

"Não."

"O prazo para vistoria era março."

"Hã." Jack olhou em volta do banco da frente. "Bem. É o seguinte. Pensando agora aqui comigo. Minha esposa morreu, sabe. Ela morreu." Jack olhou cautelosamente para o policial. "Morta." Jack disse isso com toda a ênfase.

"Tire os óculos escuros, senhor."

"Como?"

"Eu disse: tire os óculos escuros, senhor. Agora."

Jack tirou os óculos e abriu um sorriso exagerado para o policial. "Agora você tira os seus", disse Jack. "Mostre os seus que eu mostro os meus." Ele sorriu para o sujeito.

Depois de segurar a carteira de motorista de Jack no alto e olhar para ele, o policial disse: "Espere aqui enquanto eu verifico isso". O policial voltou para o carro, que ainda estava com as luzes azuis piscando e girando. Ele falou no rádio enquanto caminhava. Em pouco tempo, outra viatura chegou, também com luzes azuis piscando.

"Você pediu reforço?", Jack gritou atrás dele. "Sou tão perigoso assim?"

O segundo policial saiu do carro e foi até Jack. Um homem enorme, e não era jovem. Ele sabia das coisas, era o que seu jeito de andar dizia, o que os seus olhos — inexpressivos, nada de óculos escuros — diziam. "O que tem naquele saco ali no chão?", perguntou o grandalhão com sua voz possante.

"É bebida. Uísque. Quer ver?"

"Saia do carro."

Jack olhou-o atentamente. "O *quê*?"

O grandalhão deu um passo para trás. "Saia agora do carro."

Jack saiu do carro — devagar, porque estava sem fôlego. O grandalhão disse: "Ponha as mãos em cima do carro", e isso fez Jack rir. Ele disse: "Não dá, está vendo? Isso se chama carro conversível e no momento ele está sem capota".

O policial disse: "Ponha as mãos em cima do carro agora".

"Assim?" Jack pôs as mãos na borda da janela.

"Fique aí." O homem voltou para a viatura que tinha parado Jack e falou com o outro policial, sentado no banco da frente.

Ocorreu a Jack que hoje em dia tudo era gravado das viaturas — ele tinha lido isso em algum lugar —, e de repente ele mostrou o dedo do meio para os dois carros atrás dele. Depois voltou a pôr a mão na janela. "Puta merda", disse.

O primeiro policial saiu do carro e veio até Jack a passos largos, o coldre preso à coxa. Jack, com sua grande barriga pendendo e as mãos colocadas ridiculamente na borda da janela, olhou para o sujeito e disse: "Ei, você tá armado".

"O que você falou?" O policial estava puto.

"Eu não falei nada."

"Você quer ser preso?", perguntou o policial. "Você ia gostar de ser preso?"

Jack começou a rir, depois mordeu o lábio. Balançou a cabeça, olhando para o chão. E viu um monte de formigas. A rota delas tinha sido interrompida por seu carro, e ele ficou olhando as minúsculas formigas atravessarem uma rachadura no asfalto, um pedaço de areia depois do outro saindo do ponto onde seu pneu havia esmagado um montão delas, e indo para... onde? Um novo lugar?

"Vire-se de mãos para cima", ordenou o policial, e Jack se virou de mãos erguidas, ciente dos carros passando na rodovia pedagiada. E se alguém o reconhecesse? Olha lá o Jack Kennison de mãos para cima feito um criminoso, com duas viaturas da polícia e suas luzes azuis piscando. "Escuta aqui", disse o policial. Ele ergueu os óculos escuros para coçar um olho, e naquele breve momento Jack viu os olhos do homem, e eles eram estranhos, feito olhos de peixe. O policial apontou um dedo para Jack. Ele continuou com o dedo apontado, mas sem dizer nada, como se não conseguisse se lembrar do que ia dizer.

Jack endireitou a cabeça. "Estou ouvindo", disse. "Sou todo ouvidos." Disse isso com o maior sarcasmo que conseguiu.

Olhos de Peixe deu a volta até o outro lado do carro de Jack, abriu a porta e pegou a garrafa de uísque no saco plástico. "O que é isto?", perguntou, voltando para Jack.

Jack baixou os braços e disse: "Eu disse ao seu amigo, é uísque. Por favor, dá pra ver o que é. Pelo amor de Deus".

Olhos de Peixe se aproximou mais de Jack, e Jack recuou, só que não havia para onde ir, com o seu carro logo ali atrás. "Agora repita o que você acabou de dizer", ordenou Olhos de Peixe.

"Eu *disse* que é uísque e que dá pra ver o que é. Depois eu disse alguma coisa sobre Deus. Alguma coisa sobre Deus e amor."

"Você andou bebendo", disse Olhos de Peixe. "Você andou bebendo." E havia algo tão desagradável na voz dele que Jack ficou sóbrio na hora. Olhos de Peixe largou o saco com o uísque no banco do motorista do carro de Jack.

"Sim", disse Jack. "Eu tomei uma bebida no bar do Regency em Portland."

De seu bolso traseiro, Olhos de Peixe sacou alguma coisa; era pequena o bastante para que ele a segurasse com uma só mão, era cinza e meio quadrada, e Jack disse: "Jesus, você vai me dar um choque com isso?".

Olhos de Peixe sorriu, ele sorriu! Ele deu um passo na direção de Jack segurando o negócio, e Jack disse: "Por favor, calma lá". Ele apertou os braços contra o peito, estava realmente assustado.

"Sopre aqui", disse Olhos de Peixe, e um tubinho apareceu na coisa que ele estava segurando.

Jack pôs a boca no tubinho e soprou.

"De novo", disse Olhos de Peixe, aproximando-se mais de Jack.

Jack soprou outra vez, depois tirou a boca do tubinho. Olhos de Peixe examinou o negócio atentamente e disse: "Ora, ora, você está logo abaixo do limite legal". Guardou o aparelho de volta no bolso e disse para Jack: "Ele está te aplicando uma multa, depois que ele entregar pra você sugiro que entre no carro e vá direto daqui fazer a vistoria, está entendendo?".

Jack disse: "Sim". Depois: "Posso entrar no meu carro agora?".

Olhos de Peixe se inclinou para ele. "Sim, pode entrar no seu carro agora."

Então Jack se sentou no banco do motorista, que era rebaixado, já que se tratava de um carro esportivo, pôs o uísque no banco ao lado e ficou esperando o grandalhão vir lhe entregar a multa. Olhos de Peixe continuou parado ali, como se Jack fosse fugir.

E então — pelo canto do olho — Jack viu uma coisa da qual jamais teria certeza e que jamais esqueceria. A virilha do policial estava bem na altura dos olhos de Jack, e Jack achou — achou e desviou os olhos depressa — que o cara estava ficando com o pau duro. Havia um volume ali maior do que... Jack olhou para o rosto do homem, e o sujeito estava encarando Jack com seus óculos escuros.

O grandalhão veio, entregou a multa para Jack, e Jack disse: "Muito obrigado, amigos. Vou indo, então". E se afastou devagar com o carro. Mas Olhos de Peixe o seguiu pela rodovia até a saída para Crosby, e quando Jack pegou a saída o cara não foi atrás dele, e continuou em frente pela estrada. Jack soltou um grito: "Vá comprar suas cuequinhas como qualquer homem deste estado!".

Jack respirou fundo e disse: "Certo. Tubo bem. Acabou". Dirigiu os doze quilômetros que faltavam até Crosby e no caminho disse: "Betsy. Betsy! Espera só até eu te contar o que me aconteceu. Você não vai acreditar, Betts". Ele se permitiu isso, conversar com ela sobre o que tinha acabado de acontecer. "Obrigado, Betsy", disse, e o que ele queria dizer era obrigado por ter sido tão gentil na cirurgia de próstata. E ela tinha sido mesmo; não havia dúvida sobre isso. A vida toda Jack tinha sido um homem de cueca samba-canção. Para ele, jamais essas cuequinhas justas, tipo sunga, mas em Crosby, no Maine, era impossível comprar as samba-canção. Ele ficara chocado com isso. E Betsy tinha ido até Freeport comprar cuecas para ele. Depois sua cirurgia de próstata, quase um ano antes, o havia obrigado a abrir mão das cuecas samba-canção. Ele precisava de um lugar para pôr o maldito absorvente. Como ele odiava aquilo! E bem agora, como se para coroar o momento, ele sentiu um jato — não uma gota — saindo dele. "Ah, pelo amor de Deus", disse alto. O estado todo, pelo que parecia, estava usando cuecas justas; não fazia muito tempo Jack tinha ido ao Walmart na saída da cidade comprar outro pacote e percebeu que também não havia cuecas samba-canção lá. Só um expositor de cuequinhas justas de todos os tamanhos, até extra extra grande, para todos aqueles pobres homens gordos, aqueles homens enormes daquele estado. Mas Betsy tinha ido a Freeport e encontrado as samba-canção para ele lá. Ah, Betsy! Betsy!

* * *

Em casa, Jack mal podia acreditar no que tinha acontecido ao longo daquele dia, tudo parecia ridículo e de certa forma — quase — incidental. Ficou sentado por um longo tempo em sua grande poltrona, olhando para a sala em volta; era um cômodo espaçoso, com um sofá de canto azul, baixo e com pés de metal, colocado contra a parede e em frente à televisão, que se estendia em ângulo reto pela outra parte da sala, tendo ao centro uma mesinha de vidro com pés de metal no meio. Jack se virou na poltrona para olhar através das janelas o campo relvado e as árvores em frente e suas folhas de um verde bem vivo. Ele e Betsy gostavam mais da vista desse campo do que de qualquer vista do mar, e essa lembrança provocou nele uma sensação cálida, reconfortante. Por fim se levantou, serviu-se de um pouco de uísque e pôs quatro salsichas de cachorro-quente para ferver no fogão. Balançou a cabeça de novo e de novo enquanto abria uma lata de feijão cozido. "Betsy", disse alto algumas vezes. Quando terminou de comer e de lavar a louça — não usou o lava-louça, achou que ia dar trabalho demais —, bebeu outro copo de uísque, pensando em Betsy e na sua grande paixão pelo tal Tom Groger. Ah, que coisa estranha era a vida…

Mas, sentindo-se benevolente — o dia estava quase no fim e o uísque estava fazendo efeito —, Jack se sentou diante do computador e pesquisou no Google o nome do sujeito, Tom Groger. Encontrou o homem; ao que parecia, ele continuava dando aulas naquela escola particular de ensino médio para meninas em Connecticut; seria oito anos mais novo do que Jack. Mas só meninas? Ainda? Jack desceu pela página e viu que já fazia uns dez anos que eles também aceitavam meninos. Depois viu uma foto pequena de Tom Groger; ele tinha cabelo grisalho agora, era magro, dava para ver pelo rosto, que parecia simpático, mas bem sem graça aos olhos de Jack. O site da escola disponibilizava um endereço de e-mail dele. Então Jack lhe escreveu. "Minha esposa, Betsy (Arrow, como você deve tê-la conhecido), morreu há sete meses, e sei que ela o amou muito quando jovem. Achei que talvez você quisesse saber da morte dela." Ele clicou em ENVIAR.

Jack se recostou na cadeira e olhou para a luz mudando de posição nas árvores. Essas noites tão, tão longas; elas eram longas a perder de vista e tão belas, e isso o deixava arrasado. O campo estava escurecendo, as árvores lá atrás eram como peças de lona preta, mas do céu ainda chegavam alguns raios de sol que cortavam suavemente o relvado na extremidade mais distante do campo. Voltou a repassar o dia em sua mente, com a impressão de que ele não fazia sentido. Será que aquele cara tinha *realmente* ficado com o pau duro? Parecia impossível, no entanto Jack conhecia — de certa forma, ele conhecia — o sentimento de raiva e de poder que poderia ter provocado aquilo. Se é que o cara tinha mesmo se excitado. Depois Jack pensou nas formigas que continuavam tentando levar sua areia sabe-se lá para onde elas precisavam levá-la. Elas formavam uma imagem quase comovente para ele, em sua pequenez e resiliência.

Duas horas depois, Jack foi ver seu e-mail, na esperança de que sua filha tivesse escrito e também na esperança de que Olive Kitteridge reaparecesse na sua vida. Afinal, ela é quem tinha lhe mandado um e-mail pela primeira vez, falando do filho, e ele havia respondido falando da filha. Tinha até chegado a contar a Olive do seu caso com Elaine Croft, e Olive não pareceu julgá-lo. Ela falou de um professor da escola por quem ela tinha se apaixonado anos antes — um quase caso, ela o chamou —, e que o homem havia morrido num acidente de carro uma noite.

Enquanto agora olhava seu e-mail, percebeu que havia se esquecido (esquecido!) de Tom Groger, mas havia uma resposta de TGroger@Whiteschool.edu. Com os óculos de leitura no rosto, Jack apertou os olhos para enxergar melhor. "Eu sabia da morte da sua esposa. Betsy e eu mantivemos contato por muitos anos. Não sei se eu deveria ou não lhe dizer isto, mas ela me falou da relação extraconjugal que você teve, e talvez eu deva lhe dizer — como eu disse, não sei se devo ou não —, mas houve uma época em que Betsy e eu nos encontramos num hotel em Boston, e também em Nova York. Talvez você já saiba disso."

Jack recuou, afastando a cadeira da escrivaninha, as rodinhas rangendo no piso de madeira. Depois se aproximou outra vez com a cadeira e releu o e-mail. "Betsy", murmurou, "como assim, seu filho da mãe." Tirou os óculos, passou o braço pelo rosto. "Puta merda", disse. Minutos depois colocou os óculos de novo e leu o e-mail mais uma vez. "Relação extraconjugal?", disse Jack em voz alta. "Quem é que diz 'relação extraconjugal'? Você é o quê, Groger, bicha?" Ele clicou em DELETAR e o e-mail desapareceu.

Jack se sentiu mais sóbrio do que nunca. Caminhou pela casa observando os toques pessoais que sua esposa havia deixado nela, a cúpula dos abajures com babados na base, a tigela de mogno que ela tinha comprado em algum lugar que ficava em cima da mesinha de centro e que agora estava cheia de bugigangas: chaves, um celular velho que não funcionava, cartões de visita, clipes de papel. Tentou lembrar quando sua esposa tinha ido a Nova York, e isso foi — ele achava — ainda no início da vida de casados deles. Ela era professora de jardim de infância, e ele se lembrava dela falando alguma coisa sobre precisar ir a uns encontros em Nova York. Ele não tinha prestado atenção; estava ocupado tentando obter sua efetivação como professor universitário, e depois ele estava simplesmente ocupado.

Jack se sentou em sua poltrona, mas se levantou na hora. Voltou a caminhar pela casa, olhou para o campo já escuro, depois foi para o andar de cima e caminhou por lá também. Sua cama, a cama de *casal* deles, estava desfeita, como sempre ficava quando a faxineira não vinha, e aquilo parecia representar a bagunça que era a vida dele ou que a vida deles tinha sido. "Betsy", disse em voz alta, "Santo Deus, Betsy." Sentou-se hesitante na ponta da cama, a mão subindo e descendo pelo pescoço. Talvez Groger estivesse apenas provocando, sendo maldoso só para se divertir. Mas não. Groger não fazia esse tipo; ele era, Jack sempre entendera, um homem sério, era professor de inglês, por Deus, a vida toda dando aula para aquelas pestes. Espera, será por isso que Betsy tinha dito que, se ele tivesse morrido naquela cirurgia de retirada da vesícula, sua morte "teria facilitado as coisas"? Foi há tanto tempo assim? Há quanto tempo exatamente? Fazia pelo menos dez anos que eles estavam casados. "Você estava comendo a minha mulher?", disse Jack em voz alta. "Seu merda." Ele se levantou e voltou a caminhar pelo andar de cima. Havia outro quarto e depois dele um cômodo que sua esposa usava como escritório; Jack entrou nos dois, olhando em volta como se procurasse alguma coisa. Depois desceu a escada e passou pelos dois quartos de hóspedes, aquele com a cama de casal e o outro com a cama de solteiro. Na cozinha, serviu-se de outra dose do uísque que havia comprado naquele dia. Parecia que fazia dias que ele o comprara.

Seu próprio caso com Elaine Croft só tinha começado quando ele já estava casado fazia vinte e cinco anos. A urgência que ele e Elaine haviam sentido; caramba, que sentimento. Era terrível. Será que Betsy tinha sentido isso? Impossível, Betsy não era uma mulher de urgências. Mas como ele podia saber que tipo de mulher ela era?

"Viu só, Cassie?", disse Jack, "Sua mãe era uma puta."

Mas ele sabia, mesmo enquanto dizia isso, que não era verdade. A mãe de Cassie tinha sido... Bem, de certa forma ela foi uma puta, pelo amor de Deus, se estava dormindo com Groger num hotel em Boston e em Nova York, e Cassie ainda era só uma criança, mas Betsy tinha sido uma mãe maravilhosa, essa era a verdade. Jack balançou a cabeça. Agora ele subitamente se sentia bêbado. Também sabia que jamais, nunca na vida, contaria a Cassie, ele a deixaria ficar com a mãe que tinha tido: uma santa que aguentava o seu pai homofóbico, um babaca egocêntrico.

"Certo", disse Jack. "Certo."

Voltou a se sentar diante do computador. Recuperou o e-mail da lixeira, leu mais uma vez, depois escreveu — tomando todo o cuidado com a ortografia, para não parecer bêbado — "Olá, Tom. Sim, eu sei dos seus encontros com ela. Foi por isso que achei que você poderia querer saber da morte dela". Ele enviou e em seguida desligou o computador.

Ele se levantou, foi para a sua poltrona e lá ficou por um longo tempo. Voltou a pensar nas formigas que tinha visto naquele dia enquanto o nojento do Olhos de Peixe o encurralava contra o carro, aquelas *formigas*. Apenas fazendo o que se esperava delas, vivendo até morrer, tão indiferentes ali, junto ao carro de Jack. Ele realmente não conseguia parar de pensar nelas. Jack Kennison, que havia estudado o comportamento humano desde os tempos medievais e depois a época austro-húngara, com o arquiduque Franz Ferdinand sendo assassinado e todos na Europa se matando uns aos outros como resultado — Jack estava pensando naquelas formigas.

Depois pensou que o dia seguinte era domingo e que seria um dia bem longo.

Depois pensou — como se um caleidoscópio de cores tivesse passado na sua frente — em sua própria vida, em como ela tinha sido e em como ela era agora, e disse em voz alta: "Você não vale grande coisa, Jack Kennison". Isso o surpreendeu, mas ele sentiu que era verdade. Quem havia dito isso recentemente, sobre não valer grande coisa? Olive Kitteridge. Ela tinha dito isso enquanto observava uma mulher na cidade. "Ela não vale grande coisa", Olive disse, e a mulher sumira, descartada.

No fim, Jack pegou uma folha de papel e escreveu com uma caneta: "Querida Olive Kitteridge, eu senti sua falta, e se você quiser me ligar ou me mandar um e-mail ou me ver, eu vou gostar muito". Ele assinou e pôs a folha num envelope. Não passou a língua para colá-lo. Na manhã seguinte iria decidir se o enviaria ou não.

Trabalho de parto

Dois dias antes, Olive Kitteridge tinha feito um parto.

Ela tinha feito o parto no banco de trás de seu carro, estacionado no gramado em frente à casa de Marlene Bonney. Marlene estava dando um chá de fraldas para a filha, e Olive não quis estacionar atrás dos outros carros enfileirados na estrada de terra. Teve receio de que alguém estacionasse atrás dela e a impedisse de escapar; Olive gostava de escapar. Então deixou o carro no gramado em frente à casa, e ainda bem que fez isso, pois aquela garota tola — seu nome era Ashley e ela tinha um cabelo loiro-claro, era amiga da filha de Marlene — havia entrado em trabalho de parto, e Olive percebeu antes de todo mundo; estavam todas sentadas na sala em cadeiras dobráveis e ela tinha visto Ashley, sentada a seu lado, enormemente grávida e usando uma blusa vermelha colante para acentuar a gravidez, sair da sala, e Olive soube na hora.

Ela se levantou e encontrou a moça na cozinha, debruçada sobre a pia, dizendo: "Ah, meu Deus, ah, meu Deus", e Olive disse: "Você está em trabalho de parto", e a tapada da criança tinha respondido: "Acho que sim. Mas era para ser só daqui a uma semana".

Criança ridícula.

E um chá de fraldas ridículo. Pensando nisso sentada em sua própria sala, olhando para o mar, mesmo agora Olive não *acreditava* em como aquele chá de fraldas tinha sido ridículo. Ela disse em voz alta: "Ridículo, ridículo, ridículo, ridículo". Depois se levantou, foi até a cozinha e se sentou lá. "Meu Deus", disse.

Ficou balançando o pé para cima e para baixo.

O grande relógio de pulso de seu falecido marido, Henry, que ela estava usando desde o derrame dele há quatro anos, marcava quatro horas. "Certo, então", disse ela. Pegou seu casaco — era junho, mas naquele dia não fazia calor — e sua grande bolsa de mão preta e foi para o carro, que continuava com aquela mancha gosmenta no banco de trás por causa daquela garota tola, embora Olive tivesse tentado limpar o melhor que pôde, e foi até o Libby's, onde comprou um sanduíche de lagosta. Depois seguiu para o Cabo, e permaneceu ali sentada no carro, comendo o sanduíche de lagosta e olhando para a Halfway Rock.

Havia um homem numa picape estacionada ali perto, Olive acenou pelo vidro para ele, mas ele não respondeu ao aceno. "Vá catar coquinho", disse ela, e um pedacinho da carne de lagosta caiu em seu casaco. "Ah, *inferno*", disse, porque a maionese já tinha penetrado no casaco — ela via uma minúscula mancha escura — e iria estragá-lo se ela não o lavasse logo com água quente. O casaco era novo, ela o havia feito no dia anterior, costurando os pedaços do tecido acolchoado azul e branco de estampa geométrica com sua velha máquina de costura, certificando-se de que ele ficasse comprido o bastante para cobrir seu traseiro.

Olive sentiu uma agitação tomar conta dela.

O homem da picape estava falando ao celular, e ele subitamente riu; ela o viu jogar a cabeça para trás, viu até seus dentes enquanto ele abria a boca, rindo. Então ele deu a partida no carro e saiu de ré, ainda falando ao celular, e Olive ficou sozinha com a baía estendendo-se à sua frente, a luz do sol cintilando na água, as árvores na ilhazinha alinhadas em posição de sentido; as rochas estavam úmidas, a maré estava baixando. Ouviu o som fraco de sua própria mastigação, e uma solidão profunda a dominou.

Era Jack Kennison. Ela sabia que era nisso que vinha pensando, naquele horrível velho rico e esnobe que ela havia encontrado algumas vezes naquela primavera. Ela tinha gostado dele. Até se deitara na cama com ele um dia, um mês atrás, bem ao lado dele, pôde ouvir o coração dele batendo, com a cabeça apoiada em seu peito. Ela havia sentido uma onda imensa de alívio — e depois o medo a invadiu. Olive não gostava do medo.

Depois de algum tempo, ela se sentou e ele disse: "Fique, Olive". Mas ela não ficou. "Me telefone", ele tinha dito. "Eu gostaria que você me telefonasse." Ela não telefonou. Ele poderia ligar para ela, se quisesse. E ele não ligou. Mas pouco tempo depois ela havia esbarrado com ele no mercadinho e contado que seu filho ia ter outro bebê a qualquer momento em Nova York, e Jack respondeu com simpatia, mas não sugeriu que ela fosse visitá-lo de novo, e depois outro dia ela o viu (ele não a tinha visto) no mesmo mercado, conversando com aquela viúva ridícula, a Bertha Babcock, que até onde Olive sabia era republicana como Jack, e talvez ele preferisse aquela mulher ridícula a Olive. Vai saber? Ele tinha mandado um e-mail com uma porção de pontos de interrogação no título, e mais nada. Por acaso aquilo era e-mail? Olive achava que não.

"Vá catar coquinho", disse ela agora, terminando seu sanduíche de lagosta. Amassou o papel em que ele tinha vindo embrulhado e o atirou no banco de trás, onde ainda se podia ver a bagunça do que havia acontecido, pela mancha deixada por aquela garota idiota.

* * *

"Eu fiz um parto hoje", ela tinha dito ao filho por telefone.

Silêncio.

"Está me ouvindo?", perguntou Olive. "Eu disse que fiz um parto hoje."

"Onde?" Seu tom de voz era desconfiado.

"No meu carro, na frente da casa da Marlene Bonney. Havia uma moça..." E ela lhe contou a história.

"Hum. Muito bem, mãe." E depois, sarcástico: "Você pode vir aqui fazer o parto do seu próximo neto. Ann vai fazer na água".

"Na água?" Olive não estava entendendo.

Christopher falou num tom abafado para alguém perto dele.

"A Ann está grávida *de novo*? Christopher, por que você não me contou?"

"Ela ainda não está grávida. Estamos tentando. Mas ela vai engravidar."

Olive disse: "Como assim, ela vai fazer o parto na água? Numa *piscina*?"

"É. Mais ou menos. Numa piscina infantil. Tipo aquela que temos no quintal. Só que maior e, claro, superlimpa."

"Por quê?"

"Por quê? Porque é mais natural. O bebê desliza pela água. A parteira vai estar junto. É seguro. É mais do que seguro, é como os bebês deveriam nascer."

"Entendo", disse Olive. Ela não entendia nada. "*Quando* ela vai ter esse bebê?"

"Assim que a gente souber que ela está grávida, vamos ter uma ideia. Não estamos dizendo para ninguém que estamos tentando, por causa do que aconteceu com o último. Mas acabei de te contar. Então, é isso."

"Está certo, então", disse Olive. "Tchau."

Christopher — ela tinha certeza — fez um som de desagrado antes de dizer: "Tchau, mãe".

De volta para casa, Olive ficou satisfeita em ver que a mancha de maionese em seu casaco reagiu à água quente e ao sabão, e ela o deixou pendurado no banheiro para que a parte molhada secasse. Depois voltou e se sentou na poltrona de onde se via a baía. O sol se refletia em diagonal no mar, nada mais brilhava no momento, viam-se apenas uma ou duas boias de pesca de lagosta, o sol era o que cintilava forte àquela hora do dia, quando cortava a água. Ela não conseguia parar de pensar no ridículo daquele chá de fraldas. Só mulheres. Por que só mulheres num chá de fraldas? Por acaso os homens não tinham nada a ver com essa história de bebês? Olive pensou que não gostava de mulheres.

Ela gostava de homens.

Sempre gostou de homens. Tinha querido cinco filhos. E ainda desejava tê-los tido, porque Christopher era... Ah, Olive sentiu o peso de uma tristeza real sobrevindo, uma tristeza que a acompanhava desde que Henry tivera o derrame, quatro anos antes, e desde a morte dele, há dois anos, ela quase podia sentir o peito ficando mais pesado. Christopher e Ann tinham decidido dar o nome de Henry ao primeiro bebê deles, em homenagem ao pai de Chris. Henry Kitteridge. Que nome maravilhoso. Um homem maravilhoso. Olive não conhecia seu neto.

Ela mudou de posição na cadeira, pondo a mão no queixo, e voltou a pensar naquele chá de fraldas. Havia uma mesa com comida; Olive tinha visto aqui e ali, de onde estava sentada, pequenos sanduíches, canapés de ovos recheados e fatias minúsculas de bolo. Quando a filha grávida de Marlene passou por ela, Olive chamou-a com um puxãozinho em sua bata, pedindo: "Você me traria um pouco daquela comida?". A moça pareceu surpresa, mas logo disse: "Ah, claro, sra. Kitteridge". Porém a moça foi atacada por suas convidadas e demorou uma eternidade até Olive ter no colo um pratinho de papel com dois canapés de ovos recheados e uma fatia de bolo de chocolate. Nenhum garfo, nenhum guardanapo, nada. "Obrigada", dissera Olive.

Enfiou a fatia de bolo na boca de uma só vez, depois meteu o prato com os canapés de ovos recheados debaixo da cadeira, o mais longe possível. Canapés de ovos recheados lhe davam ânsia de vômito.

A filha de Marlene se sentou numa cadeira de vime branca decorada com fitas no alto e que pendiam pelo encosto, como se ela fosse rainha por um dia. Quando todo mundo finalmente se sentou — ninguém ao lado de Olive, até a garota Ashley ter de fazer isso, porque não havia mais nenhum lugar vazio —, quando todos já estavam sentados, Olive viu a mesa cheia de presentes, e foi então que percebeu: ela não tinha trazido presente. Uma onda de terror a invadiu.

Marlene Bonney, a caminho da frente da sala, deteve-se e perguntou baixinho: "Olive, como está Christopher?".

Olive disse: "Seu bebê mais novo morreu. O batimento cardíaco parou alguns dias antes do parto. Ann teve de fazer o parto com ele já morto".

"*Olive!*" Os olhos bonitos de Marlene se encheram de lágrimas.

"Não há por que chorar", disse Olive. (Olive tinha chorado. Ela tinha chorado como um bebê recém-nascido quando desligou o telefone depois que Christopher lhe contou.)

"Ah, Olive, sinto muito em saber disso." Marlene virou a cabeça, lançando um olhar para a sala em volta, depois disse baixinho: "Melhor não contar para ninguém aqui, não acha?".

"Está bem", disse Olive.

Marlene apertou a mão de Olive e disse: "Vou lá dar atenção a estas meninas". Marlene se postou no meio da sala, batendo as mãos e disse: "Certo, vamos começar, então?".

Marlene pegou um presente da mesa e o entregou à filha, que leu o cartão: "Ah, este é da Ashley", e todo mundo se virou e olhou para a moça loira e grávida sentada ao lado de Olive. Ashley acenou de leve com a mão, o rosto brilhando. A filha de Marlene desembrulhou o presente; pegou as fitas e colou-as com durex num prato de papel. Depois finalmente abriu a caixinha do presente, onde havia um minúsculo suéter. "Ah, *olha* só isto!", disse ela.

Da sala vieram muitos sons apreciativos. Então, para desespero de Olive, o suéter foi passando de mão em mão. Quando chegou nela, Olive disse "Muito bonito" e o estendeu a Ashley, que disse: "Eu já tinha visto", fazendo as pessoas rir, e Ashley passou-o para a pessoa do outro lado dela, que falou uma porção de coisas sobre o suéter, entregando-o em seguida para a moça à sua esquerda. Isso tudo demorou um bom tempo. Uma jovem perguntou: "Foi você quem fez?". Ashley respondeu que sim. Alguém disse que a sogra também tricotava, mas nada tão bonito quanto aquele suéter. Ashley parecia estar ficando tensa, os olhos se arregalando. "Ah, que gentil", disse.

Por fim, chegou o momento do presente seguinte, e Marlene entregou outro pacote para a filha. A filha viu o cartão e disse: "Da Marie". Uma jovem acenou com a mão para todo mundo do outro lado da sala. A filha de Marlene se pôs a colar com durex as fitas do presente no prato de papel, e Olive entendeu que ela ia fazer isso com todos os presentes, para que no fim houvesse um prato de fitas. Olive ficou um tanto desconcertada. Permaneceu ali sentada, esperando, até que a filha de Marlene mostrou um jogo de mamadeiras de plástico pintadas com folhinhas. A recepção não foi tão boa, Olive percebeu. "Você não vai amamentar?", alguém perguntou, e a filha de Marlene respondeu: "Bem, vou tentar...". Em seguida ela disse, em tom alegre: "Mas tenho certeza de que elas vão ser uma mão na roda".

Marie disse: "Eu só achei que... bem, nunca se sabe. Melhor ter umas mamadeiras de reserva mesmo que você amamente".

"Claro", alguém disse, e as mamadeiras também foram passadas pela sala. Olive achou que desta vez seria mais rápido, mas parecia que cada pessoa que tocava nas mamadeiras tinha uma história de amamentação para contar. Olive, é claro, não havia amamentado Christopher — ninguém fazia isso na época, exceto pessoas que se achavam superiores.

Um terceiro presente foi entregue à filha de Marlene, e Olive sentiu uma aflição quase palpável. Não conseguia imaginar quanto tempo ia levar para aquela criança abrir cada maldito presente da mesa, depois colar cada fita com todo o cuidado no maldito prato de papel, e então todo mundo teria que esperar — *esperar* — até o presente ser passado pela sala toda. Nunca na vida ela tinha ouvido falar de uma tolice como aquela.

Um par de botinhas amarelas foi posto em suas mãos; Olive olhou para elas um momento, depois as passou para Ashley, que disse: "São maravilhosas".

De repente Olive pensou que já não era feliz mesmo antes de Henry sofrer o derrame. Por que essa revelação lhe veio naquele instante, ela não sabia. A noção de sua infelicidade lhe vinha às vezes, mas em geral quando estava sozinha.

A verdade é que Olive não entendia por que a idade tinha trazido uma espécie de insensibilidade dela com seu marido. Mas era uma coisa que ela parecia ter sido incapaz de evitar, como se o muro de pedra que havia atravessado de maneira intermitente o caminho dos dois ao longo do casamento — um muro de pedra que os separava, mas que também proporcionava momentos de afeto inesperados, pontos cobertos de musgo onde o sol batia de repente envolvendo-os numa súbita risada de compreensão mútua — tivesse se tornado alto e inabalável, incapaz de permitir que flores crescessem em suas frestas em lugar do gelo de alguma tempestade que se congelou nele todo. Em outras palavras, alguma coisa que parecia intransponível tinha se colocado entre eles. Certos dias, ela conseguia localizar quando uma pedrinha a mais fora colocada aqui, uma pilha de pedras ali (a adolescência de Christopher, os sentimentos dela tanto tempo atrás por aquele Jim O'Casey que lecionava na mesma escola que ela, o comportamento ridículo de Henry com aquela garota Thibodeau, o horror de um crime que ela e Henry vivenciaram juntos, quando, sob ameaça de morte, coisas indizíveis foram ditas; e depois houve o divórcio de Christopher e sua mudança para longe), mas ela ainda não entendia por que eles tiveram que entrar na velhice com aquele muro alto e horrível entre eles. Era culpa dela, pois, à medida que seu coração se endurecia, o de Henry se tornava mais carente, e quando ele às vezes chegava por trás dela em casa para enlaçá-la, só o que ela podia fazer era tentar não estremecer visivelmente. Pare!, tinha vontade de gritar. (Mas por quê? Que crime ele vinha cometendo, além de pedir que ela o amasse?)

"É uma bomba extratora de leite", disse Ashley para ela. Olive segurava um dispositivo de plástico, virando-o de um lado e do outro, incapaz de entender o que era. "Certo", disse Olive, passando-a para Ashley. Olive olhou para a mesa de presentes e pensou que ela ainda estava repleta deles.

Um cobertor de bebê verde-claro foi passado pela sala. Olive gostou da textura; ela o deixou em seu colo, alisando-o com as mãos. Alguém disse: "Sra. Kitteridge, vamos compartilhar aí", e Olive o passou imediatamente para Ashley. Ashley disse: "Ahh, que *lindo*", e foi então que Olive viu gotas de suor escorrendo pelo lado do rosto dela. E Olive achou — teve quase certeza — que ouviu a moça sussurrar: "Ah, meu Deus". Quando o cobertor chegou em Marie, do outro lado da sala, Ashley se levantou, dizendo: "Com licença, pausa para o banheiro". Marlene perguntou: "Você sabe onde fica, não é?" Ashley disse que sabia.

Um jogo de toalhas de banho para bebê foi passado pela sala, e a cadeira de Ashley continuou vazia. Olive estendeu-o para a moça ao lado da cadeira vazia, depois se levantou e disse: "Já volto". Na cozinha, Olive encontrou Ashley curvada sobre a pia, dizendo: "Ah, meu Deus, ah, meu Deus".

"Você está bem?", disse Olive alto. A moça fez que não com a cabeça.

"Você está em trabalho de parto", disse Olive.

A moça olhou para ela, o rosto suado. "Acho que sim", disse. "Hoje de manhã achei que eu talvez tivesse sentido uma contração, mas depois não senti mais nada, e agora... ah meu *Deus*", disse ela, inclinando-se e agarrando-se à borda da pia.

"Vamos para o hospital", disse Olive.

Passado um instante, Ashley se endireitou, mais calma. "Eu só não quero estragar isto, é muito importante para ela. Sabe...", ela sussurrou para Olive, "nem sei se Rick vai se casar com ela."

"E daí?", disse Olive. "Você está prestes a ter um bebê. Pro inferno com essa história de estragar isto aqui. Elas nem vão perceber que você saiu."

"Vão, sim. E a atenção estará toda em mim. E deveria estar em..." O rosto de Ashley se contraiu e ela se agarrou à pia de novo. "Ah, meu Deus, ah, meu Deus."

"Vou lá pegar a minha bolsa e te levar para o hospital agora", disse Olive, ciente de que estava usando seu tom professoral. Ela voltou para a sala e pegou sua grande bolsa de mão preta.

As pessoas estavam rindo de alguma coisa; risadas altas irromperam nos ouvidos de Olive. "Olive?" Era a voz de Marlene vindo até ela.

Olive ergueu uma mão acima da cabeça e voltou para a cozinha, onde Ashley ofegava. "Me ajuda", disse Ashley; ela estava chorando.

"Venha", disse Olive, levando a moça em direção à porta. "Meu carro está logo ali no gramado. Entre nele."

Marlene apareceu e perguntou: "O que está acontecendo?".

"Ela está em trabalho de parto", disse Olive, "e vou levá-la para o hospital."

"Mas eu não queria estragar as coisas aqui", disse Ashley para Marlene; ela ficou ali parada, uma expressão confusa no rosto suado.

"Vamos", disse Olive. "Já. No meu carro. No gramado."

"Ah, Olive, vamos chamar uma ambulância. E se o bebê nascer enquanto você estiver dirigindo? Fique aqui, Olive. Vou ligar." Marlene pegou o telefone na parede e pareceu levar uma eternidade até alguém atender.

Olive disse: "Bem, eu vou levá-la, e você explica como é o meu carro para quem vier, e eles podem me seguir se quiserem".

"Mas como é o seu carro?" Marlene pareceu dizer isso choramingando.

"Dá uma olhada nele", ordenou Olive. Ashley já tinha saído pela porta e estava se sentando no banco de trás do carro de Olive. "Se o motorista da ambulância aparecer, diga para ele fazer sinal para eu parar."

Quando abriu a porta de trás do carro, Olive viu o rosto da moça e se deu conta: É agora. Esta garota vai dar à luz. "Tire a calça", disse Olive para ela. "Agora. Tire." Ashley tentou, mas ela estava se contorcendo de dor, e Olive rebuscou sua bolsa, as mãos tremendo, até encontrar a tesoura que sempre levava ali. "Deite no banco." Olive se inclinou para dentro do carro, mas teve medo de espetar a barriga da moça com a tesoura, então deu a volta até o outro lado, abriu a porta e dali conseguiu cortar a calça dela. Depois deu a volta no carro de novo e puxou a calça da moça. "Fique deitada", disse Olive com firmeza — ela era uma senhora professora.

A moça abriu as pernas, e Olive olhou. Ela ficou espantada. Partes *pudendas* foi o que passou por sua cabeça. Ela nunca tinha visto as partes... *pudendas* de uma jovem. Caramba! A quantidade de pelo — e estava tudo... bem, escancarado! Havia sangue e uma coisa gosmenta saindo; que situação! Ashley soltava uns grunhidos, e Olive disse: "Certo, certo, fique calma". Ela não tinha a menor ideia do que deveria fazer. "Fique calma!" Ela gritou isso. Estendeu a mão para tocar nos joelhos de Ashley, abrindo-os um pouco mais. Em questão de minutos — Olive não fazia ideia de quantos minutos —, Ashley emitiu um som alto, um grunhido forte misturado com um berro. E uma coisa escorregou dali.

Olive achou que a garota não tinha tido bebê nenhum, mas algo amorfo, quase argila. Em seguida viu o rosto, os olhos, os braços... "Ah, minha nossa", disse Olive. "Você tem um bebê."

Mal se deu conta da mão do homem em seu ombro enquanto ele dizia: "Certo, vamos ver o que temos aqui". Ele era da ambulância, ela nem tinha ouvido a chegada deles. Mas quando Olive se virou e viu seu rosto, tão no controle de tudo, sentiu um súbito amor por ele. Marlene estava parada no gramado, lágrimas escorrendo pelo rosto. "Ah, Olive", disse ela, "ah, minha nossa."

Olive agora se levantou e andou pela casa. O lugar já não parecia uma casa, e sim um ninho no qual um rato vivia. Já fazia muito tempo que ela tinha essa sensação. Sentou na pequena cozinha, depois se levantou e passou pelo "quartinho anexo", como ela e Henry o chamavam, agora com a colcha roxa jogada de qualquer jeito sobre o grande assento junto da janela — era ali que Olive dormia desde a morte do marido —, voltando em seguida para a sala, onde se viam, na parede ao lado da lareira, manchas claras de umidade da neve do último inverno. Ela se sentou na grande poltrona junto à janela e ficou balançando o pé para cima e para baixo. Ultimamente aqueles fins de tarde eram intermináveis, e ela se lembrou da época em que amava um longo entardecer. O sol cintilava pela baía, agora mais baixo no céu. Um raio de sol atravessava o piso de madeira e o tapete da sala de estar.

A inquietação de Olive cresceu; era quase insuportável. Balançou o pé mais e mais, cada vez mais alto, e então, quando o céu escureceu de vez, disse em voz alta: "Agora chega". Discou o número de Jack Kennison. Ela tinha se deitado ao lado do homem fazia quase um mês, e ainda parecia como se tivesse sonhado isso. Bem, se Bertha Babcock atendesse, Olive iria simplesmente desligar. Ou se qualquer mulher atendesse.

Jack atendeu no segundo toque. "Alô?", disse, parecendo entediado. "É Olive Kitteridge quem está ligando?"

"Como você sabia?", perguntou ela; uma onda de pavor atravessou-a, como se ele a estivesse vendo sentada em sua casa.

"Ah, eu tenho uma coisa chamada identificador de chamadas, então eu sempre sei quem está ligando. E aqui está dizendo — espera, deixa eu ver de novo —, sim, está dizendo 'Henry Kitteridge'. E a gente sabe que não poderia ser o Henry. Então achei que talvez fosse você. Oi, Olive. Como você está hoje? Estou muito contente por você ter ligado. Fiquei me perguntando se a gente voltaria a se falar algum dia. Senti sua falta, Olive."

"Eu fiz um parto há dois dias." Olive disse isso sentada na ponta da cadeira, olhando pela janela para a baía escura.

Depois de um momento Jack disse: "Você *fez*? Você fez um parto?".

Ela lhe contou a história, recostando-se um pouco, segurando o telefone com uma das mãos, depois passando-o para a outra. Jack gargalhava. "Adorei, Olive. Por Deus, você fez um parto. Que coisa incrível!"

"Bem, quando eu telefonei para o meu filho e contei, ele não achou tão incrível assim. Ele parecia... bem, não sei como ele parecia. Que só queria falar de si mesmo."

Ela sentiu que Jack estava pensando a respeito. Então ele disse: "Ah, Olive, esse seu filho é uma grande decepção".

"Sim, ele é", ela concordou.

"Venha aqui", disse Jack. "Pegue o seu carro e venha me ver."

"Agora? Já está escuro."

"Se você não dirige à noite, posso ir aí te buscar", ele falou.

"Eu ainda dirijo à noite. Até daqui a pouco, então. Tchau", disse Olive, desligando. Ela foi pegar seu casaco novo pendurado no banheiro, a mancha úmida já tinha secado.

Jack estava com uma camiseta de manga curta e seus braços pareciam flácidos. A barriga parecia enorme sob a camiseta, mas a barriga de Olive também era grande; ela sabia disso. Pelo menos o traseiro dela estava coberto. Os olhos azuis de Jack brilharam ligeiramente enquanto ele se curvava e a fazia entrar.

"Olá, Olive."

Olive desejou não ter vindo.

"Posso guardar seu casaco?", ele perguntou, e ela disse: "Não". Ela acrescentou: "Faz parte da roupa".

Ela o viu olhar para o casaco, e ele disse: "Muito bonito".

"Eu o fiz ontem", disse ela, e Jack perguntou: "Você que fez?".

"Sim."

"Bem, estou impressionado. Venha se sentar." Jack a conduziu até a sala de estar, onde as janelas estavam escuras do lado de fora. Ele apontou com o queixo para uma poltrona e se sentou em outra na frente. "Você está nervosa", disse ele. E quando ela já ia responder com um por que diabos ela estaria nervosa, ele disse: "Eu também estou". E acrescentou: "Mas somos adultos, vamos saber lidar com isto".

"Imagino que sim", disse ela. Ela achou que ele poderia ter sido mais gentil sobre o casaco novo dela. Olhando em volta, ficou decepcionada com o que viu: um pato esculpido em madeira, um abajur com babado — essas coisas sempre estiveram aqui? Deviam estar, e ela não tinha reparado; como podia não ter reparado naquela besteirada toda?

"Minha filha está chateada comigo", disse Jack. "Eu te falei que ela é lésbica."

"Sim, você falou. E eu te disse..."

"Eu sei, Olive. Você disse que eu era um monstro por me importar com isso. E eu pensei a respeito e concluí que você tinha razão. Então liguei para ela há alguns dias e tentei, eu *tentei* — de um jeito idiota — falar para ela que eu sabia que eu era um merda. Ela não engoliu. Acho que ela pensa que eu simplesmente estou tão sozinho agora que a mãe dela se foi que decidi aceitá-la." Jack suspirou; ele parecia cansado, e pôs uma mão sobre seu cabelo ralo.

"E é verdade?", perguntou Olive.

"Bem, eu fiquei me perguntando. Pensei no assunto. Eu não sei. Pode ser que seja verdade. Mas também é verdade que o que você disse me fez pensar." Jack balançou a cabeça devagar, olhando para as próprias meias, o que fez Olive olhar também, e ela ficou surpresa em ver numa delas o dedão saindo por um buraco. A unha precisava ser cortada. "Meu Deus, isso não é nada atraente", disse ele. Jack cobriu o dedão com o outro pé por um momento, depois desistiu. "A questão é... filhos. Seu filho. Minha filha. Eles não gostam da gente, Olive."

Olive pensou um pouco. "É", concordou ela por fim. "Não acho que Christopher goste de mim. Por que será?"

Jack respondeu, erguendo os olhos para ela, a cabeça apoiada em uma mão: "Porque você foi uma péssima mãe? Vai saber, Olive. Pode ser que ele já tenha nascido assim também."

Olive se sentou e olhou para as mãos, que entrelaçou no colo.

Jack disse: "Espera. Ele não tinha acabado de ter outro bebê?".

"Ele morreu. Ela teve que esperar e fazer o parto com o bebê já morto."

"Ah, Olive, que *horrível*. Meu Deus, que coisa horrível." Jack se endireitou.

"É, é sim." Olive espanou com a mão uns fiapos do joelho de sua calça preta.

"Bem, talvez por isso ele não quis te ouvir falar do parto que você fez." Jack encolheu os ombros. "Só estou dizendo que..."

"É. Você tem razão. Claro." Ela não tinha pensado nisso, e sentiu o rosto corar. "Em todo caso, ela está tentando engravidar *de novo*, e este vai nascer numa piscina. Numa piscina infantil. Pelo menos foi o que ele me disse."

Jack inclinou a cabeça para trás e riu. Olive ficou surpresa com o som da risada dele — era muito genuína.

"Jack", ela falou de modo brusco.

"Sim, Olive?" Ele disse isso com um falso ar sério.

"Preciso te contar como foi *ridículo* aquele chá de fraldas. A filha da Marlene... bem, a pobre moça ficou sentada numa cadeira grudando todas as fitas dos presentes num prato de papel, e depois cada maldito presente tinha que circular pela sala, passando de uma mulher para outra. Isso para cada presente que ela ganhou! E todo mundo dizia: Ah, que amor, não é uma graça... Juro por Deus, Jack, pensei que eu fosse morrer."

Ele a observou por um momento, depois semicerrou os olhos com jovialidade.

"Olive", disse ele por fim, "não sei por onde você andou. Tentei te ligar algumas vezes, e achei que talvez você tivesse ido a Nova York ver o seu neto. Você não tem uma secretária eletrônica? Eu jurava que sim, pois eu já tinha deixado mensagens para você."

"Eu nunca vi o meu neto", disse Olive. "E é claro que eu tenho uma secretária eletrônica." Em seguida acrescentou: "Ah. Eu desliguei um dia, não paravam de telefonar por causa de umas férias que eu teria ganhado. Talvez eu não a tenha ligado de volta". Ela se deu conta de que foi isso mesmo que aconteceu; não havia ligado o maldito aparelho de volta.

Jack ficou em silêncio, analisando sua unha do pé. Depois ergueu os olhos e disse: "Bem. Vamos arranjar um celular para você. Eu vou comprar um para você e depois te mostro como usar. Mas me diga: por que você não viu o seu neto?".

Olive sentiu alguma coisa atravessá-la, teve a sensação de uma quase irrealidade. Esse homem, Jack Kennison, ia comprar um celular para ela! Ela disse: "Porque não me convidaram. Eu te contei como as coisas correram mal quando fui a Nova York".

"Sim, você contou. Você convidou o pessoal de lá para vir te visitar?"

"Não." Olive olhou para o abajur com o babado na base.

"Por que não faz isso?"

"Porque eles têm aquelas três crianças, eu te disse — ela teve dois filhos com dois homens diferentes —, e agora eles têm o Pequeno Henry, então tenho certeza de que eles não poderiam viajar."

Jack abriu uma mão. "Talvez não. Mas acho que seria bom para você convidá-los."

"Eles não precisam ser convidados, eles podem simplesmente vir." Olive pôs as mãos nos braços da poltrona, depois colocou-as de novo no colo.

Jack se inclinou para a frente, os cotovelos nos joelhos. "Olive, às vezes as pessoas gostam de ser convidadas. Eu, por exemplo, teria adorado que você tivesse me convidado para ir à sua casa várias vezes, mas você não me convidou, com exceção daquela vez em que eu *pedi* a você que me levasse lá. Então eu me senti rejeitado. Entende?"

Olive exalou alto. "Você poderia ter me telefonado."

"Olive, eu acabei de dizer que te *telefonei*. Telefonei algumas vezes, mas, como você desligou a secretária eletrônica, você não sabia que eu tinha telefonado." Ele se recostou de novo na poltrona, apontando um dedo para ela. "Só estou dizendo que não dá para ler a sua mente. E eu também te mandei um e-mail."

"Aham", disse Olive. "Bem, eu não chamo de e-mail uma porção de pontos de interrogação."

"Eu gosto de você, Olive." Jack lhe deu um meio-sorriso, depois balançou a cabeça de leve. "Não sei bem por quê, para falar a verdade. Mas eu gosto."

"Aham", repetiu Olive, sentindo o rosto corar de novo, e eles continuaram conversando. Falaram dos filhos e depois de algum tempo Jack lhe contou do dia que tinha tido recentemente, de como foi parado pela polícia por excesso de velocidade.

"Foi inacreditável a grosseria deles comigo, Olive. Parecia até que eu era procurado por homicídio, do jeito como me trataram." Jack abriu a mão, incrédulo, ao dizer isso a ela.

"Eles devem ter achado que você não era daqui."

"A minha placa é do Maine."

Olive deu de ombros. "Mesmo assim, um velho correndo a toda no seu carrinho conversível... Eles reconhecem uma pessoa de fora quando veem uma." Olive ergueu as sobrancelhas. "Estou falando sério, Jack. Eles farejam de longe quem você é." Ela baixou os olhos para o enorme relógio de Henry em seu pulso. "Está tarde", disse, levantando-se.

"Olive, você ficaria aqui esta noite?" Jack mudou de posição na poltrona. "Não, só me escute. Neste exato momento eu estou usando uma semifralda por causa da cirurgia de próstata que eu fiz pouco antes do diagnóstico de Betsy."

"O quê?", perguntou Olive.

"Só estou tentando te tranquilizar. Não vou te atacar. Você sabe o que é uma cueca absorvente, não sabe?"

"Cueca absorvente?", perguntou Olive. "Como assim...? Ah." Ela lembrou que já tinha visto em comerciais de televisão.

"Eu estou te dizendo que estou usando uma cueca absorvente, um negócio para quem faz xixi na calça. Homens que fazem xixi depois dessa cirurgia. Dizem que com o tempo melhora, mas ainda não melhorou. Olive, só estou te dizendo isso porque..."

Ela abanou a mão para fazê-lo parar. "Por Deus, Jack", disse. "Eu diria que você já passou por muita coisa." Mas ela percebeu que se sentia aliviada.

Jack disse: "Por que você não dorme no quarto de hóspedes e eu fico no outro quarto de hóspedes do outro lado do corredor? Só quero que você esteja aqui quando eu acordar, Olive".

"Só quando você acordar? Bem, eu posso voltar. Eu acordo cedo." Como ele não respondeu, ela acrescentou: "Eu não estou com a minha camisola nem com a minha escova de dentes. Acho que eu não ia conseguir pregar o olho".

Jack assentiu com a cabeça. "Eu entendo. Sobre a escova de dentes, temos algumas escovas novas, não me pergunte por quê. Mas Betsy sempre tinha umas escovas extras, e posso te emprestar uma camiseta, se você não se importar."

Eles ficaram em silêncio, e Olive entendeu. Ele queria que ela ficasse a noite toda. O que ela ia fazer? Voltar para casa, para o ninho de rato em que ela agora vivia? Sim, ela ia. Na porta, ela se virou. "Jack", disse ela. "Escuta."

"Estou escutando." Ele não tinha levantado da poltrona.

Ela ficou ali parada, olhando fixamente para o abajur ridículo com aquele babado todo em volta. "Eu só não quero esbarrar com você conversando com aquela Bertha Babcock no mercado..."

"Bertha Babcock, esse é o nome dela. Caramba, eu não conseguia me lembrar o nome dela." Ele se recostou na poltrona e bateu palmas uma vez. "Ela fica falando do tempo, Olive. Do *tempo*. Olha, Olive, só estou dizendo que eu gostaria que você passasse a noite aqui. Eu prometo: você terá o seu quarto e eu o meu."

Ela se aproximou. Se aproximou mesmo. Mas depois disse: "Vejo você de manhã, se quiser". Só quando ela abriu a porta Jack se levantou e foi até lá também.

Ele acenou com a mão. "Tchau, então."

"Boa noite, Jack." Ela acenou com a mão por cima da cabeça. Lá fora, o ar da noite a golpeou com os odores do campo e ela ouviu o barulho das rãs a caminho do carro. Já com a mão quase na porta, pensou: Olive, sua tonta. Imaginou-se em casa, dormindo na cama junto da janela no "quartinho anexo"; ela pensou em como iria passar a noite toda com o pequeno rádio no ouvido, como fazia desde que Henry morrera.

Olive se virou e caminhou de volta até a porta de Jack. Tocou a campainha, e Jack abriu a porta quase de imediato. "Está bem", disse ela.

Ela usou a escova de dentes nova que a pobre esposa falecida dele havia comprado (Olive não tinha nenhuma escova de dentes extra em casa), depois fechou a porta do quarto de hóspedes com cama de casal e vestiu a camiseta enorme que ele tinha lhe dado. A camiseta cheirava a roupa lavada e a alguma outra coisa — talvez canela? Não era o cheiro de Henry. Ela pensou:

esta é a coisa mais ridícula que eu já fiz. Depois pensou: só não é mais ridícula do que aquele chá de fraldas a que eu fui. Dobrou suas roupas e colocou-as na cadeira junto da cama. Não estava triste. Depois abriu uma frestinha da porta. Viu que ele tinha se instalado na cama de solteiro no quarto de hóspedes do outro lado do corredor. "Jack?", chamou ela.

"Sim, Olive?"

"Esta é a coisa mais ridícula que eu já fiz." Ela não sabia por que tinha dito aquilo.

"A coisa mais ridícula que você já fez foi ir àquele chá de fraldas", respondeu ele, e Olive ficou atônita por um momento. "A não ser pelo parto que você fez", acrescentou ele.

Ela deixou a porta entreaberta e se deitou na cama, virando-se de lado, na direção contrária à porta. "Boa noite, Jack." Ela praticamente gritou essas palavras.

"Boa noite, Olive."

Aquela noite!

Foi como se ondas a arrastassem para cima e para baixo, levando-a para o alto — bem alto —, depois vinha uma escuridão de baixo e ela ficava apavorada e se debatia. Pois ela via que a vida dela — a vida dela, que noção mais tola, essa da vida dela —, que a vida dela estava diferente, que ela poderia ficar bem diferente ou então não mudar em nada, e as duas opções eram indescritivelmente terríveis para ela, exceto quando as ondas a levavam para o alto e a sensação era boa demais, só que não durava muito, e logo ela estava embaixo de novo, afundada nas ondas, e assim foi — para lá e para cá, para cima e para baixo, ela estava exausta e não conseguia dormir.

O sol já estava quase nascendo quando ela pegou no sono.

“Bom dia”, disse Jack. Ele estava parado, o cabelo todo bagunçado, na porta do quarto dela. Usava um roupão de banho azul-marinho que batia nas canelas. Ele lhe era estranho; ela sentiu um desânimo.

Olive abanou a mão da cama. “Cai fora”, disse. “Estou dormindo.”

Ele deu uma gargalhada. E que som era aquele; Olive sentiu algo físico, um arrepio. Ao mesmo tempo sentiu pavor, como se tivessem acendido um fósforo nela e ela estivesse encharcada de óleo. O pavor, o arrepio e a risada dele — era um pesadelo, mas também era como se uma enorme lata em que ela estivera enfiada tivesse acabado de se abrir.

“Estou falando sério”, disse Olive. Ela se virou na cama. “Agora. Cai fora, Jack.” Ela apertou os olhos com força. *Por favor*, pensou. Mas não sabia o que queria dizer com isso. *Por favor*, pensou de novo. Por favor.

Faxina

Kayley Callaghan era uma garota do nono ano que morava com a mãe num pequeno apartamento da rua Dyer na cidade de Crosby, no Maine; seu pai tinha morrido dois anos antes. Sua mãe era uma mulher pequenina e ansiosa que, por não querer depender das três filhas mais velhas, todas já com suas famílias, tinha vendido a casa grande em que elas moravam na avenida Maple para um casal de fora, que achou o preço extremamente baixo e que vinha reformá-la nos fins de semana. A casa na avenida Maple ficava perto da escola de Kayley, e todo dia ela caminhava uma quadra a mais para não ter que passar pelo lugar onde seu pai havia morrido, no quarto dos fundos.

Era início de março, e o dia até então estivera nublado; o sol agora entrava pelas janelas da sala de aula de inglês de Kayley. Kayley, com a cabeça apoiada na mão, estava pensando no pai; ele era um homem que não tinha feito faculdade, mas, quando ela era pequena, ele havia lhe falado da fome que assolara a Irlanda e das Leis dos Cereais, que tornaram o preço do pão alto demais, ele tinha lhe falado sobre muitas coisas; em sua mente, agora, ela via pessoas morrendo nas ruas da Irlanda, corpos caindo à beira da estrada.

A sra. Ringrose estava em pé na frente da turma segurando o dicionário com as mãos, apoiadas em seu peito saliente. Ela disse: "Três frases e depois a palavra é de vocês", que era o que ela sempre falava quando eles faziam exercícios de vocabulário. A sra. Ringrose era velha, com cabelo branco e óculos que dançavam em seu nariz; eles tinham aro dourado.

"'Estrepitoso", disse a sra. Ringrose. Ela olhou para os estudantes sentados nas carteiras, a luz do sol refletindo em seus óculos. "Christine?" E a pobre Christine Labbe não conseguiu pensar em nada. "Hum, não sei." A sra. Ringrose não gostou disso. "Kayley?", ela chamou.

Kayley se endireitou. "O cachorro era realmente estrepitoso", disse.

"Certo", disse a sra. Ringrose. "Mais duas."

Kayley sabia o que a maioria das pessoas da cidade sabia sobre os Ringrose: no Dia de Ação de Graças, eles se vestiam de peregrinos e saíam pelas escolas do estado dando palestras sobre os primeiros Dias de Ação de Graças na Nova Inglaterra; a sra. Ringrose sempre tirava dois dias de folga da escola para fazer isso, os únicos dias de folga que ela tirava.

"As crianças brincando estavam sendo realmente estrepitosas", disse Kayley.

A sra. Ringrose não pareceu satisfeita. "Mais uma, Kayley, e a palavra é sua."

Kayley também sabia, porque a sra. Ringrose vivia falando nisto, que um dos ancestrais da sra. Ringrose tinha vindo da Inglaterra no navio *Mayflower* fazia muitos anos.

Kayley fechou os olhos por um momento e disse enfim: "Meu pai disse que os ingleses achavam que os irlandeses eram estrepitosos", e a sra. Ringrose ergueu os olhos para o teto e fechou o dicionário com força. "Certo, acho que já está muito bom. A palavra agora é sua, Kayley."

Sentada na sala de aula no segundo andar, enquanto o sol da tarde jorrava pelas janelas, Kayley sentiu um vazio no estômago que não era de fome, mas uma espécie esquisita de náusea; o sentimento — Kayley não sabia por quê — tinha a ver com a sra. Ringrose, cujo primeiro nome era Doris.

Doris Ringrose, e seu marido se chamava Phil. Eles não tinham filhos.

"Venha me ver depois da aula", disse a sra. Ringrose para Kayley.

Uma semana antes, Kayley tinha chegado em casa depois de limpar a casa de Bertha Babcock — coisa que ela fazia toda quarta-feira depois da escola — e ouvido sua irmã mais velha, Brenda, conversar com a mãe na cozinha. Kayley parou junto à porta no corredor escuro, a escada de madeira que ela tinha acabado de subir era íngreme e iluminada só por uma lâmpada, a mochila com os livros da escola estava escorregando de seu ombro, e ela ouviu Brenda dizer: "Mas, mãe, ele quer o tempo todo, e isso está meio que me deixando doente". E a mãe respondeu: "Brenda, ele é seu marido, é o que você tem que fazer".

Kayley hesitou, mas elas pararam de falar, e, quando ela entrou, Brenda se ergueu, dizendo: "Oi, querida. O que você tem feito?". Brenda era bem mais velha que Kayley, e ela sempre fora uma mulher bonita, com seu cabelo ruivo-escuro e sua pele lisa, mas ultimamente havia manchas marrons sob seus olhos e ela tinha engordado.

"Limpando a casa de Bertha Babcock", disse Kayley, deixando a mochila cair do ombro. "Não suporto fazer isso." Ela tirou o casaco e acrescentou: "Não suporto aquela *mulher*".

Acendendo um cigarro, a mãe de Kayley disse: "Bem, ela também não te suporta, não se iluda. Você é irlandesa, não passa de uma empregada para ela". Ela largou o fósforo no pires de sua xícara de chá e disse, dirigindo-se a Brenda: "Ela é congregacionalista, a Bertha Babcock", e assentiu pesadamente com a cabeça.

Brenda puxou seu cardigã azul, mas ele não fechava na frente da barriga dela. "Mesmo assim, que bom que você está fazendo isso." Ela piscou para Kayley.

"A sra. Ringrose vai pedir para eu limpar a casa dela também", disse Kayley. "A sra. Babcock me recomendou."

"Então tá", disse sua mãe, como se não se importasse, e talvez não se importasse mesmo.

"Outra congregacionalista?" Brenda fez a pergunta em tom brincalhão e Kayley disse: "Acho que sim".

Kayley foi para o seu quarto; a velha porta de madeira não fechava direito, e enquanto Kayley ouvia as mulheres conversando — em voz baixa agora — ela entendeu que estavam falando de sexo, sua irmã não queria fazer sexo com Ed, e Kayley não a censurava. Ele era simpático, o seu cunhado, mas um homem pequeno, e tinha os dentes estragados, e pensar que ele queria o tempo todo fazia o estômago de Kayley se revirar. Sentou na cama e pensou que jamais — jamais — iria se casar com alguém como Ed.

E ela nunca iria ficar velha como a Bertha Babcock, que era viúva, e cujo piso da cozinha era de azulejos pretos e brancos, que ela fazia Kayley limpar com uma escova de dentes no rejunte toda semana; Kayley não suportava isso. A casa dos Babcock parecia feder a uma solidão para a qual não haveria cura.

Brenda foi até a porta do quarto de Kayley; o quarto era pequeno, iluminado pela lâmpada de teto que brilhava na colcha cor-de-rosa de Kayley, que estava toda desarrumada na cama, e, enquanto Brenda vestia seu casaco, disse a Kayley: "Tenho que ir, querida, as crianças precisam jantar". Brenda morava a duas cidades dali. Então disse: "A mãe falou que você não tocou mais piano". Brenda perguntou baixinho, em tom conspiratório: "Será que ela deveria vender, querida?".

Kayley se levantou para dar um abraço de tchau na irmã. "Não, por favor, não deixe a mãe vender." Kayley acrescentou: "Vou tocar, prometo".

Era o pai delas que tocava piano, embora, depois que Kayley aprendeu a tocar, ele disse que preferia ouvi-la. "Eu amo você, e amo piano, então essa combinação me deixa nas nuvens", seu pai tinha dito, parado na porta da antiga sala de estar deles. Naquela noite, Kayley se sentou diante do piano, que era um velho piano de armário preto. Mas ela tocou mal, pois quase não tocava mais, e mesmo as sonatas mais simples de Mozart já não eram tão fáceis para ela como tinham sido. Kayley fechou a tampa do teclado. "Vou tocar mais", disse à mãe, que estava sentada no canto, fumando um cigarro junto da janela que ela havia deixado entreaberta, e sua mãe não respondeu.

Kayley passou o resto da noite no quarto, assistindo no computador a Martin Luther King Jr. fazer o seu discurso "Eu tenho um sonho". Era uma tarefa da aula de estudos sociais, mas seu pai também já havia lhe falado desse discurso.

A casa dos Ringrose apresentava uma solidão à sua maneira. Mas era de um cheiro diferente da casa de Bertha Babcock, e a casa era menor — ficava num cabo na rua River, e na frente havia um barco pequeno com a inscrição 1742 —, e era um pouco mais limpa; Kayley não precisava trabalhar tão duro. No primeiro dia dela ali, a sra. Ringrose disse que ela devia limpar a lenha da lareira toda semana com um produto de limpeza que deveria ser diluído num balde de água morna; a lenha era de bétula, e a casca das toras era de um cinza esbranquiçado. E ela precisava ficar de quatro para limpar o piso de madeira, a sra. Ringrose disse, e Kayley não se importou; ela era jovem, e não era a cozinha interminável da casa dos Babcock. Na sala de estar, numa mesa só para isso, havia uma miniatura de madeira do *Mayflower*. Kayley não devia tocá-la, a sra. Ringrose disse naquele primeiro dia, erguendo um dedo. "Não. Toque. Nela." Depois contou a Kayley que ela era descendente direta de Myles Standish, que tinha vindo naquele navio, e que se você reparasse — a sra. Ringrose se inclinou sobre a miniatura — dava para ver onde as pessoas ficaram, e Kayley murmurou "Ah, é mesmo", embora estivesse pensando no pai e em como, quando ele estava doente no quarto dos fundos, ela assistia com ele ao filme sobre Michael Collins, com o tanque verde dos ingleses entrando no Croke Park e atirando em todos os irlandeses. Kayley se afastou um pouco da sra. Ringrose; a proximidade tinha feito Kayley ver, em meio ao cabelo branco, as manchas rosa do couro cabeludo dela; a visão daquilo provocou em Kayley aquela sensação de náusea de novo.

Mas também naquele primeiro dia — foi a coisa mais estranha —, a sra. Ringrose fez Kayley experimentar seu vestido de noiva. O vestido estava amarelado em alguns pontos, estendido sobre a cama da sra. Ringrose. A sra. Ringrose tinha um quarto e um banheiro separados do marido. "É só para experimentar, Kayley. Você tem mais ou menos o tamanho que eu tinha quando me casei, e gostaria de ver alguém com este vestido." Ela fez um leve aceno de cabeça. "Vamos lá", disse.

Kayley olhou para trás, depois de novo para a sra. Ringrose. Lentamente, ela desabotoou a blusa, e a sra. Ringrose continuou parada ali, observando-a, então Kayley tirou a blusa, abriu o zíper da calça jeans e a tirou também, depois de se livrar do tênis. Ficou ali de calcinha e sutiã na frente daquela mulher, enquanto uma luz leitosa entrava pelas janelas do quarto; Kayley sentiu um leve arrepio pelos braços e pelas pernas. A sra. Ringrose segurou o vestido sobre a cabeça de Kayley e ele deslizou pelo corpo dela, ajustando-se facilmente.

A sra. Ringrose tirou os óculos e enxugou os olhos com a outra mão. Seu rosto ainda estava úmido quando ela recolocou os óculos.

"Agora, escute", disse a sra. Ringrose, tocando o ombro de Kayley. "Comecei um grupo na nossa igreja chamado Quadro de Prata. Já existe um grupo chamado Círculo Dourado, mas são velhos, então comecei o Quadro de Prata, vamos ter um desfile de moda em junho, e eu gostaria que você tocasse piano lá e usasse meu vestido de noiva."

Com a mulher ainda a observá-la, Kayley voltou a vestir suas roupas.

A não ser pela primeira vez em que foi à casa dos Ringrose, a sra. Ringrose nunca estava lá. "Estarei no Quadro de Prata", ela tinha dito. Kayley pegava a chave de debaixo do capacho e entrava, conforme fora instruída. Havia sempre uma nota de dez dólares em cima da mesa da cozinha para ela.

Mas a casa dos Ringrose deprimia Kayley de um jeito realmente forte.

Por exemplo: o banheiro do sr. Ringrose tinha sido projetado para parecer uma latrina. Havia um barril pintado de verde-escuro em torno do vaso sanitário, de modo que parecia que você ia se sentar num buraco. Placas de madeira áspera tinham sido colocadas nas paredes. Kayley nunca havia falado com o sr. Ringrose; ele não estava lá quando ela fazia faxina, e ela só sabia quem ele era porque já o tinha visto na cidade com a sra. Ringrose: ele era alto, velho, de cabelo branco; durante anos ele trabalhara em Portland em algum museu de história, mas estava aposentado fazia muito tempo. Não havia pia no banheiro dele; só aquelas tábuas de celeiro com o barril verde-escuro no meio. O banheiro da sra. Ringrose era normal, porcelanas brancas, uma pia e uma penteadeira com a escova de cabelo dela e grampos.

Na sala de estar, o sofá era pequeno e rijamente estofado. O assento formava uma protuberância, e quando Kayley se sentava ali tinha a impressão de que poderia escorregar. Com as cadeiras era a mesma coisa. O estofado era de um tom rosa profundo, e nas paredes verde-escuras havia pinturas de pessoas que pareciam bonecas esquisitas, elas lembravam adultos, só que eram baixinhas e usavam chapéu branco e vestido de outra época; Kayley não suportava essas pinturas.

Ela não suportava.

"Mas como é que ela sabe que você toca piano?", perguntou Christine Labbe. Ela e Kayley caminhavam na calçada, perto do centro da cidade e da loja de donuts, e Christine estava comendo um donut com canela por cima. Os olhos de Christine tinham sido maquiados com rímel azul-escuro, e uma parte estava borrada.

"Não sei." Kayley se virou para olhar os carros passando. "Talvez ela tenha me ouvido tocar naquele piano do ginásio. Não sei como ela sabe."

Christine disse: "Ela é bizarra. O marido dela também é bizarro. Os dois se vestindo como aqueles peregrinos idiotas todo ano e falando daquele navio *Mayflower* idiota onde os ancestrais dela chegaram. Recitando aquele poema idiota do Longfellow, 'O namoro de Miles Standish', enquanto as crianças morrem de tanto bocejar".

"Você precisava ver a casa deles", disse Kayley, e ela descreveu o banheiro do sr. Ringrose.

Christine olhou para ela e disse: "Santo Deus". Então Kayley tocou em seu olho para indicar a Christine que a maquiagem dela estava borrada, Christine encolheu os ombros e deu outra mordida em seu donut.

No sábado à tarde, Kayley foi de bicicleta até o lar de idosos depois da ponte, onde a srta. Minnie vivia. Fazia frio em meados de março, mas agora havia bem pouca neve, e a bicicleta de Kayley passava sobre os gravetos caídos na calçada; suas mãos estavam frias porque ela não tinha posto luva. A srta. Minnie morara no apartamento em cima daquele em que Kayley vivia agora com a mãe; durante anos a srta. Minnie havia morado ali, e ela foi a primeira pessoa para quem Kayley fez faxina. A velha mulher era minúscula, com olhos enormes e escuros, e Kayley tinha se espantado com a sujeira, especialmente na cozinha, que com o tempo havia se incrustado na casa. Então Kayley esfregava e esfregava enquanto a srta. Minnie ficava espiando pela porta e dizendo: "Ah, que belo trabalho você está fazendo, Kayley!". A srta. Minnie batia palmas, ela realmente se empolgava com o trabalho de Kayley, e Kayley a amava por isso. A srta. Minnie sempre servia um copo de suco de laranja para Kayley quando ela terminava, e se sentava na frente dela à mesa, inclinando-se na direção de Kayley, perguntando sobre a escola e os amigos dela; ninguém tinha perguntado essas coisas para Kayley desde que seu pai havia morrido.

Depois que a srta. Minnie sofreu um derrame no último outono, Kayley passou a visitá-la no lar de idosos, ainda que o lugar fosse escuro e cheirasse mal. A srta. Minnie agradecia muitas vezes pela visita. "Tudo bem", dizia Kayley, "gosto de ver a senhora", e depois das primeiras idas ela passou a dar um beijo na srta. Minnie quando saía, e os olhos enormes e escuros da velha senhora brilhavam.

Kayley deixou a bicicleta trancada com cadeado atrás do lar de idosos, e quando deu a volta até a porta da frente a sra. Kitteridge estava saindo. "Oi de novo", a sra. Kitteridge disse para ela; era uma mulher grande e alta, e quando Kayley a tinha encontrado lá pela primeira vez, um mês antes, ela lhe pareceu um pouco assustadora. Agora a sra. Kitteridge segurava a porta aberta para Kayley e disse: "Mas que criança você é, vindo visitar alguém neste lugar. Meu Deus, espero que, quando eu chegar a esta etapa da vida, alguém simplesmente me dê um tiro".

Kayley respondeu: "Eu sei. Eu também. Quero dizer, também espero que me deem um tiro".

A sra. Kitteridge pôs seus óculos escuros, olhou para Kayley de cima a baixo e disse: "Bem, você não vai ter que se preocupar com isso por algum tempo". Ela deixou a porta fechar, e as duas ficaram ali juntas sob o sol fraco de março. "Eu dei umas bisbilhotadas e descobri que você é a garota Callaghan. Eu dei aula para as suas irmãs na escola anos atrás. Seu pai era o nosso carteiro. Era um bom homem, sinto muito por ele ter morrido."

"Obrigada", disse Kayley. Um súbito calor a envolveu, o fato de aquela mulher saber quem tinha sido seu pai. Kayley perguntou: "A senhora estava visitando sua amiga?".

A sra. Kitteridge soltou um longo suspiro, olhando para o céu pelos óculos escuros. "Sim. Horrível. A coisa toda. Mas escuta", voltando a olhar para Kayley, "na última vez você disse que fazia faxina para a srta. Minnie, e eu conheço outra idosa que está procurando faxineira. Bertha Babcock. É uma velha horrorosa, mas você não vai ter problemas. Posso dizer para ela te telefonar?"

"Ela já me encontrou", disse Kayley. "Trabalho lá nas quartas-feiras à tarde. Faz algumas semanas que comecei."

A sra. Kitteridge balançou a cabeça num gesto de aparente simpatia.

Kayley disse: "E agora tenho que limpar a casa da sra. Ringrose também. Ela é minha professora de inglês".

"Conheço a mulher. Outra velha horrorosa. Bem, boa sorte." E a sra. Kitteridge se afastou, acenando com a mão por cima da cabeça.

O lar de idosos estava escuro e continuava, como de costume, cheirando mal. A srta. Minnie estava dormindo, então Kayley se sentou na única cadeira do quarto. Na mesinha de cabeceira da cama da srta. Minnie, havia o retrato de um jovem de uniforme e ao lado da foto um ramalhete de violetas artificiais. A mesma foto e as mesmas violetas tinham estado junto da cama no apartamento da srta. Minnie. A foto era do irmão da srta. Minnie; Kayley soube disso num dia em que a srta. Minnie pegou o retrato e o segurou contra o peito, contando a Kayley sobre como ele tinha morrido na Guerra da Coreia. Isso deixou Kayley triste; ela teria preferido que fosse um homem que a srta. Minnie tivesse amado e não um parente dela.

Kayley estava sentada, esperando a srta. Minnie acordar. Uma cuidadora apareceu, uma mulher grandalhona de uniforme azul, que disse: "Ela passou a tarde toda dormindo. Está deprimida. Tem dormido cada vez mais". Kayley e a mulher olharam ao mesmo tempo para a srta. Minnie, depois Kayley se levantou e disse: "Certo. Mas a senhora poderia dizer a ela que eu estive aqui? Por favor?".

A mulher lançou um olhar para o relógio. "Saio daqui a uma hora. Se ela acordar antes, eu digo a ela."

"Vou deixar um bilhete", disse Kayley, a mulher grandalhona foi buscar uma folha de papel e um lápis e Kayley escreveu, em letras maiúsculas: OI, SRTA. MINNIE! SOU EU, KAYLEY. VIM FAZER UMA VISITA, MAS A SENHORA ESTAVA DORMINDO. VOLTO OUTRO DIA!

Num dia em que o pai de Kayley estava muito doente, ele fez um gesto para ela de onde estava deitado, na cama, e Kayley tinha se aproximado e colocado o ouvido perto da boca dele, e ele disse: "Você sempre foi a minha filha favorita". Em seguida, ele acrescentou: "A favorita da sua mãe é a Brenda". Havia uma gosma esbranquiçada no canto de seus lábios.

"Te amo, pai", disse Kayley; com um lenço, ela limpou cuidadosamente os lábios dele, e seu pai olhou para ela com um olhar afetuoso.

Ela pensava nisso com frequência, no fato de seu pai ter dito que ela era a filha favorita dele. E pensava na mãe, que sempre fora uma mulher desatenta e que agora trabalhava meio período num consultório odontológico na cidade; parecia que ela tinha poucas coisas a dizer a Kayley todas as noites, e Kayley vivia magoada com isso; Kayley de fato sentia uma pequena onda de dor atravessar seu peito às vezes, e pensava: é por isso que falam em sentimentos feridos; eles realmente doem.

Na semana seguinte, quando Kayley foi trabalhar na casa dos Ringrose, ela teve aquela mesma sensação que sempre tinha na casa deles, de um desânimo quase palpável. O dia estava incrivelmente ensolarado, a luz jorrava pelas janelas da sala de estar, e depois de ter limpado as toras da lenha da lareira, Kayley se sentou no sofá de estofado rígido e duro.

Subitamente sentiu um forte impulso sexual, como se a castidade da casa estivesse gritando por ela. Kayley ficou ali sentada enquanto a sensação crescia, e depois de um instante abriu lentamente o primeiro botão de sua blusa e pôs a mão sob o sutiã, sentindo seu peito, e um calor a envolveu. Fechou os olhos e abriu o segundo botão da blusa, tirando o seio da taça do sutiã. Na imobilidade da casa, seu peito lhe pareceu vulnerável e vivo; ela levou os dedos à boca, depois tocou no seio outra vez e continuou tocando-o, tomada por sensações inacreditáveis. Ficou sentada de olhos fechados, tocando o seio, sentindo o ar tocá-lo também — era curiosamente eletrizante fazer isso na estranheza e no silêncio da casa dos Ringrose.

Um pequeno som fez com que ela abrisse os olhos, e na soleira da porta da sala estava o sr. Ringrose. Kayley se endireitou e tentou fechar a blusa; seu rosto ardia. O homem era alto e ficou parado observando-a por trás dos óculos, sem sorrir. Sem dizer uma palavra, ele fez um minúsculo gesto de assentimento com a cabeça, e na confusão daquele instante Kayley de alguma forma entendeu que ele queria que ela continuasse. Ela o encarou e depois disse, ou tentou dizer, "Não", mas ele falou primeiro, e sua voz era grossa. "Continue." Ela balançou a cabeça, mas ele continuou observando-a, e uma expressão gentil apareceu em seu rosto. "Continue", disse ele de novo, baixinho. Ela manteve os olhos fixos nele, estava extremamente assustada. Ele parecia saber disso, porque sua expressão gentil se intensificou; ele inclinou a cabeça de leve. Ele disse baixinho: "Por favor, continue". Eles olhavam um para o outro, e os olhos dele — ele usava óculos grandes sem aro — pareciam gentis e estranhamente inofensivos. Então, passado um instante, ela fechou os olhos e tocou o seio de novo. Quando abriu os olhos, ele já não estava mais lá.

Ela abotoou a blusa às pressas, levantando-se; terminou de espanar a casa ainda com o rosto quente; sentiu falta de ar enquanto trabalhava, lavando o piso de quatro no chão. Sua mente não parava de pensar: ah, meu Deus, ah, meu Deus, ah, meu Deus.

Ela quase não viu, quando estava saindo, o envelope no capacho da porta da frente, então se curvou e viu seu sobrenome escrito nele. Pegou o envelope, e quando virou a esquina ela o abriu e encontrou três notas de vinte dólares.

Agora Kayley sentiu um medo diferente. Enfiou o dinheiro no bolso de trás da calça, ainda dentro do envelope, e saiu andando de bicicleta para longe da cidade. "Ah, meu Deus, ah, meu Deus", ela não parava de dizer.

Quando chegou em casa, sua mãe perguntou: "Onde você esteve?". Kayley disse que tinha ido andar de bicicleta depois de fazer faxina para os Ringrose; o dia estava tão bonito. Depois Kayley se sentou ao piano e começou a tocar — ah, como ela tocou! Ela repassou todas as sonatas de Mozart como se não conseguisse cavar os dedos fundo o bastante no solo fresco da música; ela tocou e tocou.

Enquanto jantavam, sua mãe disse: "Você mal tocou naquele piano desde que seu pai morreu, e ele fica lá ocupando todo aquele espaço".

Kayley disse: "Vou continuar tocando. Por favor, não se desfaça dele".

Na semana seguinte estava chovendo e Kayley foi de bicicleta à casa dos Ringrose com sua capa de chuva e o capuz por cima da cabeça, mas ela ainda estava pingando quando entrou, e novamente não havia sinal de nenhum dos dois. Secou-se o melhor que pôde com uma toalha da cozinha e se lançou ao trabalho, pegando o balde com o produto de limpeza para a lenha, e enquanto estava de joelhos passando um pano nas toras da lareira — deve ter havido algum som — ela ergueu os olhos; o sr. Ringrose estava parado no mesmo lugar da outra vez. Havia gotas de chuva em sua camisa azul-clara, e também em seus óculos, mas ela podia ver seus olhos. Ele simplesmente ficou ali parado olhando para ela, e ela não disse nada. Depois de algum tempo, ele fez de novo aquele minúsculo gesto de assentimento com a cabeça, ela se sentou nos calcanhares, pôs a mão no peito, ele repetiu o leve gesto de assentimento, e depois de um instante Kayley se levantou devagar, secando as mãos na calça jeans, foi se sentar no sofá rígido e desabotoou a blusa, desta vez olhando para ele. Foi uma sensação de irrealidade para Kayley, enquanto tirava a blusa lentamente, depois o sutiã, o ar da sala parecendo se lançar sobre seu peito nu, a chuva lá fora fustigando as janelas. O homem disse baixinho: "Obrigado".

No capacho da porta da frente, havia mais uma vez um envelope cheio de dinheiro.

Quando Kayley era bem nova, uma vez tinha perguntado para a mãe se ela era bonita, e sua mãe disse: "Bem, você não vai ganhar nenhum concurso de beleza, mas também não vai acabar num circo de horrores".

Na verdade, um pouco antes de seu pai morrer Kayley — ela estava no sétimo ano — foi convidada a participar de um concurso de beleza. Sua professora de educação física a chamou de lado e perguntou se ela aceitaria ir à competição Mini Miss Atitude na cidade de Shirley Falls; o pai de Kayley ficou furioso. "Filha minha não vai ser julgada pela aparência que tem!" Ele ficou realmente zangado, então Kayley disse à sua professora que não, que ela não poderia ir, e Kayley não se importava com ir ou não.

No entanto, ultimamente ela ficava na frente do espelho do quarto se olhando, virando a cabeça para um lado, depois para o outro. Achava — algumas noites ela pensava nisto — que talvez fosse bonita. Ela não tirava a blusa e o sutiã na frente do espelho para ver o que o sr. Ringrose via. Não era uma coisa que ela era capaz de fazer, mas pensava quase o tempo todo naquele homem.

Junho chegou. As aulas acabariam em duas semanas.

Na sala de atividades da igreja congregacional, Kayley estava sentada no banco do piano com o vestido de noiva da sra. Ringrose. Era um dia atipicamente quente, e um grande ventilador girava, guinchando baixinho. Cadeiras dobráveis tinham sido dispostas de maneira a deixar um corredor no meio, e o velho piso de madeira rangia com os passos das mulheres acomodando-se nas cadeiras. Pelas janelas, via-se um forte céu azul e também uma parte do estacionamento. Fazia nove semanas, todas as quartas-feiras, que Kayley tirava a blusa para o sr. Ringrose — só uma vez ele não apareceu, e Kayley ficou desolada —, e os envelopes cheios de dinheiro, que ela havia enfiado na gaveta da cômoda, embaixo das calcinhas e meias, já eram tantos que ela tinha passado a escondê-los no armário. Era estranho, porque às vezes havia sessenta dólares, algumas vezes só uma nota de dez e outras menores, e uma vez havia duas notas de vinte.

Sentada ao piano, Kayley observou a sra. Ringrose caminhando pela sala de atividades e pensou: o seu marido *viu o meu peito* e aposto que ele já não vê o seu há anos! Esse pensamento a deixou extremamente feliz. A sra. Ringrose enfim lhe dirigiu um aceno de cabeça e Kayley começou a tocar "Pompa e circunstância", e a primeira mulher do desfile do Quadro de Prata veio caminhando pelo pequeno corredor aberto entre as cadeiras dobráveis com um vestido longo e um chapéu branco sobre o cabelo grisalho; a sra. Ringrose, na frente da sala, disse: "Os primeiros peregrinos, 1620". Devia haver umas quinze idosas sentadas nas cadeiras colocadas para cinquenta pessoas, e Kayley continuou tocando enquanto a sra. Ringrose, atrás de um púlpito, anunciava quem era cada pessoa e a que período correspondia o que quer que ela estivesse vestindo.

Bertha Babcock entrou por último, com um terninho laranja. "A era moderna", disse a sra. Ringrose, e todas bateram palmas de leve.

Mais tarde, as mulheres ficaram sentadas nas cadeiras dobráveis comendo biscoitos, com finos guardanapos de papel no colo. Ninguém falou com Kayley, então, passado algum tempo, ela foi tirar o vestido de noiva, deixou-o na mesa na frente da sala e voltou para casa de bicicleta.

Christine Labbe a fitou com seus olhos maquiados de azul, depois soltou uma gargalhada. "Que nojo", disse, e riu de novo, e de novo, tossindo, curvando-se.

"Foi mesmo", disse Kayley. "Foi muito ridículo."

"Você acha?" Christine tossiu de novo e disse: "Minha Nossa Senhora, Kayley. Que coisa mais fodida e idiota. Ela vai se aposentar este ano, você sabe".

Kayley disse que não sabia. Ela olhou para um caminhão estacionado ali perto; havia um adesivo nele que dizia: PRECISA-SE DE MATUTOS. SARDENTOS O.K.

"Pois é. O conselho estudantil estava todo choroso por causa disso, e eles vão dar um buquê de lilases para ela no último dia de aula." Christine revirou os olhos.

"Quem se importa. Eu é que não, com certeza", disse Kayley.

* * *

Naquelas noites, em casa, Kayley tocava piano; ela tocava mais e mais, e ficou boa de novo. Seus dedos voavam pelo teclado, para lá e para cá.

No lar de idosos, a srta. Minnie estava curvada sobre um tabuleiro, a cabeça apoiada no peito, os olhos fechados. "Srta. Minnie?", sussurrou Kayley, inclinando-se para a idosa. "Srta. Minnie?" Mas ela não respondeu; não se mexeu nem abriu os olhos. Ela tinha estado assim — nessa exata posição — nas últimas duas vezes em que Kayley foi de bicicleta ao lar de idosos. A mesma cuidadora apareceu, com seu uniforme azul, e ficou parada com as mãos nos quadris, observando a srta. Minnie.

"Ah, querida", disse ela finalmente para Kayley. "Ela só está muito velha, e realmente deprimida."

Kayley se inclinou para a srta. Minnie e falou baixinho em seu ouvido, sentindo o cabelo fino da mulher roçar sua boca. "Srta. Minnie, sou eu, Kayley. Está ouvindo, srta. Minnie?" Então Kayley disse: "Amo você". A mulher não se moveu.

Na visita seguinte de Kayley, ela encontrou o quarto da srta. Minnie vazio — completamente vazio, sem cama, sem cadeira —, e havia duas mulheres limpando o chão com esfregões. "Espera!", disse Kayley, mas elas apenas continuaram passando o esfregão, e quando Kayley foi até a recepção a mulher sentada ali lhe disse: "Sinto muito. Não tínhamos o seu número, senão teríamos telefonado".

Naquela noite, a mãe de Kayley apenas deu de ombros e disse: "Bem, uma hora ia acontecer".

"Mas e a fotografia do irmão dela, e as violetas?"

Sua mãe disse: "Devem ter jogado fora".

Kayley esperou algum tempo, para que sua mãe não achasse que ela não queria ficar com ela, depois disse: "Mãe, quero dar uma volta de bicicleta. As noites já estão claras agora", e sua mãe lhe lançou um olhar desconfiado. Kayley não conseguiu pedalar rápido o suficiente ao subir a rua Dyer, depois descer a rua Elm, depois passar pela escola... ela simplesmente não conseguia pedalar rápido.

Quando o sr. Ringrose apareceu na semana seguinte, silencioso como sempre, Kayley estava espanando os pés do sofá. Ela se virou; estava feliz demais em vê-lo. "Oi", sussurrou enquanto se levantava. Era a primeira vez que falava com ele. Ele assentiu com a cabeça e lhe deu um sorriso minúsculo, fitando-a através de seus óculos sem aro. Ela desabotoou a blusa sem se deter. Achou que os olhos dele pareciam ainda mais gentis que de costume e manteve os olhos fixos nele enquanto umedecia os dedos e tocava os seios, os bicos endurecendo quase de imediato; se a sra. Ringrose entrasse, ela não se importava! Era assim que Kayley se sentia naquele dia enquanto virava ligeiramente de um lado, depois do outro, para o silencioso sr. Ringrose.

Ela pôs o envelope de dinheiro dentro da gaveta de calcinhas, e nas três semanas seguintes fez o mesmo; ficou espantada numa semana em que viu uma nota de cem dólares.

As aulas já tinham acabado, e nas manhãs de quarta-feira e de sábado Kayley agora trabalhava na loja de donuts. Ela servia café e ia buscar os donuts nos fundos, colocando-os em sacos de papel branco para os clientes. Uma quarta-feira ela viu o sr. Ringrose passar pela loja; ele estava olhando para baixo, para a calçada, e não ergueu os olhos para a janela. Estava ligeiramente curvado, e de início ela quase não o reconheceu; seu cabelo branco estava espetado, projetando-se em ângulos estranhos na cabeça. Ela se deteve no meio de um pedido para observá-lo; ele parecia não andar em linha reta. Não pode ser ele, concluiu ela. Mas ficou aturdida. Não, não pode ser ele.

Quando foi limpar a casa dos Ringrose na semana seguinte, ele não apareceu, e ela se sentiu terrivelmente triste e preocupada.

Naquele sábado, enquanto o sol se derramava pelas amplas janelas de vidro da loja de donuts, a sra. Kitteridge entrou. "Ah, sra. Kitteridge", disse Kayley; ficou surpresa com a alegria que sentiu em vê-la. Mas a sra. Kitteridge olhou para ela e disse: "Eu te conheço?". E Kayley corou.

"Eu sou a Callaghan que..."

"Ah, *espera*. Claro. Eu lembro de você indo de bicicleta até aquele lar de idosos horroroso para visitar aquela mulher."

Kayley perguntou: "A senhora continua visitando sua amiga lá? A minha amiga morreu".

A sra. Kitteridge olhou-a de cima a baixo. "Sinto muito", disse. Depois acrescentou: "Bem, não por ela estar morta, quem não ia querer estar morto vivendo lá? Ela foi bem esperta de ter morrido. Minha amiga continua viva".

"Ah, sinto muito", disse Kayley.

A sra. Kitteridge pediu três donuts simples e duas xícaras de café e se virou para o homem atrás dela. "Jack", disse, "diga oi para a garota Callaghan." O homem deu um passo à frente; ele também era grande, com óculos escuros de aviador e uma camisa de manga curta que deixava ver seus braços flácidos, e Kayley não gostou muito do modo como ele disse "Oi, garota Callaghan", como se estivesse zombando um pouco dela.

"Bem, tchau", disse a sra. Kitteridge, e os dois saíram, a sra. Kitteridge acenando com a mão por cima da cabeça.

* * *

Uma noite, alguns dias depois, o telefone tocou no apartamento delas, a mãe de Kayley atendeu e disse: "Sim, claro. Ela está aqui".

Kayley estava tocando piano — tocando-o ferozmente, mas parou quando ouviu o telefone — e quando sua mãe disse "É pra você", Kayley se levantou e foi até lá.

"Kayley? É a sra. Ringrose quem está falando."

Kayley abriu a boca, mas nenhum som saiu.

"Não vou mais precisar de você", disse a sra. Ringrose. Houve um silêncio depois disso.

"Ah, eu..." Kayley começou a dizer.

"Estamos com uns problemas de saúde aqui em casa, e eu me aposentei, como tenho certeza de que você sabe. Então posso cuidar das coisas. Obrigada, Kayley. Tchau."

Uma onda de tristeza tomou conta de Kayley e não a largava de jeito nenhum. Ela foi andar de bicicleta pela cidade, desceu ao longo da costa, pedalou e pedalou, pensando no sr. Ringrose. Não havia ninguém para quem ela pudesse falar sobre o que tinha acontecido, e a consciência disso permaneceu nela, provocando-lhe uma indisposição quase constante. Mas ela simplesmente seguiu em frente, andando de bicicleta, trabalhando na loja de donuts duas manhãs por semana, e o gerente do lugar lhe deu mais uma manhã, às quintas-feiras. Ela, porém, era uma garota arrasada, e numa tarde em que estava ajoelhada no chão da cozinha de Bertha Babcock com uma escova de dentes, sentiu uma tontura real. Bertha Babcock não estava em casa, e Kayley se levantou e deixou um bilhete para a mulher. NÃO POSSO

MAIS TRABALHAR AQUI. Ela nem sequer esvaziou o balde com água, e deixou a escova de dentes no chão.

No dia seguinte, sua mãe entrou na loja de donuts e disse para Kayley: "Vá direto para casa depois do trabalho". Sua mãe estava assustadora, furiosa, de olhos crispados. Quando Kayley chegou em casa, sua mãe a esperava em seu quarto. As calcinhas e meias de Kayley estavam jogadas na cama, a gaveta da cômoda puxada para fora feito uma língua. "Onde você arranjou este dinheiro?" Sua mãe gritou as palavras, mostrando os envelopes com as notas de vinte dólares e o único envelope com a nota de cem. Sua mãe pegou o dinheiro e jogou as notas para o alto, deixando-as voar pelo quarto. "Me diz onde você arranjou isso!"

"É o meu dinheiro da faxina", disse Kayley.

"Não é, não! Você ganha dez dólares para limpar a casa daquela Ringrose, e aqui há pelo menos trezentos dólares, de onde saiu esse dinheiro?"

"Mãe, faz séculos que eu limpo a casa dela."

"Não minta pra mim!" A fúria de sua mãe era enorme, projetando-se pelo quarto.

Kayley pensou rápido; fez as contas enquanto a mãe gritava; os outros envelopes cheios de dinheiro estavam escondidos no armário, e ela não deixou seus olhos se voltarem para aquela direção. Em vez disso, sentou na cama e disse, se esforçando para manter um tom de voz calmo: "É o meu dinheiro da faxina, mãe. Da Bertha Babcock, que me paga quinze dólares, o que dá vinte e cinco dólares por semana". Ela acrescentou: "E eu fui ao banco trocar por uma nota de cem, porque queria ter uma".

"Você está mentindo", disse sua mãe. "Bertha Babcock ligou hoje de manhã e me disse que você simplesmente foi embora." Kayley não respondeu. "Quem foi que te ensinou que você podia abandonar um emprego assim sem mais nem menos? Quem te *ensinou* uma coisa dessas?"

Kayley ficou olhando a mãe gritar e gritar com ela. Então

aconteceu uma coisa engraçada com Kayley. Ela deixou de se importar. Como se um interruptor tivesse sido desligado dentro dela. Todo o medo que vinha crescendo nela desapareceu. Para ela fora o suficiente; não se importava mais. Sua mãe chegou a lhe dar um tapa no rosto, fazendo lágrimas brotarem dos olhos de Kayley, mas ela não se importou. Foi a sensação mais estranha que já tinha tido, e o sentimento — não sua mãe — a assustou. Seu silêncio parecia aumentar a ira de sua mãe — "Vou chamar a sua irmã!", berrou a mãe —, e quando acabou, quando sua mãe saiu do quarto, Kayley olhou em volta e pensou que tudo ali parecia vandalizado: uma calcinha tinha ido parar no abajur virado de ponta-cabeça em sua escrivaninha, meias haviam sido jogadas contra a parede do outro lado, sua colcha cor-de-rosa fora rasgada.

Quando Brenda chegou, ela disse: "Deixe a gente ficar sozinha um instante, mãe". Sentada ao lado de Kayley na cama, Brenda falou: "Ah, querida, o que aconteceu?". Kayley olhou para ela; teve vontade de chorar, mas não se permitiu. "Querida", disse Brenda, pegando a mão de Kayley e acariciando-a, "querida, apenas me diga onde você arranjou o dinheiro, só isso, meu bem. Apenas me diga."

"Se você fizer as contas, vai ver que é o dinheiro que eu ganho na faxina. E também na loja de donuts."

Brenda assentiu com a cabeça. "Certo, foi o que eu pensei. A mãe só ficou muito, muito furiosa por você ter deixado o emprego na Bertha Babcock sem dizer nada para ela. A mãe não está bem, ela viu todo esse dinheiro e achou que talvez houvesse alguma coisa relacionada com drogas ou algo assim."

"Ah, *por favor*", disse Kayley, e Brenda assentiu, compreensiva, acariciando o braço de Kayley, depois disse: "Ah, querida, eu sabia que não era nada com drogas".

Passado algum tempo, Kayley disse: "Eu meio que odeio morar aqui com ela. Ela mal fala comigo. E... e isso me magoa".

"Ah, minha querida", disse Brenda. "Olha, escuta, minha querida. A mãe tem estado superdeprimida desde que o pai morreu. Ela já estava muito velha quando teve você..." Brenda se inclinou, acrescentando: "Mas graças a Deus que isso aconteceu!". Kayley olhou para a irmã, para as olheiras escuras em volta dos olhos dela, e subitamente se lembrou de Brenda ter dito: "Ele quer o tempo todo, e isso está meio que me deixando doente".

"Brenda, eu te amo", disse Kayley baixinho.

"E todos nós te amamos. Agora me escuta, minha querida." Brenda esperou, e depois disse, como se fosse um segredo: "Minha querida, você é *inteligente*. Você sabe disso, não sabe? Nós somos mais como a mãe", e ela pôs um dedo nos lábios como se para dizer que aquilo deveria ser mantido em segredo. "Mas você é como o pai. Você é inteligente. Então, Kayley, minha querida, apenas continue indo bem na escola, e você vai ter um futuro. Um futuro *de verdade*."

"O que você quer dizer com um futuro de verdade?"

"Quero dizer que você poderá ser médica, ou enfermeira, ou alguém importante, Kayley."

"Sério?"

"Sério", disse Brenda.

No dia seguinte, depois que sua mãe foi trabalhar, Kayley pegou os vários envelopes de dinheiro de seu armário e, enquanto andava pela casa procurando um lugar para escondê-los, de repente se lembrou do piano. Abriu a tampa no alto e jogou os envelopes lá dentro, vendo-os cair até o fundo atrás das cordas. Ela não fazia ideia de como iria recuperá-los, mas o dinheiro estava a salvo ali; ela tinha parado de tocar piano.

Agora já não esperava nada da mãe. Portanto, quando a mãe de repente era simpática com ela algumas noites, Kayley ficava surpresa e respondia de forma simpática. Ela comentou sobre a srta. Minnie com a mãe certa noite, e a mãe ouviu. A mãe lhe falou dos vários pacientes que iam ao consultório odontológico onde ela trabalhava, e Kayley ouviu. Era uma existência tolerável.

Por isso, num sábado, quando Kayley voltou da loja de donuts, entrou na sala e percebeu — feito um dente da frente faltando na boca de alguém — a ausência do piano ali onde ele havia estado, ela sentiu o estômago se revirar, como se aquilo não fosse real.

"Eu vendi", disse sua mãe. "Você já não tocava mais, então vendi para um centro de convivência perto de Portland."

Kayley esperou, mas elas nunca receberam nenhum telefonema sobre o dinheiro.

Num dos últimos dias do verão, a sra. Kitteridge voltou à loja de donuts. Ela estava sozinha desta vez, e não havia nenhum outro cliente naquele momento. "Olá, menina", ela disse, e Kayley respondeu: "Oi, sra. Kitteridge".

"Continua trabalhando para aquela doida da Ringrose?", perguntou a sra. Kitteridge; ela tinha acabado de pedir dois donuts simples.

E Kayley disse, colocando os donuts num saquinho branco: "Não, ela me demitiu".

"Ela te demitiu?" A expressão da sra. Kitteridge era de surpresa. Então ela disse: "O que foi que você fez? Brincou com o barquinho *Mayflower* dela?".

"Não. Ela apenas me telefonou e disse que não precisava mais de mim. E que havia uns problemas de saúde na casa, uma coisa assim."

"Hum." A sra. Kitteridge parecia estar refletindo. "Bem, o marido dela não anda muito bem."

Kayley sentiu um formigamento estranho na ponta do nariz. "Ele está morrendo?", perguntou.

A sra. Kitteridge fez que não com a cabeça. "Pior que isso", disse. Em seguida ela disse, inclinando-se e levando a mão ao rosto: "O marido dela está ficando lelé da cabeça".

"O sr. Ringrose? É *mesmo*?"

"Foi o que eu ouvi dizer. Ele foi visto fora de casa regando o canteiro de tulipas deles, pelado. E as tulipas já se foram faz tempo."

Kayley olhou para a sra. Kitteridge. "A senhora está brincando comigo?"

A sra. Kitteridge suspirou. "Ah, e ainda fica pior. Já que te contei tudo isso, posso muito bem contar o resto. Ela vai colocá-lo naquele lar de idosos onde a srta. Minnie estava. Dá para imaginar? Não é possível que eles não tenham dinheiro para pô-lo em outro lugar. Ela podia se dar ao luxo de colocá-lo no lar do Golden Bridge, mas vai mandá-lo para aquele lugar, e *eu* digo — foi o que eu sempre disse —", e a sra. Kitteridge deu duas batidinhas no balcão, "aquela mulher nunca foi boa com ele. Nem um tiquinho." A sra. Kitteridge assentiu com a cabeça para Kayley com ar grave.

"Ah", disse Kayley, processando tudo aquilo. "Ah, mas que triste, que coisa mais triste."

E a sra. Kitteridge disse: "Só Deus sabe como é triste".

Dali a dois dias, Kayley ia entrar no ensino médio. A escola ficava a um quilômetro e meio da cidade, sua mãe a levaria de carro de manhã e ela voltaria a pé, ou talvez algum amigo lhe desse carona. Mas a escola não ficava perto de sua velha casa na avenida Maple, e hoje ela passou de bicicleta pela casa e viu como ela havia mudado com a reforma. Eles a tinham pintado de azul-escuro, sendo que ela sempre fora branca, e havia vasos de flores no alpendre recém-construído. O quarto dos fundos onde seu pai tinha morrido fora posto abaixo, e agora havia uma grande varanda no lugar. Depois de passar pela casa, ela subitamente dobrou a esquina e pedalou com a bicicleta em direção à ponte, passando pela fábrica, até o lar de idosos onde a srta. Minnie estivera. Parou do outro lado da rua quando chegou, desceu da bicicleta e ficou olhando o prédio; era uma casa verde-escura de telhas asfálticas, e parecia menor do que antes. Ela caminhou ao lado da bicicleta pela beira da estrada; alguns carros passavam a toda. Esperou os carros passarem, atravessou a rua e deu a volta com a bicicleta até os fundos, onde os funcionários estacionavam. Não querendo ser vista por ninguém, foi até a lateral do prédio que dava para o bosque e se sentou ali no cascalho, a bicicleta apoiada na parede da casa.

A copa de uma árvore tinha começado a se tingir de um tom vermelho, e Kayley ergueu os olhos para observá-la, depois olhou para o cascalho brilhando no sol. Pensou na sra. Ringrose, em como ela havia criado o Quadro de Prata e feito aquele desfile de moda, começando com os peregrinos. Ah, meu Deus, pensou Kayley, recostando a cabeça no muro revestido de telhas e fechando os olhos. E aquele navio *Mayflower* na sala dela. Parecia a Kayley que a história a qual essa mulher tinha se agarrado não era mais importante; ela já estava praticamente apagada, só restava um pontinho dela — e não só por causa dos irlandeses, mas por tantas coisas que aconteceram depois, o movimento dos Direitos Civis, o fato de que o mundo era bem menor agora, as pessoas conectadas de novas maneiras, que a sra. Ringrose jamais imaginara.

Kayley pensou no sr. Ringrose, em quem, de certa forma, ela nunca tinha parado de pensar, na solidão que ele deve ter sentido, e continuava sentindo, agora só a alguns metros dali.

Kayley balançou a cabeça e cobriu o rosto com os braços. Naquele momento — só naquele momento — era tudo o que ela queria, apenas estar perto dele de novo.

Criança sem mãe

Eles estavam atrasados.

Olive Kitteridge odiava gente atrasada. Um pouco depois da hora do almoço, eles tinham dito, e Olive já havia colocado as coisas do almoço na mesa, sanduíches de pasta de amendoim e geleia para as duas crianças mais velhas e de atum para seu filho e a mulher dele, Ann. Quanto às menores, ela não fazia ideia; o bebê provavelmente ainda não comia nada sólido, com apenas seis semanas de vida; o Pequeno Henry tinha pouco mais de dois anos, mas o que é que crianças de dois anos comiam? Olive não conseguia lembrar o que Christopher comia nessa idade. Ela foi para a sala de estar, buscando ver tudo com os olhos do filho; ele haveria de perceber assim que entrasse. O telefone tocou e Olive voltou rápido para a cozinha para atendê-lo. Christopher disse: "Bem, mãe, estamos saindo de Portland agora, tivemos de parar pra almoçar".

"Almoçar?", disse Olive. Já eram duas da tarde. Visto pela

janela, o sol de fim de abril projetava uma luz leitosa sobre a baía, que brilhava com uma leveza de aço, nenhuma onda hoje.

"Tivemos que arranjar alguma coisa para as crianças comerem. Logo estaremos aí."

Portland ficava a uma hora dali. Olive disse: "Está certo, então. Vocês ainda vão precisar jantar?".

"Jantar?", perguntou Christopher, como se ela tivesse proposto que eles pegassem um ônibus até a Lua. "Claro, acho que sim." Olive ouviu um grito ao fundo. Christopher disse: "Annabelle, cale a boca! Pare já com isso. Annabelle, vou contar até três... Mãe, te ligo depois", e o telefone ficou mudo.

"Valha-me Deus", murmurou Olive, sentando-se à mesa da cozinha. Ela ainda não havia tirado os retratos da parede, mas o lugar parecia bem diferente, como se — e era o caso — ela fosse se mudar. Ela não pensava em si mesma como alguém que acumulava bugigangas, mas havia uma caixa de coisas num canto dos fundos da cozinha, e de onde ela estava, ao olhar para a sala, achou que aquele cômodo parecia ainda mais culpado; só havia a mobília e as duas pinturas na parede. Os livros não estavam mais lá — ela os tinha doado à biblioteca uma semana antes — e os abajures, com exceção de um, também já haviam sido guardados numa caixa.

O telefone tocou de novo. "Desculpe", disse seu filho.

"Você deveria estar falando no celular enquanto dirige?", perguntou Olive.

"Eu não estou dirigindo. Ann é quem está. Enfim, uma hora chegaremos aí."

"Certo, então", disse Olive. Ela acrescentou: "Vou ficar muito feliz de te ver".

"Eu também", disse seu filho.

Eu também.

Depois de desligar o telefone, ela andou pela casa, sentindo uma trepidação atravessá-la. "Você está fazendo tudo errado", disse baixinho a si mesma. "Ah, santo Deus, Olive." Fazia quase três anos que não via o filho. Isso não parecia normal ou certo para Olive. No entanto, quando tinha ido vê-lo em Nova York — quando Ann estava grávida do Pequeno Henry, muito antes de Ann ter tido esta outra criança, Natalie, um bebê agora — a visita correu tão mal que seu filho praticamente pediu que ela fosse embora. E ela foi. E desde então só o vira uma vez, não muito tempo depois, quando ele veio ao Maine de avião para o funeral do pai e discursou na igreja, lágrimas escorrendo pelo rosto. "Eu nunca ouvi o meu pai praguejar" foi uma das coisas que ela ouviu seu filho dizer naquele dia.

Olive deu uma olhada no banheiro, certificou-se de que havia toalhas limpas, ela sabia que havia, mas não conseguiu se impedir de verificar de novo. Eles disseram para ela não se preocupar por não haver um berço, mas Olive se preocupou, sim. O Pequeno Henry tinha dois anos e meio e Natalie seis semanas, como eles podiam não ter um berço? Bem, a julgar pelo modo como ela viu que eles viviam em nova York — por Deus, que bagunça era aquela casa —, ela concluiu que qualquer coisa serviria. Annabelle já tinha quase quatro anos e Theodore, seis. O que um garoto de seis anos gosta de fazer? E por que é que eles tinham tantos filhos? Ann tinha tido Theodore com um homem, Annabelle com outro, e havia parido mais dois bebês com Christopher. Que raios eles pretendiam com isso? Christopher não era um homem jovem.

Na verdade, quando Olive o viu saindo do carro, ela não acreditou — *não* acreditou — que ele agora tivesse alguns fios grisalhos no cabelo. Christopher! Ela caminhou na direção do filho, mas ele estava abrindo as portas do carro, e criancinhas se esparramaram para fora. "Oi, mãe." Ele assentiu com a cabeça para ela. Ali estava a menininha de cabelo preto, que de imediato se virou, vestida com um casaco volumoso de náilon e com uma bota de borracha que subia até os joelhos, cor azul-ciano, e havia o menino loiro, mais velho, que ficou encarando Olive; Ann, sem pressa, tirava o bebê do carro. Olive foi até Christopher, seu filho, e o abraçou, sentindo nos braços a estranheza de seu corpo de homem mais velho. Ela deu um passo para trás, ele deu um passo para trás e em seguida se inclinou para dentro do carro, na direção de uma criança sentada numa estrutura parecida com uma pequena cadeira de piloto para uma criança a caminho do espaço; ele tirou a criança de lá e disse para a mãe: "Este é o Henry".

A criança olhou para Olive com grandes olhos sonolentos e foi colocada de pé no chão, onde se agarrou à perna do pai. "Oi, Henry", disse Olive, e a criança revirou os olhos de leve e afundou o rosto na perna do pai. "Ele está bem?", perguntou Olive, porque a visão dele, de cabelo escuro como a mãe, e de olhos escuros também, a fez pensar na hora: este não é Henry Kitteridge! O que ela tinha pensado? Pensou que veria o marido no garotinho, mas em vez disso viu um estranho.

"Ele estava dormindo", disse Christopher, pegando a criança no colo.

"Bem, vamos entrando, vamos entrando", disse Olive, percebendo que ainda não tinha falado com Ann, que pacientemente segurava o bebê ali perto. "Olá, Ann", disse Olive, e Ann disse: "Olá, Olive".

"Mais azul impossível, essa sua bota. Só faltou o chapéu", disse Olive para a garotinha, que pareceu perplexa e foi até a mãe. "É só um modo de dizer", explicou Olive — a criança não estava de chapéu.

Ann disse: "Compramos essa bota para a nossa viagem ao Maine", e Olive ficou confusa.

"Bem, vai precisar tirá-la antes de entrar", disse Olive.

Em Nova York, Ann tinha perguntado se poderia chamar Olive de "mãe". Agora Ann não se moveu na direção de Olive, então Olive também não foi até ela, apenas se virou e caminhou para casa.

Três noites eles iam ficar.

Na cozinha, Olive ficou observando atentamente o filho. De início a expressão dele pareceu aberta, satisfeita enquanto olhava em volta. "Nossa, mãe, você realmente deu uma geral aqui. Uau." Depois ela viu a sombra chegar. "Espera, você doou tudo o que era do pai? O que aconteceu?"

"Não, claro que não." Depois ela disse: "Bem, claro, algumas coisas. Já faz um tempo que ele se foi, Chris".

Ele olhou para ela. "O quê?"

Ela repetiu o que havia dito, virando-se enquanto falava. Depois perguntou: "Theodore, você quer um copo d'água?". O garoto a fitou com olhos enormes. Então sacudiu ligeiramente a cabeça e foi até a mãe, que, com o bebê ainda no colo, movimentava os ombros para se livrar de seu volumoso suéter preto. Olive viu o abdômen saliente de Ann aparecendo pela legging preta, embora seus braços parecessem magros sob a blusa branca de náilon.

Ann se sentou à mesa da cozinha e disse: "Eu gostaria de um copo d'água, Olive", e quando Olive se virou para lhe entregar o copo, viu um seio — simplesmente despontando a olhos vistos, bem ali na cozinha, o mamilo grande e escuro —, e Olive se sentiu um pouco zonza. Ann apertou o bebê contra si e Olive viu aquela coisinha, de olhos fechados, abocanhar o mamilo. Ann sorriu para Olive, mas Olive achou que aquilo não era um sorriso de verdade. "Ufa", disse Ann.

Christopher não disse mais nada sobre os pertences do pai, e Olive achou que era um bom sinal. "Christopher", disse ela, "Sinta-se em casa."

Os olhos dele a fitaram de um jeito que a fez entender que aquela não era mais a sua casa — foi o que Olive achou ter visto no rosto do filho —, mas ele se sentou à mesa da cozinha, esticando suas longas pernas.

"O que você quer?", perguntou Olive.

"Como assim, o que eu quero?" Christopher olhou para o relógio, depois de novo para ela.

"Quero dizer, você também gostaria de um copo d'água?"

"Eu gostaria de uma bebida."

"Certo, que tipo de bebida?"

"Uma bebida-bebida, mas imagino que você não tenha nada do tipo."

"Eu tenho", disse Olive. Ela abriu a geladeira. "Tenho um pouco de vinho branco. Pode ser vinho branco?"

"Você tem vinho?", perguntou Christopher. "Sim, eu adoraria um vinho branco. Obrigado, mãe." Ele se levantou. "Espera, deixa que eu pego." Ele pegou a garrafa de vinho, que estava pela metade, e o serviu num copo de vidro, como se fosse limonada. "Obrigado." Ergueu o copo e tomou um gole. "Desde quando você bebe vinho?"

"Ah..." Olive se conteve, antes que dissesse o nome de Jack. "Eu só comecei a beber um pouquinho, nada demais."

O sorriso de Christopher era sarcástico. "Não, não é possível, mãe. Diga a verdade — quando você passou a tomar vinho?" Ele se sentou de novo.

"Às vezes eu recebo uns amigos, e eles bebem." Olive teve que se virar; ela abriu um armário e pegou um pacote de bolachas salgadas. "Quer bolacha? Tenho queijo também."

"Você recebe amigos?" Mas Christopher não parecia estar pedindo uma resposta, e ele ficou lá sentado com sua mulher, que finalmente enfiou o peito de novo na blusa. Christopher comeu todo o queijo e a maior parte das bolachas, e Ann deu uma bebericada no vinho dele, que ele rapidamente terminou. "Mais?" Ele empurrou o copo para a frente, e Olive, que achava que ele já tinha tomado o bastante, disse: "Está bem", dando-lhe a garrafa de vinho, que ele esvaziou no copo.

Olive precisava se sentar. Ela se deu conta de que só havia duas cadeiras na mesa; como não tinha percebido isso antes? Ela disse: "Vamos para a sala". Mas eles não se levantaram, então ela ficou junto do balcão, sentindo-se um pouco fraca. "Me falem da viagem", disse.

"Longa", disse Christopher, a boca cheia de bolacha, e Ann disse: "Longa".

Nenhum dos filhos de Ann disse uma palavra para Olive. Nem uma palavra. Nem um "obrigado" ou um "por favor" — nem uma palavra saiu da boca deles. Eles a observaram ressabiados, depois se viraram. Ela pensou que aquelas crianças eram horríveis. Disse: "Há sanduíches de pasta de amendoim e geleia ali", apontando para o balcão, e eles não disseram nada. "Está certo, muito bem", disse ela.

Mas o Pequeno Henry era uma graça à sua maneira. Na sala de estar — para onde eles finalmente foram, pois Olive disse de novo "Vamos para a sala" —, ele foi caminhando com passos vacilantes até ela e, tirando a mão molhada da boca, colocou-a na perna de Olive, sentada no sofá, e bateu no joelho dela algumas vezes, e ela disse: "Olá, Henry!". A criança disse: "Oi". "Olá!", disse ela de novo, e ele disse: "Oi, oi". Bem, foi divertido.

Mas quando Olive — só porque achou que era o que esperavam dela — pediu para segurar o bebê, Natalie, o bebê, chorou feito uma condenada assim que Olive a pegou nos braços. Chorou sem parar. "Certo, certo, calminha", disse Olive, entregando-a de volta para a mãe, que demorou um pouco para acalmá-la. Ann precisou tirar o peito mais uma vez para fazer isso, e Olive já não aguentava mais ver o seio da nora, tão *nu* aquele seio! Enorme de leite e cortado por algumas veias; sinceramente, Olive não fazia questão nenhuma de vê-lo outra vez. Ela se ergueu, dizendo: "Vou começar a fazer o jantar".

Christopher disse: "Ah, acho que ainda não estamos com fome".

"Sem problema", disse Olive por cima do ombro. Na cozinha, ela acendeu o forno e pôs lá dentro o prato que havia preparado de manhã, vieiras com creme de leite. Depois voltou para a sala.

Olive tinha esperado caos. Não tinha esperado o silêncio dessas crianças, ou mesmo o silêncio de Ann, que estava diferente da lembrança de Olive. "Estou cansada", Ann lhe disse em dado momento e Olive respondeu: "Imagino". Então talvez fosse isso.

Christopher estava mais falante. Esparramado no sofá da sala de estar, falou do trânsito que eles pegaram saindo de Worcester, falou do Natal que eles tinham tido, dos amigos, de seu trabalho como podólogo. Ela queria ouvir tudo. Mas Ann interrompeu, perguntando: "Olive, onde você colocou a sua árvore de Natal? Ali na janela da frente?".

"Eu não tive uma árvore de Natal", disse Olive. Ela acrescentou: "Por que diabos eu teria uma árvore de Natal?".

Ann ergueu as sobrancelhas. "Porque era Natal?"

Olive não gostou nada disso. "Não, nesta casa não era", disse.

* * *

Depois que Ann levou as crianças mais velhas para o escritório, onde o sofá tinha sido transformado em cama, Olive ficou sentada com Christopher e o Pequeno Henry, que balançava as pernas no colo do pai. "Que criança fofa", disse Olive, e Christopher concordou: "Ele é mesmo, não é?".

Ela ouvia Ann murmurando no escritório, e ouvia as vozes mais agudas — mas não as palavras — das crianças. Olive se levantou, dizendo: "Ah, Christopher, eu fiz um cachecol para o Pequeno Henry".

Olive foi ao escritório — as duas crianças mais velhas ficaram apenas ali paradas em silêncio, observando-a —, pegou o cachecol que havia tricotado, de um tom vermelho brilhante, levou-o até a sala e o entregou a Christopher, que disse: "Ei, Henry, olha só o que a vovó fez pra você", e o garotinho pôs o cachecol na boca. "Tolinho", disse Christopher para ele, tirando-o gentilmente de sua boca. "É pra esquentar você." E a criança bateu palmas. Olive pensou que ele realmente era uma criança incrível.

Ann apareceu na porta, ladeada pelos dois filhos, que agora estavam de pijama. Ela disse: "Hum, Olive?". Ela apertou os lábios por um momento, depois falou: "Você tem alguma coisa para as outras crianças?".

Olive sentiu a força da escuridão crescendo dentro de si. Precisou de um instante até confiar em si mesma e responder: "Não sei o que você quer dizer, Ann. Está falando de presentes de Natal? Eu mandei presentes de Natal para as crianças".

"É?", disse Ann devagar. "Mas aí era, sabe, Natal?"

Olive disse: "Bem, como você não comentou nada, talvez eles não tenham recebido os presentes".

"Não, nós recebemos", disse Ann. Então ela disse para Theodore: "Lembra daquele caminhão?".

A criança encolheu um ombro e se virou. Mas eles continuaram ali, aquela mãe bestial e seus dois filhos de dois homens diferentes, ficaram ali parados na porta, como se Olive devesse dar a eles... o que ela deveria dar a eles? Ela *realmente* teve de morder a língua para não dizer: Acho que você não gostou daquele caminhão. Ou dizer à garotinha: E aquela boneca? Imagino que você também não tenha gostado. Olive teve que se *forçar* para não dizer: Na minha época a gente agradecia as pessoas que nos mandavam presentes. Não, Olive realmente teve que fazer um esforço para não dizer isso, e ela não disse, e depois de alguns minutos Ann falou para as crianças: "Venham, vamos para a cama. Deem um beijo no papai". Elas foram até Christopher, deram um beijo nele, depois passaram direto por Olive, e foi assim. Que crianças mais horríveis, e que mãe horrível. Mas o Pequeno Henry subitamente se contorceu para fora do colo do pai e foi até Olive, arrastando seu cachecol pelo chão. "Oi", disse. Ele sorriu para ela! "Olá", disse Olive. "Olá, Pequeno Henry." "Oi, oi", disse ele. Ele segurou o cachecol na direção de Olive. "Brigado", disse. Bem, ele era um Kitteridge. Ah, se não era um Kitteridge... "Ah, o seu avô teria ficado tão orgulhoso!", ela disse para a criança, e ele sorriu e sorriu, os dentes molhados de saliva.

Christopher estava olhando toda a sala. "Mãe, este lugar está parecendo diferente pra caramba", disse.

"Faz tempo que você não vem aqui", disse Olive. "As coisas mudam e a sua memória também muda."

Olive estava feliz.

Seu filho conversava sozinho com ela. O Pequeno Henry tinha sido colocado na cama no andar de cima, e sua mãe e sua irmã bebezinha também estavam lá. As duas outras crianças estavam acomodadas no sofá-cama no escritório. A luz do abajur no canto se derramava sobre o filho. Isso era tudo o que ela queria: só isso. Os olhos de Chris pareciam límpidos, seu rosto parecia límpido. Os fios grisalhos em seu cabelo ainda a surpreendiam, mas ela achava que ele parecia bem. Ele falou bastante sobre seu trabalho como podólogo, sobre a moça que trabalhava para ele, sobre o seguro que ele precisava pagar, o seguro que seus pacientes tinham, Olive não se importava com qual fosse o assunto. Ele falou do inquilino deles, não mais o sujeito com o papagaio que gritava *Louvado seja o Senhor* toda vez que alguém xingava, mas um rapaz novo com a namorada, eles provavelmente iriam se casar logo. Falou e falou, o seu filho. Olive estava cansada, mas reprimiu um bocejo. Ficaria ali ouvindo-o para sempre. Ele poderia recitar o alfabeto para ela, que ela ia continuar ali sentada ouvindo.

Quando ele finalmente foi se deitar — "Bem, boa noite, mãe", erguendo uma mão —, ela permaneceu um momento na sala, só com o abajur ligado, a água toda escura pela janela, só o minúsculo pontinho de luz vermelha na Halfway Rock; na varanda da frente, as cadeiras de madeira que ela tinha comprado fazia pouco tempo pareciam esperar silenciosa e pacientemente no escuro. Era a primeira noite em meses que ela não falava com Jack, e sentia falta disso, mas agora ele lhe parecia tão distante. Então um grito súbito — "*Mãe!*" — veio do escritório. O coração de Olive disparou, ela levantou o mais rápido que pôde e foi até a porta do escritório, onde Annabelle estava. Annabelle olhou para ela e recuou, gritando de novo: "Mãe!".

"Pare já com isso", disse Olive. "A sua mãe está exausta. Deixe a sua mãe dormir."

A garotinha fechou a porta. Olive esperou um momento, depois subiu a escada para ir se deitar. Mais tarde ouviu a criança — provavelmente Annabelle — na escada, entrando em seguida no quarto dos pais. Olive pensou: Santo Deus, que peste.

Ouviu a voz cansada de Ann murmurando, mas Olive estava no computador, e havia um e-mail de Jack: Como está SENDO???? Estou com saudades, Olive. Por favor, por favor me escreva quando puder.

E ela respondeu: Ah, é muita coisa pra contar! Também estou com saudades.

Parte dela pensou: Convenhamos, Jack, estou toda ocupada aqui, não posso estar aí com você também! Era como se houvesse quinhentas abelhas zumbindo em sua cabeça.

Olive não dormiu muitas horas naquela noite, ficou repassando sua conversa com Chris como uma colegial bobinha — ah, como ela tinha sentido saudades dele! —, e quando acordou ouviu barulho de gente na cozinha. Saiu rápido da cama; ela costumava acordar bem cedo, e não esperava que Ann e Christopher — e todos os filhos deles — tivessem se levantado antes dela. Mas eles tinham. Todos já estavam na cozinha, vestidos, quando ela desceu. Olive não era do tipo que ficava de roupão na frente de pessoas que mal conhecia. "Bem, olá", disse, fechando o roupão com força. Ninguém falou nada. As crianças mais velhas olharam para ela com franca hostilidade — Olive sentiu isso —, e até o Pequeno Henry estava quieto no colo da mãe.

Christopher disse: "Mãe, você não comprou cereais? Eu te falei que a gente precisava de cereais de manhã".

"Você falou?" Olive não se lembrava do filho falando de cereais. "Bem, temos aveia", disse. Ela achou que viu Christopher e Ann trocando um olhar.

"Eu vou", disse Ann. "Só me diga como faço pra chegar lá."

"Não", disse Christopher. "Eu vou. Você fica aqui."

Então — por Deus, bem na hora — Olive disse: "Não, *eu* vou. Todo mundo fica onde está".

Olive subiu a escada, trocou de roupa, pegou seu casaco e sua grande bolsa de mão preta, atravessou a cozinha o mais rápido que pôde e foi de carro até o Cottle's. O dia estava bem ensolarado. Tudo o que ela queria era falar com Jack. Mas havia saído de casa sem o celular! E onde tinham ido parar os telefones públicos? Ela se sentia afobada e chateada, ciente de que as crianças estavam em casa esperando os cereais. Jack, Jack, ela chamou em sua cabeça. Me ajude, Jack, ela pediu. De que adiantava Jack ter lhe comprado um celular se ela não se lembrava de sair com ele? Por fim, já com os cereais dentro do saco de papel, enquanto saía do estacionamento ela viu um telefone público perto dos fundos do terreno. Estacionou de novo, caminhou rápido até lá, e de início não encontrou uma moeda, depois achou, enfiou-a no telefone e viu que não havia sinal de linha. O maldito telefone não estava funcionando. Ah, ela ficou uma fera.

Olive teve dificuldade em voltar para casa; realmente precisou se concentrar. Depois de largar o saco de papel com os cereais na mesa da cozinha, disse: "Me deem licença só um minuto", subiu a escada até o seu quarto e escreveu um e-mail para Jack, os dedos quase trêmulos. Me ajude, ela escreveu, não sei o que fazer. Então percebeu que ele não podia ajudá-la, que ele não podia telefonar para ela — eles tinham combinado de não conversar por telefone até Olive contar para Chris —, de modo que ela deletou o que havia acabado de escrever, digitando em vez disso: Está tudo bem, só estou com saudades. Aguenta aí! Depois acrescentou: (Logo escrevo mais).

De volta à cozinha, o silêncio continuava. "Qual é o problema?", perguntou Olive; ela ouviu raiva em sua voz.

"Não há muito leite, mãe. Só havia um pouquinho. Então Annabelle pegou o leite e Theodore teve que comer os cereais sem nada." Christopher disse isso recostado contra o balcão, um tornozelo cruzado sobre o outro.

"Está falando sério?", perguntou Olive. "Bem, posso voltar..."

"Não, sente aí, mãe." Christopher apontou com a cabeça para a cadeira em que Theodore estava sentado. "Está tudo bem. Theodore, deixe a sua avó se sentar na cadeira." A criança, de olhos baixos, foi escorregando da cadeira e ficou de pé.

Ann estava de costas para ela, e Olive viu o Pequeno Henry num dos joelhos de Ann, que também segurava o bebê. "E vocês?", perguntou Olive. "O que vocês vão querer? Que tal torradas?"

"Pode deixar, mãe", disse Christopher de novo. "Eu faço as torradas. Você senta, mãe."

Então ela se sentou do outro lado da mesa, na frente da nora, que se virou e sorriu seu falso sorriso para Olive. Theodore foi até a mãe e sussurrou alguma coisa no ouvido dela. Ann passou a mão no braço dele e disse baixinho: "Eu sei, querido. Mas as pessoas vivem de formas diferentes".

Christopher perguntou: "O que foi, Theodore?".

Ann disse: "Ele só estava comentando sobre o saco de papel em que os cereais vieram, queria saber por que Olive não usou uma sacola retornável". Ela olhou para Olive, encolhendo um ombro. "Em Nova York, a gente recicla. Levamos nossa própria sacola para a loja."

"É mesmo?", disse Olive. "Bem, que bom pra vocês." Ela se virou e abriu o último armário, quase jogando a sacola de compras retornável na mesa. "Se eu não estivesse com tanta pressa, teria usado isso."

"Ah", disse Ann. "Veja só, Theodore." A criança se afastou da mesa, depois se virou e foi para o escritório. Ann estava dando um grão de cereal para o Pequeno Henry. Ele não parecia tão bem-humorado naquela manhã. "Olá, Pequeno Henry", disse Olive, e ele não ergueu os olhos para ela, apenas olhou por um bom tempo para o cereal em sua mão e depois o colocou na boca.

* * *

O dia estava muito ensolarado e bonito; todas as nuvens do dia anterior tinham desaparecido e o sol brilhava pela casa. Lá fora — pelas grandes janelas da sala de estar — a baía surgia reluzente, e as boias de pesca de lagosta balançavam bem de leve; um barco de pesca saía naquele momento; as árvores do outro lado da baía formavam uma linha tênue. Ficou decidido que iriam todos até o Reid State Park ver as ondas. "As crianças nunca viram o oceano realmente", disse Christopher. "O *verdadeiro* oceano. Elas já viram as porcarias que chegam flutuando em Nova York. Queria que elas vissem a costa do Maine. Sei que já temos o mar logo aqui" — ele apontou com a cabeça na direção da janela, de onde a baía cintilava —, "mas queria que elas vissem mais."

"Bem, vamos lá então", disse Olive.

"Vamos ter que ir em dois carros", disse Christopher.

"Então iremos em dois carros." Olive se levantou e jogou no lixo a torrada que Theodore não havia comido. Em toda a vida, Olive nunca permitiu que Christopher desperdiçasse comida desse jeito, mas que diferença fazia? Que essa criança bestial desperdiçasse toda a comida que quisesse.

Já fora de casa, Olive foi pega de surpresa quando Christopher disse: "Mãe, quando foi que você comprou um Subaru?". O tom da pergunta não era gentil, foi a sensação que ela teve. Ela tinha deixado o carro na garagem no dia anterior; só estava do lado de fora por causa da ida ao mercado.

"Ah", disse ela, "eu precisava de um carro novo, então pensei: já sou uma senhora, vou comprar um carro bom para a neve." Ela não acreditou no que tinha acabado de dizer. Era mentira. Ela havia mentido para o filho. A verdade é que o carro era de Jack. Quando o Honda dela precisou de novas pastilhas de freio,

Jack tinha dito: "Pegue o meu Subaru, Olive. Somos duas pessoas com três carros, isso é ridículo, então você fica com o Subaru, e a gente mantém o meu conversível, porque eu amo esse carro".

"Não acredito que você comprou um Subaru", disse seu filho de novo, e Olive respondeu: "Mas eu comprei. É isso mesmo".

Olive mal acreditou no tempo que levou para arrumar as coisas. Christopher e Ann tiveram de se afastar para perto de onde os carros estavam, para conversar; Olive pegou seus óculos escuros e os colocou no rosto. Quando voltou, Christopher disse: "Theodore, você vai com a sua mãe e, Henry, vamos colocar sua cadeirinha no carro da sua avó". Então Olive esperou, sentindo frio dentro de seu casaco e mesmo com o sol brilhando, enquanto Christopher pegava a cadeirinha e a instalava no carro dela; ela o ouviu praguejar, porque o cinto de segurança não estava funcionando, e disse: "É um carro usado, Chris". Por fim, ele pôs a cabeça para fora e disse: "Certo, estamos prontos".

"Você dirige", disse ela, e ele dirigiu.

Ann estava sentada numa pedra de frente para o mar, embora a pedra devesse estar bem fria — ela ficava exposta ao vento e não estava úmida, mesmo assim devia estar gelada —, enquanto Christopher corria para lá e para cá com as crianças na praia. Olive observava a cena da ponta do estacionamento, o casaco apertado contra o corpo. Passados alguns minutos, ela foi até Ann, que ergueu os olhos para ela, o bebê dormindo em seu colo. "Olá, Olive", disse Ann.

Olive não sabia o que fazer. As pedras eram largas, mas ela achava que não ia conseguir se abaixar para se sentar. Então ela ficou em pé. Enfim disse: "Como está a sua mãe, Ann?".

Ann disse alguma coisa que se perdeu no vento. "O quê?", disse Olive.

"Eu disse que ela está morta!", Ann se virou de costas para Olive, gritando essas palavras.

"Ela morreu?", gritou Olive. "Quando foi isso?"

"Faz uns dois meses", gritou Ann em meio ao vento na direção de Olive. Olive ficou ali parada por algum tempo. Ela não tinha ideia do que fazer. Então decidiu que tentaria se sentar ao lado de Ann, e se curvou, apoiou as mãos cuidadosamente na pedra e por fim conseguiu se sentar.

Olive disse: "Então ela morreu um pouco antes de você ter a Natalie?".

Ann assentiu com a cabeça.

Olive disse: "Que inferno".

"Obrigada", disse Ann.

E Olive se deu conta de que aquela garota, aquela garota alta e estranha — que já era uma mulher de meia-idade —, estava de luto. "Ela morreu de repente?", perguntou Olive.

Ann semicerrou os olhos em direção à água. "Acho que sim. Só que ela nunca se cuidou, sabe. Então não deveria ter sido surpresa quando ela teve o ataque cardíaco." Ann esperou um momento, depois virou o rosto para Olive. "Mas acontece que eu fiquei surpresa. Ainda estou."

Olive assentiu com a cabeça. "Sim, claro que está." Pouco depois, Olive acrescentou: "Sempre é uma surpresa, acho. Mesmo que eles fiquem meses definhando, de repente eles simplesmente partem. Uma coisa horrível".

Ann disse: "Lembra daquela música, acho que era uma música gospel: 'Às vezes eu me sinto como uma criança sem mãe'?".

"'Bem longe de casa'", completou Olive.

"Isso, essa mesmo", disse Ann. Ela acrescentou: "Eu sempre me senti assim. E agora é verdade".

Olive refletiu sobre isso. "Bem, eu sinto muito", disse. Depois perguntou: "Onde ela estava morando quando morreu?".

"Perto de Cincinnati, ela sempre viveu lá. É onde eu cresci, sabe."

Olive assentiu com a cabeça. Pelo canto do olho observou a garota — a mulher — e pensou: Quem é você, Ann? Sabia que a garota tinha um irmão em algum lugar, mas qual era a história dele? Não lembrava, só sabia que eles não mantinham contato, será que ele era drogado? Devia ser. A mãe era alcoólatra, isso Olive sabia. E o pai havia se divorciado da mãe anos atrás; já tinha morrido fazia tempo. Ela disse de novo: "Bem, eu sinto muitíssimo".

"Obrigada." Ann se levantou — com uma facilidade surpreendente, considerando que estava segurando o bebê — e se afastou. Simplesmente se afastou! Olive precisou de um bom tempo para se levantar, teve que se apoiar em um braço e se arrastar um pouco para o lado até conseguir ficar em pé.

"Ah, francamente", disse. Estava ofegante quando voltou ao carro.

Na volta, Olive perguntou: "Chris, por que você não me contou que a mãe de Ann tinha morrido?".

Ele soltou um grunhido, dando de ombros.

"Mas por que você não iria me dizer uma coisa dessas?" Pela janela viam-se as árvores ainda sem folhas, o tronco escuro delas se projetando na direção do céu. Passaram por um campo que parecia encharcado e descuidado, o sol brilhante deixando tudo à mostra.

"Ah, a mãe dela era doida. Sei lá."

No banco de trás Henry cantarolou: "Cacholinho, cacholinho. Trem, avião! Papai, mamãe!". Olive se virou para vê-lo e ele sorriu para ela.

"Ele canta todas as palavras que conhece", disse Christopher. "Ele adora fazer isso."

"Eu não entendo", disse Olive depois de acenar para o Pequeno Henry. "Simplesmente não entendo, Christopher. Ela é minha nora, eu gostaria de saber o que se passa na vida dela."

Christopher lançou um olhar rápido para ela, depois voltou os olhos para a estrada; ele dirigia com um braço apoiado no volante. "Eu não sabia que você se importava", disse. Ele olhou de novo para ela. "Que foi?", perguntou.

Olive começou a formular uma pergunta. "Por que...?"

"Acabei de te responder."

Olive apenas assentiu com a cabeça. A pergunta que ela não fez era: Por que você se casou com essa mulher?

Eles sobreviveram a outra noite, depois a mais um dia, até que a última noite chegou. Olive estava exausta. Durante todo o tempo, com exceção do Pequeno Henry, as crianças não falaram com ela. Mas a encaravam — com uma ousadia cada vez maior, ela achava —, porque, sempre que olhava para elas, elas estavam encarando, e em vez de baixarem os olhos como tinham feito no início, elas continuavam olhando para Olive, Theodore com seus enormes olhos azuis e Annabelle com seus pequenos olhos pretos. Crianças inacreditáveis.

Finalmente elas foram para a cama no escritório e Olive ficou sentada com Christopher, Ann e o bebê, enquanto o Pequeno Henry — que garoto bonzinho! — dormia no andar de cima. Olive já estava se acostumando com o peito surgindo à vista de todo mundo, ela não gostava, mas estava se acostumando. E sentia pena de Ann, cuja dor lhe parecia diminuída. Assim, tentou ser simpática entabulando conversa com a mulher, e Ann parecia estar tentando dar o seu melhor também. Ann disse: "Annabelle queria aquela bota de borracha porque vínhamos para o Maine. Não é fofo?". E Olive, que não soube o que dizer sobre isso, assentiu com a cabeça. Ann afinal subiu para o quarto com o bebê, e então, quando ficou sozinha com Christopher, Olive percebeu que o momento tinha chegado.

"Christopher." Ela se forçou a olhar para ele, embora ele estivesse olhando para o pé. "Eu vou me casar."

Pareceu levar uma eternidade até ele erguer os olhos e dizer, com um meio-sorriso. "Espera. O que foi que você disse?"

"Eu disse que vou me casar. Com Jack Kennison."

Ela viu o rosto dele perder a cor; não havia dúvida de que ele tinha ficado pálido. Ele olhou para a sala em redor um momento, depois de novo para ela. "Mas que *porra* é esta, quem é este Jack Kennison?"

"Ele perdeu a esposa faz algum tempo. Já falei dele para você por telefone, Chris." Ela sentia como se seu rosto estivesse pegando fogo, como se todo o sangue que havia sumido do rosto do seu filho tivesse passado para o dela.

Ele olhou para ela com um espanto tão genuíno que ela achou que iria recuar de imediato, voltar atrás em tudo, se pudesse. "Você vai se casar?" Sua voz estava baixa agora. Num tom ainda mais baixo, ele disse: "Mãe. Você vai se casar?".

Olive assentiu rápido. "Sim, Chris."

Ele continuou balançando a cabeça de leve, devagar, de novo e de novo. "Eu não entendo. Não consigo entender, mãe. Por que é que você vai se casar?"

"Porque somos dois velhos solitários e queremos ficar juntos."

"Então *fiquem* juntos! Mas por que se casar? Mãe?"

"Chris, que diferença faz?"

Ele se inclinou para a frente e disse — num tom que parecia quase ameaçador: "Se não faz nenhuma diferença, então por que vai fazer isso?".

"Quero dizer, pra você. Que diferença faz pra você?" Mas Olive sentiu uma pontada horrível de dúvida. Por que estava se casando com Jack? Que diferença fazia *realmente*?

Christopher disse: "Mãe, você nos convidou pra vir aqui apenas pra dizer isso, não foi? Não acredito".

"Eu convidei vocês aqui porque eu queria ver vocês. Eu não te vejo desde o funeral do seu pai."

Christopher a olhava com um olhar severo. "Você nos chamou aqui pra dizer que ia se casar. Caralho, é inacreditável." Depois ele disse: "Mãe, você *nunca* nos convidou pra vir aqui".

"Eu não precisava te convidar, Chris. Você é meu filho. Esta é a sua casa."

Então a cor voltou ao rosto dele. "Esta não é a minha casa", disse, olhando em volta. "Ah, meu Deus." Ele balançou a cabeça devagar. "Meu Deus." Ele se levantou. "Por isso a casa está tão diferente. Você vai se mudar. Você vai se mudar pra casa dele? Claro que vai. E vai vender esta casa aqui? Ah, meu Deus, mãe." Ele se virou para olhá-la. "Quando você vai se casar?"

"Logo", disse ela.

"Vai haver uma cerimônia?"

"Nenhuma cerimônia", disse ela. "Vamos ao cartório."

Ele foi até a escada. "Boa noite", disse.

"Chris!"

Ele se virou.

Olive se levantou. "Seu linguajar é deplorável. Você disse no funeral do seu pai que o homem nunca praguejava."

Christopher fitou-a. "Mãe, você está me matando", disse ele.

"Bem, Jack vai vir aqui amanhã de manhã para conhecer vocês antes de vocês irem embora." De repente ela estava furiosa. "Boa noite", disse.

Ela ouviu — quase de imediato — Christopher e Ann conversando; ela não conseguia entender o que os dois diziam, estava sentada na sala, mas o som da voz deles lhe chegava de forma contínua. Por fim se levantou devagar, no maior silêncio, e se aproximou da escada. "Sempre foi narcisista, Chris, você *sabe* disso." Chris respondeu: "Mas meu Deus" e alguma outra coisa, e Olive se virou e voltou tão devagar e silenciosamente como antes para a sua cadeira na sala.

Mais tarde naquela noite, em seu quarto, ela não parava de pensar na palavra "narcisista", cujo significado ela conhecia, claro, mas será que *realmente* sabia o que aquilo queria dizer? Foi ao computador, procurou a palavra "narcisismo" no dicionário. "Autoadmiração", dizia, e depois "transtorno de personalidade". Fechou o computador. Olive não entendia, realmente não entendia. Autoadmiração? Olive não tinha admiração nenhuma por si mesma! Transtorno de personalidade? Dada a extensa e ampla gama de emoções humanas, por que alguma coisa era classificada como transtorno de personalidade? Quem inventou um termo desses? Gente como aquele terapeuta desmiolado com quem Ann e Christopher vinham se consultando fazia anos em Nova York. Bem, aquele terapeuta é que tinha um transtorno; ele era doido.

Ela se deitou na cama sem esperar dormir, e não dormiu. Tirou da gaveta da mesinha de cabeceira o radinho que, por tantas noites de sua vida recente, tinha segurado enquanto dormia — ou tentava dormir —, ligou-o baixinho, apertando-o contra o ouvido, e permaneceu nessa posição. Passou a noite toda olhando para o escuro, virando-se apenas algumas vezes. Observava os números vermelhos do relógio digital, sem soltar o radinho, ouviu cada palavra que veio dele e entendeu que não havia nem sequer cochilado.

Quando amanheceu, ela se levantou, se vestiu e desceu a escada. Pôs cereais em três tigelas e deixou o leite na mesa. Olhando de relance para o pequeno espelho junto da porta, viu seus olhos, vermelhos como os de um prisioneiro.

"Oi, mãe", disse Christopher, aparecendo na cozinha. "A que horas ele vem? Porque temos uma longa viagem pela frente."

"Vou telefonar para ele agora mesmo", disse Olive, e fez isso. "Oi, Jack", disse ela, "você poderia vir agora? Eles têm uma longa viagem pela frente e já querem sair. Maravilha. Até logo." Ela desligou.

"Ah, crianças, olha o que a vovó fez." Ann chegou segurando o bebê. "Ela serviu o cereal de vocês." As crianças não olharam para Olive — ela percebeu —, mas se sentaram, Theodore e Annabelle se equilibrando numa cadeira, e comeram o cereal. Eles faziam sons terríveis de mastigação. O Pequeno Henry pôs sua colher na mesa e bateu-a com força, depois sorriu para Olive enquanto leite e cereais voavam pelo ar. "Henry", murmurou Ann. E Henry disse: "Avião!", pegando a colher e girando-a no ar.

Assim que Olive viu o carro de Jack parando na entrada da casa, percebeu que Jack — claro — estava com o conversível, e torceu para que Christopher não o visse. Quando Jack bateu na porta e ela foi abrir, viu que ele estava usando seu casaco de camurça e achou que ele estava parecendo rico, dissimulado. Mas ele teve o bom senso de não beijá-la. "Jack", disse ela. "Olá. Venha conhecer o meu filho. E a esposa dele", acrescentou. E ainda acrescentou: "E os filhos deles".

Jack curvou de leve a cabeça com seu jeito irônico, os olhos brilhando como de costume, e seguiu-a até a sala de estar. "Olá, Christopher", disse ele, estendendo a mão. Christopher se ergueu devagar da poltrona onde estava e disse "Olá". Apertou a mão de Jack como se lhe tivessem oferecido um peixe morto.

"Ah, por favor, Chris." As palavras saíram da boca de Olive antes que ela percebesse o que tinha feito.

Christopher olhou para ela abertamente surpreso. "Por *favor?*", ele disse alto. "Por *favor*? Meu Deus, mãe. Como assim 'Ah, por favor, Chris'?"

"Eu só quis dizer..." E Olive entendeu que tinha medo do filho fazia anos.

"Ah, pare já com isso, Christopher! Pare, pelo amor de Deus!" Era a voz de Ann; ela tinha entrado na sala depois de Olive, e Olive, virando-se para ela, ficou atônita em ver que o rosto de Ann estava vermelho, seus lábios pareciam maiores, seus olhos pareciam maiores, e ela disse de novo: "Pare, Chris. Apenas pare! Deixe a mulher se casar. Qual é o seu problema? *Jesus*! Você não consegue nem ser educado com ele? Santo Deus, Christopher, mas *que* bebezão você é! Você pensa que eu tenho quatro crianças pequenas? Eu tenho é *cinco* crianças pequenas!".

Então Ann se virou para Jack e Olive e disse: "Em nome do meu marido, eu gostaria de pedir desculpas pelo comportamento inacreditavelmente infantil dele. Ele sabe ser bem infantil, e isso é infantilidade, Christopher. Jesus *Cristo*, como você é infantil".

Quase de imediato Christopher estendeu as mãos e disse: "Ela tem razão, ela tem razão, estou sendo infantil, me desculpe. Jack, vamos começar de novo. Como vai?" E Christopher estendeu a mão outra vez para Jack, e Jack a apertou. Mas o rosto de Christopher estava mais branco que papel, e Olive sentiu — em sua total perplexidade — uma pena enorme dele, do seu filho, que tinha acabado de levar uma bronca tão explícita de sua esposa.

Jack acenou distraidamente com a mão e disse alguma coisa sobre não haver problema, que ele tinha certeza de que era um choque, ele sentou, Christopher sentou, Ann saiu da sala e Olive ficou ali parada. Ela mal ouviu seu filho perguntar a Jack — que continuava com seu casaco de camurça — com o que ele havia trabalhado, e mal ouviu Jack responder que a vida toda fora professor em Harvard, que sua pesquisa tinha sido sobre o Império Austro-Húngaro, e Christopher assentiu com a cabeça e disse legal, que legal. Ann ia de um lado para o outro com as coisas das crianças, reunindo todos os pertences da família, as crianças na porta observando, às vezes indo até a mãe, e ela as enxotava. "Sai do caminho!", ela gritou para uma delas. O Pequeno Henry estava parado na porta da sala e começou a chorar.

Olive foi até ele. "Calma, calma", disse. Ele passou a mão sobre seus olhos molhados e olhou para ela. Em seguida — e Olive nunca teve certeza de que isso realmente aconteceu, o resto da vida ela não soube se tinha ou não imaginado isso —, ele mostrou a língua para ela. "O.k.", disse Olive, "então tá", e voltou para a sala, onde Jack e Christopher estavam agora de pé, encerrando a conversa.

"Tudo pronto?", Christopher perguntou a Ann enquanto ela passava mais uma vez pela sala com uma mala de rodinhas. Então ele se virou para Jack. "Muito prazer em conhecê-lo, se me der licença, tenho que ajudar minha esposa a reunir nossa ninhada."

"Ah, claro". E Jack curvou de novo a cabeça com seu jeito irônico. Ele deu um passo para trás, pôs as mãos nos bolsos de sua calça cáqui e em seguida as tirou de novo.

Olive permaneceu aturdida enquanto eles juntavam todas as coisas, os casacos, os sapatos, as botas azuis de borracha; Ann manteve uma expressão impassível, com Christopher todo servil em suas tentativas de ajudá-la. Finalmente eles estavam prontos para partir, e Olive vestiu seu casaco para acompanhá-los até o carro. Jack acompanhou-os também, e Olive viu o filho falar mais uma vez com Jack junto ao banco do passageiro — Ann ia dirigir —, e a expressão de seu filho era aberta, ele tinha até um sorriso no rosto enquanto falava com Jack. As crianças já estavam todas com cinto de segurança, e então Chris foi até Olive e lhe deu um meio abraço, quase sem tocá-la, e falou: "Tchau, mãe", e Olive disse: "Adeus, Chris", e em seguida Ann também a abraçou, sem maior ânimo, e disse: "Obrigada, Olive".

E eles foram embora.

Foi só quando Olive viu o cachecol vermelho que ela tinha tricotado para o Pequeno Henry caído no chão, metade dele embaixo do sofá da sala, que sentiu alguma coisa parecida com pavor. Ela se curvou para pegá-lo e foi com o cachecol para a cozinha, onde Jack estava inclinado com os braços apoiados na mesa. Olive abriu a porta e jogou o cachecol na lixeira junto da porta da frente. Depois voltou para dentro e se sentou de frente para Jack. "Bem", disse ela.

"Bem", disse Jack. Ele disse isso de modo gentil. Colocou sua mão enorme e com manchas da idade sobre a mão de Olive. Depois de alguns instantes acrescentou: "Acho que a gente já sabe quem é que veste calça naquela família".

"A mãe dela morreu há pouco tempo", disse Olive. "Ela está de luto."

Ela retirou a mão. Então lhe ocorreu, com o terrível alarido produzido pelo crescendo da verdade: ela tinha fracassado num nível colossal. Devia estar fracassando fazia anos sem perceber. Ela não tinha uma família como a das outras pessoas. As pessoas recebiam os filhos e eles conversavam, riam, os netos se sentavam no colo das avós, eles passeavam e visitavam lugares, faziam as refeições juntos, se beijavam quando iam embora. Olive tinha imagens dessas coisas acontecendo em muitas casas; sua amiga Edith, por exemplo, antes de se mudar para aquele lar de idosos, costumava receber os filhos em casa. Com certeza passavam dias melhores do que aquilo que havia acabado de acontecer ali. E isso não havia surgido do nada. Ela não entendia o que havia com ela, mas sabia que o que existia com ela é que ela tinha causado aquilo. E devia ter sido desse jeito fazia anos, talvez durante toda a sua vida, como poderia saber? Sentada na frente de Jack — perplexa —, teve a sensação de ter vivido a vida como uma cega.

"Jack?"

"Sim, Olive?"

Ela balançou a cabeça. Não iria contar a Jack sobre o choque que teve ao ver Ann gritar com seu filho, e o que lhe ocorreu agora, sentada ali, foi o fato de que não era a primeira vez que Ann gritava com ele daquele jeito; aquele era o tipo de clareira que se vislumbrava sem querer na escuridão de um relacionamento, como se no interior de um celeiro escuro a porta fosse escancarada pelo vento só por alguns instantes e você visse coisas que não eram para ser vistas...

No entanto era mais que isso.

Ela fizera o mesmo que Ann. Havia gritado com Henry na frente de outras pessoas. Não lembrava de quem tinha sido, exatamente, mas ela sempre fora feroz quando estava a fim de ser. Portanto, a questão era: seu filho se casara com a mãe, como todos os homens — de uma forma ou de outra — acabavam fazendo.

Jack disse baixinho: "Ei, Olive. Vamos sair um pouco daqui. Vamos dar uma volta de carro, depois você vai para a minha casa. Você precisa dar um tempo daqui".

"Boa ideia." Olive se levantou, foi pegar seu casaco e sua grande bolsa de mão preta e deixou que Jack a conduzisse até o Subaru. Ele a ajudou a entrar, depois entrou também e foram embora. Olive quase olhou para trás, mas em vez disso fechou os olhos: podia vê-la perfeitamente mesmo assim. Sua casa, a casa que ela e Henry tinham construído tantos anos antes, a casa que agora parecia pequena e que seria totalmente demolida por quem quer que a comprasse, era o terreno que importava. Mas ela viu a casa por trás de seus olhos fechados, e lá dentro um calafrio percorreu seus ossos. A casa onde ela tinha criado seu filho — sem nunca, jamais perceber que também estava criando uma criança sem mãe, agora já bem longe de casa, bem longe.

Ajuda

Foi só quando a casa dos Larkin pegou fogo que as pessoas descobriram que Louise Larkin não morava mais lá. O jornal dizia que ela estava no Lar de Idosos Golden Bridge. "Isso significa que ela não ficou totalmente lelé da cabeça", disse Olive Kitteridge para Jack Kennison, tirando os olhos do jornal. "Mas, caramba, que coisa triste isso do marido." O marido de Louise Larkin morrera no incêndio; aparentemente ele vivia só na parte de cima da casa, e o fogo tinha começado na cozinha. Havia alguma coisa relacionada com drogas, de acordo com o jornal que Olive estava lendo. A manchete dizia: Homem de 83 Anos Morre em Incêndio Doméstico: Usuários de Drogas São Suspeitos.

O jornal do dia seguinte confirmou a parte sobre os usuários de drogas. Uma prisão fora feita. Dois usuários de drogas, achando que o lugar estava vazio, tinham arrombado a casa para roubar coisas — roubar cobre —, e o fogo havia começado enquanto eles cozinhavam metanfetamina. Os dois conseguiram escapar da casa em chamas, mas quando os bombeiros foram chamados, às quatro da manhã, já não havia muito que pudessem fazer. O lugar era grande, mas era de madeira e antigo, e queimou em um instante. Agora, quando se passava de carro ali na entrada da cidade de Crosby, no Maine, lá estavam os restos carbonizados da casa, e era uma coisa realmente triste de ver.

Era outono, as folhas já tinham mudado de cor, mas ainda não haviam começado a cair, e a beleza das cores dos plátanos junto da casa dos Larkin era gritante, mas, para falar a verdade, o lugar já parecia triste fazia algum tempo, mesmo antes de pegar fogo. O gramado crescido chegava na altura dos joelhos e os arbustos não tinham mais sido aparados, cobrindo as janelas largas e majestosas da frente. Não era de estranhar que as pessoas tivessem se surpreendido ao saber que Roger Larkin estivera morando no andar de cima o tempo todo. Mas que forma horrível de morrer! Queimando até a morte enquanto dois viciados cozinhavam suas porcarias bem embaixo de você. Muito se falou a respeito, naturalmente. Os Larkin sempre se acharam melhores que os outros; o filho deles estava preso por aquele outro crime terrível; Louise fora uma bela mulher, as pessoas da cidade reconheciam isso, ela tinha sido conselheira na escola de ensino médio dali — mas, depois que seu filho esfaqueou aquela mulher vinte e nove vezes, ela nunca mais tinha ficado bem. Onde estava a filha? Ninguém sabia.

Jack e Olive estavam saindo da cidade de carro, e quando passaram pela casa incendiada dos Larkin, Olive disse, olhando pela janela do carro: "Triste, triste, triste". Depois esticou um pouco o pescoço e falou: "Ah, alguém estacionou ali. Atrás da árvore. Quem será?".

Era o carro da filha dos Larkin.

Suzanne havia chegado de Boston na noite anterior e se hospedado no Comfort Inn perto de Crosby, tendo feito a reserva no nome do marido. Nesta manhã ela tinha ido à casa — ao que restava dela — e ligado para a única pessoa da cidade que ela ainda conhecia, a pessoa que, na verdade, havia lhe telefonado para contar o que ocorrera, que era o advogado de seu pai, Bernie Green. Ele disse que iria buscá-la; ela não lembrava como se chegava à casa dele.

Me ajude, me ajude, me ajude. Era no que Suzanne estivera pensando desde que tinha visto as ruínas medonhas da casa sob a luz do dia naquela manhã. Só um canto da casa restara de pé, o resto era uma pilha de entulho enegrecido, vidro quebrado e pedaços de madeira escuros. Nuvens baixas varriam o céu, parecendo quase uma coberta acolchoada. Sentada no carro, os joelhos balançando para cima e para baixo, ela cutucava a pele em volta das unhas; pelo para-brisa ela viu que o tronco do plátano também tinha sido carbonizado. *Me ajude, me ajude, me ajude*.

Quando Bernie surgiu na entrada, os pneus rolando sobre os montinhos de cinzas, Suzanne teve a sensação de flutuar até o carro dele; ela conhecia esse homem desde criança. Alto, ligeiramente acima do peso, ele saiu, abriu a porta do passageiro, e ela entrou, sussurrando: "Bernie", enquanto ele dizia: "Olá, Suzanne". Eles seguiram até a casa dele em silêncio; uma timidez tomara conta dela.

"Você está parecida com a sua mãe antigamente", disse Bernie, já no escritório no andar superior de sua casa na rua River. "Sente-se, Suzanne." Ele gesticulou na direção da poltrona de veludo vermelho. Suzanne se sentou. "Quer que eu pendure seu casaco?", perguntou Bernie, e Suzanne fez que não com a cabeça.

"Como está sua mãe? Ela sabe?" Bernie se sentou pesadamente na cadeira atrás de sua mesa.

Suzanne se sentou, com o dorso da mão na boca, e se inclinando para a frente disse: "Ela realmente é um caso *perdido*, Bernie. Ontem à noite quando eu falei que era filha dela, ela me disse que sua filha tinha morrido".

Bernie apenas olhou para ela, as pálpebras semicerradas. Um minuto depois, perguntou: "Como vai o trabalho, Suzanne? Continua na Procuradoria-Geral?".

"Sim, sim, o trabalho vai bem. *Essa* parte vai bem", respondeu Suzanne, recostando-se na poltrona. Uma minúscula parte dela relaxou.

"Em que área?"

"Proteção à criança", disse Suzanne, e Bernie assentiu com a cabeça.

Suzanne falou: "Ele acaba comigo, esse trabalho. Estou com um caso agora...". Suzanne fez um gesto rápido com a mão. "Não importa. É sempre assim, mas eu amo o meu trabalho."

Bernie a observava.

Pouco depois, Suzanne disse: "Sabe, acho que meu pai nunca me considerou uma advogada de verdade. Você entende".

"Você é uma advogada de verdade, Suzanne."

"Ah, eu sei, eu sei. Mas para ele, sabe, o sr. Corretor de Investimentos, algo como trabalhar na Procuradoria-Geral, principalmente na área de proteção à criança... eu não sei. Mas ele tinha orgulho de mim. Acho." Ela olhou para Bernie; ele estava olhando para baixo.

"Tenho certeza que sim, Suzanne."

"Mas ele alguma vez te disse isso? Que tinha orgulho de mim?", perguntou Suzanne.

"Ah, Suzanne", respondeu Bernie, erguendo seus olhos cansados. "Eu sei que ele tinha orgulho de você."

Suzanne lançou um olhar para a janela, com suas compridas cortinas brancas e um bandô vermelho no alto; pela abertura das cortinas viam-se nuvens espalhando-se acima do rio. Suzanne olhou de novo para Bernie. "Bernie, posso te contar uma coisa?" As sobrancelhas de Bernie se ergueram ligeiramente, encorajando-a. "Quando era pequena, eu tinha um cachorrinho de pelúcia chamado Fofinho. Eu *amava* o Fofinho, ele era muito macio. Quando vim aqui dois anos atrás, para ajudar o meu pai a levar minha mãe para aquele lar, eu encontrei... Bem, eu nem sabia que o Fofinho ainda existia, mas minha mãe tinha se apegado a ele. Ontem à noite, quando fui visitá-la, ela estava dormindo praticamente *agarrada* ao Fofinho, e o pessoal de lá — os cuidadores — me disse que ela adora aquele cachorro, dorme com ele, nunca o perde de vista." Suzanne mordeu o interior da boca, empurrando a bochecha com um dedo.

Bernie disse: "Ah, Suzanne", soltando um longo suspiro.

O estômago de Suzanne roncou; ela sentia a cabeça um pouco zonza. Só havia tomado uma xícara de café de manhã, mas estava vagamente contente em permitir que esse seu lado falante se manifestasse. Olhando em volta, percebeu que o escritório de Bernie era menor do que se lembrava; tinha aquela vista maravilhosa do rio, da qual ela parecia não se lembrar. No canto havia um relógio de coluna que não funcionava. Suzanne cruzou as pernas, balançando o pé de leve, sua bota de camurça marrom batendo na mesa. "Minha mãe..." Suzanne fez uma pausa. "Não sei se você sabe, mas ela tinha um probleminha com álcool. Sinceramente, acho que ela sempre foi um pouco doida. Acho que Doyle herdou os genes dela, é o que eu penso."

"E como está Doyle?" Bernie perguntou isso com alguma indiferença, as mãos no colo.

"Bem, ele está medicado." Suzanne teve de esperar um momento antes de poder continuar; a história de seu irmão estava gravada de maneira profunda nela; ficava ali silenciosamente embaixo de sua caixa torácica o tempo todo. "Ele está bem, mas um pouco como um zumbi. O que não é ruim, já que vai passar o resto da vida lá. Antes de o doparem, ele só chorava o dia inteiro. O dia inteiro aquele pobre garoto chorava."

"Ah, meu Deus", disse Bernie. Ele balançou a cabeça, e Suzanne de repente sentiu uma afeição tão, *tão* profunda por aquele homem que ela conhecia desde bem pequena. Viu que os olhos dele eram azuis, eram olhos grandes, lacrimosos por causa da idade. "Vamos voltar a falar da sua mãe só por um momento, Suzanne. Então ontem ela não soube quem você era? E ela não faz ideia do incêndio? Não faz ideia que seu pai morreu? Ela ainda sabe alguma coisa sobre Doyle?"

Suzanne se recostou, o pé balançando no ar, e disse: "Acho que ela não faz a menor ideia sobre o meu pai, e sinceramente?". Suzanne olhou para aquele homem na sua frente. "Eu não contei nada."

"Entendo", disse Bernie. "De que adiantaria?"

"Pois é, justamente", disse Suzanne. "De que adiantaria? Meu pai disse que quando ia visitá-la, ela ficava realmente agressiva..." Suzanne gesticulou no ar. "Ah, vai saber. Enfim. Ela não mencionou Doyle, então eu também não disse nada."

"Não." Bernie balançou a cabeça com gentileza. "Não, não, claro."

Esta foi a parte que Suzanne não contou a Bernie: dois anos antes, por intuição, ela pegou o carro e foi fazer uma visita-surpresa aos pais, e quando chegou na porta da casa ouviu gritos lá dentro. Ela estava com a sua chave, abriu a porta, e na sala seu pai estava de pé, inclinado sobre sua mãe, sentada numa poltrona com uma camisola suja, seu pai a segurava pelos pulsos, levantando-a e atirando-a de volta na poltrona, levantando-a e atirando-a, e gritando com ela: "Não posso mais *fazer* isso, merda, eu te *odeio*!". Sua mãe gritava e tentava se soltar, mas o pai de Suzanne a segurava firme pelos pulsos. Quando o pai se virou e viu Suzanne, ele afundou no chão junto da poltrona e começou a chorar forte. Suzanne nunca tinha visto o pai chorar, era-lhe inimaginável que ele pudesse fazer isso. Sua mãe continuou gritando, sentada na poltrona.

"Suzanne", disse o pai, o rosto molhado, o peito arfando, "Suzanne, não posso mais fazer isso."

"Ah, pai", disse Suzanne. "Ela está piorando tanto, você não devia ter que cuidar dela sozinho." Suzanne enfim havia conseguido pôr a mãe na cama, mas tinha visto os hematomas nos pulsos dela, e ficou chocada quando viu hematomas também nos tornozelos, na parte superior dos braços e até no peito. Seu pai tinha ficado no chão da sala, e ela sentou a seu lado; a camisa vermelha dele estava molhada. "Pai", disse ela. "Pai, ela está com hematomas no corpo todo." Seu pai não falou nada, apenas pôs a cabeça entre as mãos.

Ela havia contratado cuidadoras para trabalhar vinte e quatro horas por dia na casa, encontrando-se com cada uma delas para explicar que sua mãe tinha caído, mas ficou com medo — morrendo de medo — que elas dissessem alguma coisa às autoridades, embora isso jamais tenha acontecido. Mas em questão de uma semana surgiu uma vaga inesperada no Lar de Idosos Golden Bridge, e Suzanne ajudou o pai a instalar a mãe lá, com o pai de Suzanne se refugiando depois no andar de cima da casa, onde vivera desde então. Seu pai tinha dito a ela: "Por favor, não venha aqui de novo, você tem a sua vida, e você deve vivê-la". Ele se tornara um homem numa concha, irreconhecível até para ela.

Suzanne agora pensou que ela — Suzanne — não estava bem da cabeça desde que isso acontecera.

* * *

Ela disse: "E toda semana, sabe, eu falava com o meu pai por telefone".

Bernie coçou a parte de trás da cabeça. "E então?", disse.

"Toda semana eu telefonava para ele. Mesmo que só por alguns minutos. Pois o que o homem teria a *dizer*? Mas a gente conversava, e nos falamos na noite em que ele morreu. Quero dizer, antes de ele morrer, claro", e o fato de ter dito isso fez Suzanne pensar: Ah, eu realmente não estou bem da cabeça. Ela disse: "Acho que não estou regulando muito bem da cabeça. Não enlouquecendo como a minha mãe, é só que tudo...".

Bernie ergueu sua grande mão. "Eu entendo. Você está bem. Está sob estresse. Você não está louca, Suzanne. É claro que não poderia estar se sentindo bem da cabeça."

Ah, como ela o amava, como amava aquele homem.

Suzanne fechou os olhos por um instante. "Obrigada", disse. Então começou a chorar. Queria chorar torrencialmente, mas seu choro só saiu em pequenos espasmos. Era como esperar um vômito, pensou — o modo como se podia senti-lo antes mesmo que ele irrompesse. Ficou surpresa em ver que ele tinha uma caixa de lenços — ela não havia reparado — bem ali em cima de sua grande mesa de madeira. Ele empurrou a caixa na direção dela, e ela pressionou um lenço contra os olhos. Passado um momento, ela disse: "Então você recebe aqui gente pronta pra chorar, como os terapeutas fazem?". Ela tentou sorrir para ele. "Quero dizer, você está todo preparado com a caixa de lenços e tal."

"As pessoas chegam aqui abaladas pelas mais diversas razões", disse Bernie, e ela percebeu, claro, que era verdade.

"Bem, eu estou abalada", disse. Ela assoou o nariz, amassando o lenço na mão. Seu choro não continuou.

"Claro que você está abalada. Seu pai, com quem você conversava por telefone toda semana, morreu de maneira horrível num incêndio. Dá para imaginar que você esteja bastante abalada, Suzanne."

"Ah, eu estou. Como estou. Além disso, é provável que eu vá me divorciar."

Diante dessa notícia, as pálpebras de Bernie se cerraram até o fim, e ele balançou a cabeça num gesto que Suzanne interpretou como de grande empatia. Depois de um instante, ele ergueu os olhos e perguntou: "E seus filhos?".

Suzanne reparou numa pequena lixeira sob a mesa, inclinou-se e jogou o lenço ali. "Bem, os dois entraram na faculdade no ano passado. Um em Dartmouth, o outro em Michigan. Eles não fazem ideia de que a gente talvez se separe, graças a Deus. Mas é... ah, é tudo tão horrível!"

Bernie concordou com a cabeça.

Suzanne disse: "A culpa é minha, Bernie". Ela hesitou, então disse as palavras: "Eu tive um caso. Um casinho estúpido, estúpido com um... ah, com um cara meio sinistro, e quando eu contar para o meu marido eu sei que ele vai *surtar* e querer o divórcio". Ela acrescentou: "Meu marido é bem...". Fez uma pausa, procurando a palavra certa. "Bem, ele é tradicional."

Bernie moveu calmamente uma folha de papel sobre a mesa e, por fim, assentiu de leve com a cabeça.

"Por que você age como se isso fosse tão normal?" Suzanne fez uma careta.

Bernie soltou um suspiro e disse: "Porque é, Suzanne".

"Ah, cara, pra mim não é, não. Sinto como se eu tivesse detonado uma bomba na minha vida. Durante anos achei que estava segura em uma... não sei, em uma espécie de ilha. Eu tinha me afastado de todos aqueles problemas do pobre Doyle, e estava segura na minha ilha com a minha *própria* família, meu marido e meus meninos, e agora eu a detonei."

"A perda pode causar isso", disse Bernie.

"Causar o quê?", perguntou Suzanne.

Bernie levantou as mãos abertas. "Causar essas... indiscrições."

"Mas quando eu cometi esta *maldita* indiscrição, meu pai ainda não havia morrido."

"Mas os seus filhos te deixaram." Bernie apontou um dedo na direção do teto. Ele acrescentou: "E seis anos atrás o seu irmão foi condenado à prisão perpétua. E, como você disse, sua mãe é um caso perdido. São perdas enormes, Suzanne".

Essas palavras atravessaram Suzanne com enorme rapidez, como se alguma verdade tivesse sido dita e ela não a tivesse captado. Observou o escritório em volta. Ah, como queria ficar ali! Um súbito raio de sol entrou pela janela do outro lado, desenhando uma pequena tira de luz sobre a mesa de Bernie, e ela viu que nela havia uma pequena fotografia emoldurada, virada para ele. "Quem é?", perguntou, apontando com o queixo para o porta-retrato.

Ele o virou para que ela pudesse ver. O casal, em preto e branco, parecia ser de tempos passados; o homem tinha uma barba abundante e vestia um terno com uma gravata fina, e a mulher usava um chapéu apertado na cabeça. "Meus pais", disse.

"É mesmo." Suzanne estreitou os olhos para ver melhor. "Eles eram, você sabe, ortodoxos?"

Bernie ergueu a mão, virou-a de um lado e depois do outro. "Sim e não. No fim, não."

"No fim? Eu achei que, se a pessoa é ortodoxa, não havia meio-termo."

Bernie apertou os lábios, depois deu de ombros. "Bem. Você está enganada. Eles morreram nos campos", disse Bernie. "Fingiram que não eram judeus, mas eles eram, então morreram."

"Ah, nossa. Meu Deus. Sinto muito." O rosto de Suzanne ficou bastante vermelho. "Eu não fazia ideia", disse.

"E por que você faria?" Ele olhou para ela com os olhos semicerrados.

"Como você veio parar no Maine, Bernie?"

Bernie pareceu indiferente à pergunta. "Minha esposa e eu queríamos escapar de Nova York, e havia — ainda há — uma comunidade judaica em Shirley Falls, então viemos para estes lados, mas aí nós cansamos dali, da comunidade, e nos mudamos para Crosby."

Ela quis perguntar como ele tinha ido parar em Nova York depois que seus pais morreram na Europa, mas não perguntou. Também quis perguntar sobre sua fé. Tinha curiosidade em saber se ele havia perdido a fé, se era isso que ele quis dizer com ter se cansado da comunidade. Seria natural — não seria? — perder a fé depois de ter perdido os pais daquele jeito. Por muito tempo Suzanne teve o que ela considerou — secretamente — ser uma espécie de fé, mas já fazia alguns anos que essa sensação lhe era fugidia, e ela se sentia muito mal por isso. "Ah, Bernie", disse. Depois perguntou: "E como vão seus filhos? Seus netos?".

"Estão todos bem." Ele olhou para a janela e depois de um instante disse: "Ironicamente, estão todos morando em Nova York. O que não é um problema", acrescentou.

"Certo", disse Suzanne. Ela não perguntou sobre a esposa de Bernie, pois Suzanne tinha acabado de vê-la — elas haviam se cumprimentado — na escada, subindo para o escritório. A mulher dele parecia uma vela derretida, foi a imagem que passou pela mente de Suzanne. Mas talvez ela sempre tenha parecido assim, Suzanne não se lembrava.

"O que eu gostaria é de poder ficar aqui", disse Suzanne. Do outro lado do cômodo havia um sofá no canto que combinava com a poltrona de veludo vermelho em que ela estava sentada.

Bernie perguntou: "Em Crosby?".

"Ah, por Deus, não. Eu quis dizer *aqui*. Bem aqui nesta sala. Eu gostaria de poder ficar aqui, eu quis dizer."

"Fique aqui o quanto quiser, Suzanne. Não há pressa."

Mas então eles falaram sobre a herança. Quando Bernie lhe informou a quantidade de dinheiro que ela iria receber, Suzanne se endireitou. "Não é *possível*", disse. "Bernie, isso é *revoltante*."

"Seu pai fez investimentos muito bons", disse Bernie.

Ela perguntou: "No que ele investiu? Eu sei que ele era um corretor de investimentos, mas no que ele investiu para fazer *todo* esse dinheiro? Meu Deus, Bernie, é *muito* dinheiro".

"África do Sul", disse Bernie, lançando um olhar para algumas folhas de papel à sua frente. "Lá atrás. E em companhias farmacêuticas. Na Exxon também."

"África do Sul?", perguntou Suzanne. "Você está dizendo que na época do *apartheid* ele estava investindo lá?" Bernie assentiu com a cabeça, e ela disse: "Não pode ser, Bernie. Eu *perguntei* pra ele — quando Mandela foi solto —, eu perguntei ao meu pai se ele tinha investido na África do Sul e ele disse: 'Não, Suzanne'. Ele me *disse* isso."

Bernie guardou os papéis numa pasta.

"Eu vou doar tudo. Cada centavo. Não quero." Suzanne se recostou na poltrona outra vez. "Meu *Deus*."

Bernie disse: "Faça o que quiser com isso".

Ele explicou a ela que seria preciso cobrir os custos da limpeza do terreno — embora houvesse seguro —, para que eles pudessem colocá-lo à venda. "Deve vender fácil, eu acho", disse Bernie. "A localização é ótima, bem na entrada da cidade. Alguém vai querer."

"Ou não", disse Suzanne; ela estava chocada com a quantidade de dinheiro.

"Ou não." Bernie encolheu os ombros de leve.

Finalmente Suzanne se levantou e Bernie também. Ela foi até ele, pôs os braços em volta dele, e por um momento ele também pôs os braços em volta dela. Ela o abraçou com mais força, e então sentiu que ele se afastou um pouco, e ela parou de abraçá-lo e disse: "Obrigada, Bernie. Você tem sido maravilhoso".

Enquanto Suzanne se dirigia à porta, ele disse: "Suzanne". Ela se virou para ele. "Por que você precisa falar para o seu marido da sua... indiscrição?" Ele estava parado com as duas mãos frouxamente apoiadas nos quadris.

Ela disse: "Porque ele é o meu *marido*. Não podemos viver com isso entre nós, seria muito, sabe, muito ruim".

"Tão ruim quanto se divorciar?"

"O que você está dizendo, Bernie? Que eu deveria viver com essa mentira para sempre?"

Ele se virou de leve, levou a mão ao queixo, depois se virou de novo para ela e disse: "Foi você quem tomou a decisão sobre ter o caso. Acho que você é quem deveria assumir a responsabilidade por isso. Não seu marido".

Ela balançou a cabeça. "Nós não somos assim, Bernie. Nunca houve segredo entre nós, seria horrível. Eu preciso contar pra ele."

"Sempre há segredos", disse Bernie. "Vamos." Ele estendeu a mão em direção à porta, ela seguiu na frente dele e desceu a escada. Havia se esquecido de que ele iria levá-la de carro de volta.

Abaixo das nuvens — agora ainda mais baixas — a parte irregular do canto da casa que ainda se mantinha em pé se projetava, e a visão horripilante daqueles restos fazia pensar naquilo mesmo que eles eram: restos. "Obrigada", disse Suzanne. Ela pegou a chave do carro na bolsa.

"Tudo bem." Ele desligou o carro, e uma leve excitação atravessou Suzanne, o fato de ele ainda não querer deixá-la. Passado um instante, Bernie disse: "Sabe, não é da minha conta, mas fico pensando se você não deveria ver alguém, um terapeuta. Deve haver um bom terapeuta em Boston. Só neste momento, enquanto você elabora todas essas coisas".

"Ah, Bernie", disse Suzanne. Ela tocou de leve no braço

dele. "Eu fui a um terapeuta. Foi com ele que eu tive o meu caso estúpido."

Bernie fechou os olhos e permaneceu assim por um bom tempo, depois abriu e ficou olhando fixamente para fora pelo para-brisa. Ele disse: "Suzanne, eu sinto muito".

"Não, foi meio que culpa minha. Eu deixei que ele chegasse em mim."

"Não foi culpa sua, Suzanne." Ele olhou para ela. "Foi muito antiprofissional o que ele fez. Você o consultava fazia quanto tempo?"

"Dois anos." Suzanne acrescentou: "Quando minha mãe foi para o lar de idosos, eu comecei a vê-lo."

"Oh, céus", disse Bernie.

"Mas aconteceu só nos últimos meses — ah, é tão sórdida a coisa toda, e ele é, sabe... ah, sem ofensa, Bernie, mas ele é velho. Você entende."

"Sim", disse Bernie. E acrescentou: "Claro que ele é."

"Por favor, não se preocupe. Por favor."

"Ele deveria ser denunciado", disse Bernie, e Suzanne disse: "Eu não vou denunciá-lo".

Ele ergueu uma mão e disse: "Tchau. Boa sorte, Suzanne. Ligue se precisar de mim". Então ele ligou o carro e ela sentiu uma desolação terrível retornar.

Ela saiu, foi até seu carro e ficou ali sentada enquanto Bernie se afastava. Umas poucas folhas alaranjadas tinham caído no capô do carro, da árvore acima. Ela viu no celular que o marido havia mandado uma mensagem perguntando se ela estava bem, e ela respondeu dizendo que logo telefonaria para ele. Pela janela do carro, olhou para os restos carbonizados da casa em que havia crescido. *Tente*, pensou com uma espécie de fúria, e o que ela queria dizer era: tente deixar que uma boa lembrança venha até você.

Não conseguia.

Ela quase não tinha lembrança alguma, apenas imagens fugazes da mãe se levantando de supetão da mesa da sala de jantar à noite, uma taça de vinho na mão, o pai, como se fosse uma sombra, descendo a escada. Doyle, sempre tão arisco, tão intenso. Ela virou a cabeça e tentou enxergar melhor a parte da Main Street visível de onde ela estava, e pensou nesta cidade, onde passara a juventude, mas ela tinha estudado numa escola particular em Portland, então a cidade nunca lhe parecera tão real quanto poderia parecer se tivesse sido diferente. Quando menina ela costumava dar longas caminhadas, sozinha, atravessava a ponte e seguia à beira-mar; *aí* estava uma boa lembrança. Então pensou em Doyle sentado a seu lado no carro todas as manhãs, sacudindo o joelho, rindo. Eles realmente haviam tido uma ligação, pois os dois frequentavam a escola fora da cidade. E porque ela o amava, o seu irmãozinho. Na maior parte das vezes, seu pai os levava de carro para a escola em Portland, e agora Suzanne se lembrou dele parando no posto de gasolina perto de Freeport, voltando da lojinha e jogando para ela um pacote de donuts embrulhados em papel-celofane, seis donuts pequeninos cobertos de açúcar refinado. "Aí está, Twinkie", seu pai dizia, pois ele também comprava bolinhos Twinkies para os dois, para eles comerem com o almoço.

De volta à sua casa, Bernie entrou na cozinha, se aproximou por trás da esposa, que estava lavando louça, e passou os braços em torno dela. Ela era uma mulher pequena; sua cabeça ficou abaixo do queixo dele. "Ah, Eva", disse ele, e sua esposa se virou para ele, as mãos ensaboadas. "Eu sei", disse ela. Ele a apertou contra si com um braço e ficou olhando pela janela da cozinha para o cedro lá fora. "Pobre garota", disse sua mulher, e Bernie disse: "Sim".

Ele voltou a seu escritório e ficou sentado por um bom tempo diante de sua mesa, virando-se na cadeira giratória para olhar pela janela, para o rio. Suzanne lhe pareceu mais infantil do que ele havia imaginado quando telefonou para ela com a notícia da morte de seu pai; ela havia soado calma, com um jeito adulto. Mas ele percebeu que, confrontada com a imagem da casa destruída pelo fogo, com a realidade de tudo o que acontecera, ela se perturbara. Ainda assim, surpreendeu-se com a acuidade com que ela falou do pai; Roger Larkin, de fato, não havia respeitado a prática dela como advogada, ele tinha dito a Bernie diversas vezes que "no fundo ela era apenas uma assistente social". Sentado com as mãos apoiadas nos braços da cadeira, Bernie imaginou Roger mais jovem, um homem bonito de cabelo escuro com uma bela esposa loira; ela era da Filadélfia. Roger vinha de um meio pobre, em Houlton, no Maine, mas era inteligente e foi estudar na Wharton, e depois começou a ganhar dinheiro e mais dinheiro. Na primeira vez em que Roger veio consultar Bernie, tratava-se de investimentos feitos na África do Sul; ele precisava de uma brecha jurídica, que já havia descoberto, e Bernie o aconselhou. Bernie disse a ele naquele dia: "Mas eu não gosto disso, Roger", e Roger apenas sorriu e disse: "Você é o meu consultor jurídico, não o meu padre". Essa frase permanecera sempre com Bernie; ele achava que um padre também tinha que ouvir segredos do tipo que Bernie precisava ouvir de seus clientes, mas um padre era — em princípio — puro; Bernie não se sentia puro. Ao longo dos anos, Roger Larkin fora membro do conselho da Orquestra Sinfônica de Portland e de várias outras diretorias. Uma vez, muitos anos atrás, Roger havia entrado em seu escritório, dizendo: "Estou realmente precisando da sua ajuda desta vez, Bernie". Ele tivera um caso com uma mulher no trabalho, precisou arranjar dinheiro para que ela fizesse um aborto em Nova York, e depois ela o processou. Bernie resolvera o caso rapidamente, portanto ele não chegou aos jornais. Esse lado de seu pai Suzanne parecia não conhecer.

Mas o que mais desconcertava Bernie — ele se mexeu na cadeira — era o fato de que, dois anos antes, Louise Larkin tinha telefonado para ele; era noite, Bernie estava no escritório se preparando para um processo no dia seguinte, e Louise gritava ao telefone: "Ele está tentando me matar! Me ajude, me ajude!". Então Roger tomou o telefone dela e falou com Bernie com voz cansada, dizendo que a esposa estava demente e que ele não podia mais cuidar dela. Bernie ficou um bom tempo conversando com Roger e sugeriu que sua esposa não devia estar tão demente, pois soube ligar para ele, e que talvez fosse preciso investigar se Louise não havia telefonado por estar temendo por sua integridade física. Roger dissera: "Bem, faça o que tem que fazer, sr. Advogado". Bernie não fez nada. Mas na semana seguinte telefonou para Roger e o ajudou a arranjar uma vaga para Louise no Lar de Idosos Golden Bridge; ela passou na frente da fila de espera graças ao dinheiro de Roger. Bernie não tinha tido mais notícias de Roger até seis meses atrás, quando Roger foi até ele com um testamento atualizado.

Bernie contemplava o rio, as nuvens dando-lhe uma cor cinzenta, depois parou de ver ali o rio e em vez disso imaginou Suzanne, a pobrezinha, tão linda, como sua mãe fora, e tão... confusa. Quando ela o abraçou com força antes de partir, ele havia sentido — o que ele havia sentido? Teve vontade de pegá-la no colo, acariciar seu cabelo e fazer com que tudo de ruim na vida dela desaparecesse. Tinha uma lembrança clara dela quando pequena; ela um dia havia ficado brincando com uma boneca, bem quieta, num canto deste escritório enquanto o pai tratava de negócios com Bernie.

Um mal-estar dominava Bernie agora, e ele percebeu que era um mal-estar que vinha sentindo ir e vir por anos. Sua vida fora assombrada, pensou, por alguns clientes, mas ninguém mais do que Roger Larkin tinha lhe provocado tanto esse sentimento.

Ele foi ao banheiro; ouviu o telefone tocar, depois parar. Quando voltou, viu que o número era o de Suzanne; ela não tinha deixado mensagem. Ele telefonou para ela, mas ela não atendeu. Então ele apenas ficou ali sentado. Uma corrente de ternura o invadiu.

Suzanne estava parando o carro no estacionamento do Lar de Idosos Golden Bridge. Ela havia acabado de sair do Comfort Inn, onde fora buscar sua bolsa, e a mulher que trabalhava lá a assustara; Suzanne telefonara para Bernie; ela estava entrando em pânico. Ele havia ligado quando ela passava pela ponte, e ela não atendeu; ficou com medo de falar ao telefone enquanto dirigia, tão zonza achava que sua cabeça estava. Sentada agora no carro, olhou para o celular, mas lembrou de como Bernie tinha se afastado um pouco enquanto ela o abraçava; pôs o celular na bolsa e ficou de olhos fechados, pensando: *ah, me ajude, me ajude, me ajude*, até que ela saiu e entrou no prédio. Mesmo tendo estado ali no dia anterior, o lugar ainda a surpreendeu. Construído um pouco afastado da estrada, bonito de se ver com suas persianas pretas, aquele era um mundo à parte, e assim que ela atravessou as portas duplas se viu assaltada pelo cheiro do lugar — de produtos de limpeza, mas também por um leve odor de dejetos humanos.

Ela passou por um homem numa cadeira de rodas no corredor e foi até o quarto de sua mãe. Quando ela tinha vindo na noite anterior, a mãe estava dormindo, e Suzanne engolira em seco ao vê-la; deitada, seu cabelo grisalho — o que restava dele — surgia espetado no travesseiro, sua pequenez era imensa, o máximo a que uma pessoa poderia chegar e ainda permanecer viva. Era como se a mãe tivesse estado num filme de ficção científica em que seu corpo — sua essência — fora sugado. Quando os olhos de sua mãe se abriram de repente, Suzanne havia dito: "Sou eu, mãe, Suzanne", e a mãe se sentou e disse: "Olá". E quando Suzanne repetiu: "Mãe, sou eu, sua filha", a mãe tinha dito num tom jovial: "Não, minha filha está morta". Depois a mãe começou a cantar uma canção de ninar enquanto embalava Fofinho, e ela ainda estava fazendo isso quando Suzanne saiu.

Agora, enquanto Suzanne entrava no quarto, ela teve que passar por uma mulher numa cadeira de rodas, sentada não muito longe de sua mãe; a mulher a fitou com olhos embaciados, e quando Suzanne acenou para ela, não obteve resposta.

Sua mãe estava sentada, serena, em sua cadeira de rodas no canto do quarto, com Fofinho no colo. Seu cabelo estava penteado e ela usava um conjunto de moletom cor de creme, com um tênis branco e limpo nos pés. "Olá", ela disse para Suzanne. "Você é uma mulher muito bonita. Quem é você?"

"Sou sua filha, mãe. Sou eu, Suzanne."

Sua mãe disse educadamente: "Eu não tenho filha. Ela morreu. Mas quando ela era pequena, ela tinha isto". Ela ergueu Fofinho. "Seu nome é Fofinho", disse a mãe.

"Mãe, você lembra que esse era o Fofinho?" Suzanne se inclinou na direção da mãe.

"Não sei quem é você", continuou a mãe, "mas a minha pobre filhinha... Ela sempre foi uma menina tão *boa*."

Suzanne se sentou devagar na ponta da cama da mãe.

"Mas o irmão dela!" E sua mãe riu. "Ah, o irmão dela era um garotinho asqueroso. Sempre querendo que brincassem com seu pipi. Ah, ele sempre queria que eu brincasse com o pipi dele, ai, ai, ele era um garoto mau, muito mau." Ela riu de novo.

Calafrios percorreram um lado do corpo de Suzanne, ela os sentiu descendo até a perna. "Doyle?", ela perguntou por fim.

A mãe manteve uma expressão vazia, até que subitamente seu rosto se contorceu, furioso. "Saia já daqui! Saia daqui! Saia!" Cuspe voava de sua boca.

Então a mulher sentada na cadeira de rodas começou a chorar. Era um som terrível — um gemido quase. Suzanne se levantou e foi para o corredor. "Me ajude, por favor", disse a uma cuidadora que estava passando. "Eu aborreci minha mãe e também outra mulher que estava lá, acho que ela tinha ido visitar minha mãe."

A cuidadora era uma mulher jovem e pequena, sem expressão no rosto, e ela disse a Suzanne: "Chego lá em um minuto".

"Por favor, venha agora", disse Suzanne, mas a funcionária já estava entrando no quarto ao lado. "Ah, meu Deus", disse Suzanne. Ela entrou de novo no quarto da mãe, passou pela mulher que chorava sem parar e viu a mãe semierguida na cadeira. Ela apontou o braço para Suzanne. "Você! Saia já daqui!"

Uma hora depois, Bernie ainda não tinha conseguido tirar Suzanne da cabeça. Ele não parava de se imaginar pegando-a no colo, apertando-a forte contra si. Basta, pensou, e ele pegou a pasta de um caso em que precisava trabalhar.

Quando o telefone tocou de novo, ele viu que era ela, levantou o fone e disse: "Olá, Suzanne".

Ele a ouviu chorando. "Ah, Bernie, me *desculpe* por te ligar, desculpe mesmo, mas é que eu..."

"Está tudo bem, Suzanne. Eu disse que você podia me ligar quando quisesse, e eu estava falando sério. Se você me ligar de novo daqui a dez minutos, continua valendo."

"É que eu estou tão assustada. Tão assustada!"

"Eu entendo. Você tem todas as razões para estar assustada. Mas você vai ficar bem." Bernie disse isso num tom amável. "Eu te conheço há anos, Suzanne, você sempre foi focada e inteligente. Você vai ficar bem. É que agora você está no meio de uma tempestade."

"Não desligue", disse Suzanne.

"Eu estou bem aqui", respondeu Bernie. "Sem pressa."

"Onde você está?", perguntou Suzanne. "Para que eu possa te imaginar."

"Estou sentado na frente da minha mesa. Sozinho", acrescentou ele.

"Bernie", disse Suzanne. "Primeiro... Bem, por favor me escute e me diga a verdade. Você sabe se o meu pai chegou a ter algum caso? A mulher que trabalha no Comfort Inn, quando voltei para pegar a minha bolsa, disse que reconheceu meu nome no cartão de crédito com o qual eu paguei, e disse que adorava o meu pai — ela trabalhava naquele posto de gasolina em Freeport. Ela disse que a minha mãe costumava passar com ele ali no posto na hora do almoço, uma ruiva sempre tão simpática, mas a minha mãe nunca teve cabelo ruivo."

Houve um silêncio, depois Bernie disse: "Eu não vou responder a essa pergunta".

"Bem, acho que você acabou de fazer isso."

"Não, não fiz." Passado um momento, Bernie acrescentou: "Você é advogada, sabe que o sigilo profissional não termina com a morte do cliente".

"Está certo", disse Suzanne. "Mas espera um pouco, tá?"

"Estou bem aqui, Suzanne." Ele acrescentou: "Não vou a lugar nenhum". Ele pegou um clipe e ficou revirando-o sobre a mesa. Ele a ouviu chorar e depois ouviu quando ela enfim parou.

"Ah, Bernie. Eu sei que o meu pai provavelmente teve um caso, ele deve ter tido uma série de casos, e eu não quero ser como o meu pai..."

"Suzanne." O tom de Bernie era firme. Ele largou o clipe na mesa. "Você não é como o seu pai. Está me ouvindo? Você sempre foi você. Apenas você." Em seguida ele disse: "Onde você está agora?".

"Num posto de serviços da rodovia. Há uma mãe com um garotinho, eles estão rindo de alguma coisa, e isso me lembra como eu era com os meus meninos."

"Eles ainda são seus meninos", disse Bernie. "Sempre vão ser."

"Bernie, posso te contar mais uma coisa?"

"Claro que pode."

"Eu fui ver a minha mãe antes de deixar a cidade, e ela me disse que Doyle sempre foi um garoto mau, que ele..." Suzanne estava chorando de novo. "Que ele... sempre queria que ela brincasse com o pipi dele. Ah, meu Deus, Bernie. Ah, Jesus."

Bernie ficou em silêncio por um bom tempo, depois disse baixinho: "Ah, Suzanne. Não sei o que dizer sobre isso". Ele se inclinou para a frente, colocando uma das mãos na cabeça enquanto segurava o telefone com a outra.

"Mas você acha... ah, Bernie, você acha que ela chegou a? Ah, meu Deus, eu *trabalho* com crianças assim! Até o meu terapeuta sinistro me disse que um cara, por mais maluco que seja, não esfaqueia uma mulher vinte e nove vezes se não tiver *muita* agressividade contra uma mulher. Sabe, contra, acho, a mãe."

"Entendo o que você quer dizer", respondeu Bernie. Pouco depois ele disse: "Acho que jamais saberemos".

"Não." Então Suzanne disse: "Mas, Bernie, isso me deixa tão *triste*, pensar naquele pobre garoto! Sabe, vou visitá-lo mais. Normalmente vou vê-lo lá em Connecticut uma vez por mês, mas agora que os meninos saíram de casa e eu tenho mais tempo vou visitá-lo mais vezes. Eu só estou, ah, meu Deus, Bernie, aquela *pobre* criança!".

"Vá quantas vezes precisar", disse Bernie.

Quando Suzanne falou em seguida, ela parecia exausta. "Bernie, meu pai estava maltratando a minha mãe. Ela tinha hematomas por todo o corpo antes de ir para aquele lar."

Bernie endireitou o corpo; uma espécie de choque o atravessou. Ele disse baixinho: "Eu achei que talvez fosse esse o caso".

"Você achou? Por que achou que talvez fosse o caso?"

Bernie fechou os olhos, depois abriu e disse: "Não é de todo incomum naquelas circunstâncias". Então disse: "Nós conseguimos fazê-la passar na frente de outras pessoas para entrar naquele lugar".

"Como?", perguntou Suzanne.

"Seu pai tinha dinheiro. Foi assim."

"Você o ajudou a fazer isso?"

"Ajudei." Bernie sentiu que corava. Estava mentindo para ela ao não falar do telefonema que sua mãe lhe fizera para dizer que corria perigo. Chegou a abrir a boca, depois fechou-a.

"Ah, Bernie. Bem, obrigada." Ela acrescentou: "Você provavelmente salvou a vida dela".

"Eu nunca salvei a vida de ninguém", disse Bernie.

Suzanne disse: "Bernie. Bernie. *Percebe* de onde eu vim? Percebe? Ah, meu Deus, aquela gente! Como foi que eu sobrevivi?". Depois Suzanne disse: "Você também. Você também sobreviveu". Ela acrescentou: "Com a diferença de que os seus pais foram assassinados e que os meus foram... bem, foram quase *assassinos*, Bernie. E o meu irmão *é* um assassino. Ah, meu *Deus*".

Bernie disse: "Mas você sobreviveu. Como você mesma disse".

Suzanne perguntou: "Como foi que você escapou do... do lugar onde você nasceu?".

"Hungria." Bernie passou a mão pelo rosto por um momento. Queria elogiá-la por tudo o que ela havia feito na vida, dizer que ela tinha vivido de forma decente ajudando aquelas crianças todos os dias no escritório da Procuradoria-Geral, criando seus meninos e sendo leal a Doyle. Em vez disso, porém, respondeu à pergunta dela. "Eu saí de lá quando era criança, meu tio veio para os Estados Unidos e meus pais quiseram que eu viesse com ele, disseram que logo viriam também ficar conosco. E no fim não vieram."

"Eu não sabia que você tinha nascido na Hungria. Você tem alguma lembrança dos seus pais?"

Bernie lançou um olhar pelo escritório antes de responder. Fazia muito tempo que ele não falava dessas coisas com ninguém. "Bem, eu lembro do meu pai lendo a Torá. Lembro da minha mãe sentada à mesa. E lembro de quando ela leu para mim uma vez em que eu fiquei doente e estava de cama."

"Ah, Bernie." A voz de Suzanne parecia mais forte agora. "Bernie, posso te perguntar uma última coisa?"

"Claro, Suzanne."

"Você tem algum tipo de fé? Digo, uma fé religiosa?"

Bernie sentiu uma resposta física a isso, como se uma pequena onda tivesse passado por cima de seu peito. Esperou um pouco, depois disse: "Sabe, eu vivi durante muitos anos como um judeu secular, e acredito que eu não tenha nenhuma fé nesse sentido".

"Mas?", perguntou Suzanne. "Há um 'mas' aí... deu para ouvi-lo na sua voz."

Uma franqueza cautelosa tomou conta de Bernie. Ele sentia como se tivessem lhe pedido para dar alguma coisa de si que estava muito além da sua alçada como advogado e que era alguma coisa que ele nunca tinha dado a ninguém, exceto vagamente à sua esposa anos atrás. "Certo", disse. "O 'mas' é o seguinte: Mas eu tenho fé? Tenho. O problema é que eu não sei descrevê-la. Mas é um tipo de fé. É uma fé."

"Você pode me dizer como é? Ah, por favor, me diga, Bernie."

Bernie pôs a mão na nuca. "Não posso, Suzanne. Porque não tenho palavras para descrevê-la. É mais uma percepção — e eu a tive na maior parte da minha vida — de que existe alguma coisa muito maior do que nós." Ele sentiu uma espécie de fracasso; tinha fracassado em expressar isso.

Suzanne disse: "Eu costumava sentir isso. Durante *anos* eu tive exatamente o tipo de sensação que você descreveu. Mas também não consigo descrevê-la direito". Bernie não respondeu, e Suzanne continuou. "Quando eu era criança e ficava sozinha — eu passava muito tempo sozinha, sabe, quando não estava na escola —, fazia longas caminhas e tinha essa sensação, uma sensação muito profunda, e eu entendia — do modo como só uma criança pode entender essas coisas — que aquilo tinha alguma relação com Deus. Não estou falando de um Deus como figura paterna, nem sei o que estou querendo dizer…"

"Entendo o que você quer dizer", disse Bernie.

"E continuei tendo essa sensação de vez em quando na vida adulta, mas nunca falei disso para ninguém, pois o que havia para dizer?"

"Entendo bem isso", disse Bernie.

"Mas já faz alguns anos que eu não sinto mais isso, então me pergunto: será que eu inventei? Mas eu sei que não, Bernie. Nunca falei disso para o meu marido, para *ninguém*. Mas, sempre que alguém me diz que é ateu, eu meio que secretamente reajo mal, e as pessoas expõem todas as razões óbvias, sabe, crianças têm câncer, terremotos matam gente, essa coisa toda. Só que quando escuto isso, eu penso: Você está batendo na porta errada." Ela acrescentou: "Mas eu não saberia dizer qual é a porta certa — ou como bater nela".

Sentado diante de sua mesa, Bernie teve uma vaga sensação de incredulidade; ele entendia perfeitamente tudo o que ela estava dizendo.

Depois Suzanne acrescentou: "Não sei por que eu não tenho mais essa sensação, esse sentimento".

Bernie olhou para o rio; ele já estava diferente, como sempre acontecia, agora mais esverdeado, enquanto as nuvens acima dele se elevavam cada vez mais no céu. "Você vai ter", disse ele.

Suzanne disse: "Sabe de uma coisa, Bernie? Já pensei bastante no assunto. *Bastante* mesmo. E o que eu... Bem, a frase que me veio, quero dizer, que eu elaborei para mim mesma, a frase que passa pela minha cabeça é a seguinte. Acho que o nosso trabalho — talvez até o nosso *dever* — seja...". Sua voz se tornou calma, adulta. "Suportar o fardo do mistério com o máximo de graça possível."

Bernie ficou em silêncio por um longo tempo. Por fim disse: "Obrigado, Suzanne".

Passado mais um momento, Suzanne disse: "A única outra pessoa para quem eu falei desses sentimentos de... bem, de Deus, ou de alguma coisa muito maior... bem, eu falei para aquele terapeuta sinistro depois, sabe, depois que a gente começou. Enfim, sabe o que ele me disse? Ele disse: Não seja ridícula, Suzanne. Você era uma criança desorientada diante da vida, e agora acha que foi Deus que você sentiu. A vida apenas te desnorteou, nada mais. Não é sinistro isso, Bernie?".

Bernie olhou para o teto. "Sinistro? Sim. Ele era um homem muito limitado, Suzanne."

"Eu sei", disse Suzanne. Depois ela disse: "Você realmente acha que eu não deveria falar dele para o meu marido? Acha mesmo que eu posso viver sozinha com isso?".

"As pessoas vivem com essas coisas", disse Bernie. "Vivem mesmo. Sempre fico impressionado com o tipo de coisa com que as pessoas vivem." Ele acrescentou: "E, Suzanne, você acabou de me dizer que o seu marido não sabe da sua experiência com... com o que quer que seja aquilo de que estávamos falando".

"Você tem razão", disse Suzanne. "Bernie, você é tão inteligente. Amo você."

Bernie disse: "E, Suzanne, eu amo você". Ele queria muito dizer a ela que se sentia melhor agora, que ter falado com ela daquele modo tinha de alguma forma aliviado seu mal-estar. Em vez disso, disse: "Mais uma coisa. Agora me ouça".

"Estou ouvindo", disse Suzanne.

Ele disse: "Depois que desligarmos, você chora tudo o que tem para chorar. Chore como nunca chorou na vida. E, quando acabar, vá comer alguma coisa. Aposto que você não comeu nada o dia todo".

"Você tem razão, não comi. Vou comer alguma coisa, prometo. Mas não sinto mais vontade de chorar, Bernie. Eu sinto... sinto quase como se eu quisesse *cantar*."

"Então faça isso", disse ele.

Suzanne, sentada em seu carro no posto de serviços da rodovia, não cantou. Mas permaneceu ali por um longo tempo, pensando na conversa deles. Pensou que jamais a esqueceria, era como se janelas enormes acima dela tivessem se estilhaçado — do modo como os bombeiros deviam ter quebrado as janelas da casa de sua infância —, e agora acima dela, à sua volta, ela via todo aquele mundo imenso se mostrando *bem ali* para ela, disponível mais uma vez. Ficou observando a mãe e o garotinho entrarem no carro deles, rindo juntos de alguma coisa. Na frente dela havia um pequeno plátano com folhas cor-de-rosa de cima a baixo. "Ah, Bernie", sussurrou ela. "Uau."

Bernie estava sentado diante de sua mesa, contemplando o rio. Uma espécie de espanto silencioso o dominava. De alguma forma, Suzanne não tinha sido corrompida; sua candura ao falar com ele era um presente de valor considerável. Ela era uma pessoa inocente, isso lhe era tão natural quanto respirar, e naquele momento ele sentia como se a inocência dela o tivesse lavado, removendo algumas áreas de inquietação que ele havia acumulado ao longo dos anos em sua profissão. Dali a pouco iria descer e dizer à sua mulher que eles não precisavam mais se preocupar com Suzanne. Sobre as particularidades da conversa deles, não diria nada; o modo como Suzanne o ajudara permaneceria um segredo. Bastante inofensivo, ele pensou, erguendo-se e refletindo sobre a diversidade de segredos que as pessoas guardavam consigo durante anos.

Luz

Cindy Coombs desviou seu carrinho de supermercado de um casal jovem e viu que o homem olhou para ela. Ela o viu olhar para longe e depois de novo para ela. Por algum motivo, o olhar do homem a fez tocar no zíper de seu casaco de inverno — um casaco acolchoado azul-claro, e o zíper estava aberto até o meio —, e ela seguiu pelo corredor, embora o que precisasse — duas latas de sopa de tomate — estivesse bem ali onde o casal estava. Entrou no corredor seguinte devagar, o carrinho fazendo um barulho estridente no chão com sua rodinha bamba. Havia leite e pão em seu carrinho. Ela parou e se virou de frente para as uvas-passas, abrindo um pouco mais o zíper do casaco para poder apertar o cinto. Depois seguiu adiante, sem saber exatamente o que fazer. Sopa de tomate e... o que mais? Manteiga. Ela ficou dizendo *manteiga, manteiga* em sua mente e tentou pensar onde ficava a manteiga, e ela estava onde sempre esteve, logo depois do leite, diversos tipos de manteiga à disposição.

Onde estava aquela que eles sempre compravam? Onde? Cindy se inclinou para pegar uma de outra marca, que diferença fazia, e então viu aquela que eles costumavam comprar, e ao se inclinar para pegá-la sentiu que ia cair e se agarrou à barra de seu carrinho. Imaginou suas pernas como dois riachozinhos de água parada, com galhos e sujeira; como poderiam sustentá-la?

Por trás dela, uma grande mão idosa apareceu e pegou a manteiga que Cindy tinha tentado pegar e jogou-a em seu carrinho. Ao se virar, Cindy viu a sra. Kitteridge ali parada, e a sra. Kitteridge apenas a fitou, direto nos olhos. "Olá, Cindy", disse enfim a sra. Kitteridge. "Que inferno você está passando."

Muitos anos atrás, a sra. Kitteridge havia sido professora de matemática de Cindy no ensino fundamental; Cindy não gostava muito dela na época. Cindy respondeu: "Estou mesmo, sra. Kitteridge. Está sendo um inferno".

A sra. Kitteridge assentiu uma vez com a cabeça e continuou ali parada. "Bem, vamos pegar o que você precisa e tirar você daqui."

"Preciso de duas latas de sopa de tomate", disse Cindy.

"Vamos lá pegar a sopa." A sra. Kitteridge não estava com um carrinho, apenas com uma cesta, e ela a colocou no carrinho de Cindy e pegou na barra para conduzi-lo, mas deixando espaço para que Cindy a segurasse também; as mangas do casaco da sra. Kitteridge eram de um vermelho-vivo e suas mãos em volta da barra estavam inchadas, velhas. "Mas onde é que está a maldita sopa? Este lugar não acaba mais, você pode ficar andando por ele quilômetros e quilômetros. E hoje é sábado, então muita gente vem pra cá." Olive Kitteridge era uma mulher grande; ela falava praticamente acima da cabeça de Cindy.

"Virando ali, acho", disse Cindy, vendo com certo alívio que o casal que tinha estado perto da sopa já havia saído dali. Cindy pôs duas latas de sopa de tomate no carrinho, e a sra. Kitteridge foi com ela até o caixa. Cindy pagou suas compras, colocou-as na sacola retornável de pano que ela havia trazido e sentiu que devia esperar pela sra. Kitteridge, que disse: "Só um segundo, Cindy, que eu te acompanho até o carro".

Elas saíram juntas do mercado, e nas enormes portas de vidro que se abriram — segundos antes de elas passarem — Cindy teve um vislumbre de sua própria imagem, e mal pôde acreditar. O gorro de lã na cabeça não cobria sua careca, e seus olhos estavam tão fundos que ela sentiu uma pontada de medo. "Acho que não volto mais aqui", disse para a sra. Kitteridge enquanto caminhava até o carro. "Só vim porque Tom quis que eu viesse."

"Hum", murmurou a sra. Kitteridge; a bolsa que ela carregava batia contra seu corpo.

À volta delas uma súbita rajada de vento fez alguns gravetos rodopiarem, e uma sacola plástica enlameada e esmagada várias vezes pelos carros se ergueu ligeiramente no ar, logo caindo de volta no chão em meio às marcas sujas de pneus na neve velha. Cindy abriu a porta de seu carro e percebeu que a sra. Kitteridge estava esperando. "Estou bem agora. Obrigada, sra. Kitteridge."

A mulher assentiu com a cabeça, e Cindy não se voltou para olhar de novo para ela enquanto saía com o carro.

O trajeto pareceu interminável, embora fosse de pouco mais de um quilômetro e meio, e por ser sábado à tarde Cindy achou que havia mais trânsito que de costume. Quando chegou em casa, deixou o carro na entrada, apesar de a porta da garagem estar aberta. A guirlanda de Natal ainda estava na porta da frente, e ela queria que Tom a tirasse de lá. Já devia ter dito a ele uma centena de vezes que já estavam em fevereiro e deviam tirar a guirlanda de Natal. Cindy deixou as compras no balcão, dentro da sacola de pano. "Oi, querido", disse para chamar o marido, e Tom entrou na cozinha, dizendo: "Ei, Cindy, viu só? Você conseguiu". Ele tirou a manteiga, a sopa e o leite da sacola e perguntou: "Quer ver TV?". Ela balançou a cabeça para dizer que não e passou por ele em direção à escada. Ela se lembrou da guirlanda de Natal muito tarde; ela iria lembrá-lo depois.

* * *

Eles tinham construído esta casa vinte anos atrás. Para Cindy, ela parecera enorme. Ficara constrangida enquanto acompanhava a construção, o concreto colocado no porão, as tábuas sendo erguidas; ela e Tom pareciam jovens demais para uma casa tão grande. Cindy havia crescido nas proximidades de Crosby, numa casa bem pequena; elas quase não tinham dinheiro, ela, sua mãe e as duas irmãs. Seu pai havia abandonado a família anos antes, e a mãe de Cindy trabalhava à noite no hospital como técnica de enfermagem; não tinha sido fácil. Mas Cindy tivera sorte; foi para a universidade, se bancando sozinha e pegando dinheiro emprestado. Lá conhecera seu marido, que foi trabalhar no escritório de contabilidade da siderúrgica, onde ele estava desde então. Só mais tarde Cindy percebeu que a casa que eles tinham construído era de um tamanho normal, com três quartos no andar de cima, uma sala de estar, uma sala de jantar e uma cozinha no andar de baixo. Poucos anos depois, eles construíram a garagem, anexa à casa, e isso, em vez de fazer o lugar parecer maior, por alguma razão fez a casa parecer menor. Uma casa de tamanho perfeito; durante anos ela pensou assim. Quando os meninos chegaram à adolescência, achou que a casa parecia comum e perguntou a Tom se eles podiam pintá-la de azul ciano. Os meninos foram contra; ela deixou para lá, e a casa permanecera branca todos esses anos.

Cindy se deitou na cama e através da janela olhou a copa das árvores, os galhos nus, e, no entanto, havia aquele solzinho engraçado, suave, espreitando pelas nuvens carregadas de um céu de tarde de fevereiro — como assim? Os galhos pareciam se estender mais e mais, e não encolher.

Quando ela viu Tom parado na soleira da porta do quarto, o rosto aberto, desejoso de agradar, absolutamente perdido, ela disse: "Sabe no que eu andei pensando ultimamente?".

"No que, querida?" Tom entrou no quarto e pegou a mão dela. "No que você andou pensando?"

"Em como eu queria pintar a casa de azul, e a gente nunca pintou, porque os meninos — e você — disseram não, vocês não quiseram."

O rosto grande de Tom pareceu, aos olhos dela, aumentar um pouquinho mais, e ele disse: "Pois vamos fazer isso agora, querida. Podemos pintar a casa da cor que você quiser. Vamos fazer isso!".

Cindy negou com a cabeça.

"Não, estou falando sério." Tom inclinou a cabeça para ela. "Seria divertido, meu amor. Vamos pintar a casa."

"Não." Ela balançou a cabeça de novo, virando o rosto para longe dele.

"Querida..."

"Ah, Tom. Pare. Por favor. Eu disse que não. Não vamos pintar a casa agora." Ela esperou um momento, então disse: "Querido, você poderia, por favor, tirar a guirlanda de Natal que continua na porta da frente?".

"Agora mesmo", disse ele, assentindo com a cabeça. "Querida, considere feito."

Antes da doença, Cindy tinha trabalhado como bibliotecária na biblioteca local. Ela amava livros, ah como amava. Amava a textura deles, o cheiro, e amava a semiquietude da biblioteca, assim como os idosos que às vezes iam passar a manhã toda lá, só para terem um lugar aonde ir. Gostava de ajudá-los a se conectar à internet com um computador ou a encontrarem a revista que eles queriam ler. Acima de tudo, adorava cuidar do empréstimo de livros, mencionando os livros que ela gostava às pessoas; depois essas pessoas voltavam e lhe falavam dos livros que tinham lido por sugestão dela. Cindy costumava ler de tudo, e ainda hoje havia uma pilha de livros na mesinha de cabeceira ao lado cama, livros empilhados no parapeito da janela e alguns também no chão. Ela praticamente não tinha preferência por um gênero específico e às vezes achava isso estranho; havia lido Shakespeare, os thrillers de Sharon MacDonald, biografias de Samuel Johnson e diferentes dramaturgos, romances água com açúcar e também... poetas. Ela pensava muito lá consigo mesma que os poetas basicamente se sentavam à direita de Deus.

Quando era nova, Cindy pensou em ser poeta — que ideia tola. Mas ela gostava de poesia quando criança; sua professora da terceira série tinha lhe dado um exemplar dos *Poemas selecionados para jovens*, de Edna St. Vincent Millay, e, quando ela viu que sua irmã mais nova o havia pintado todo com o lápis de cera vermelho, Cindy bateu nela. Essa lembrança sempre causava uma dor profunda em Cindy, por causa do que aconteceu depois com sua irmãzinha. Mas Cindy já havia decorado todos os poemas do livro antes de ele ser pintado de vermelho e sentia — de alguma forma — que ele a transportara para um mundo bem distante de sua minúscula casa. Em parte isso se deveu ao fato de sua professora ter lhe dito que Edna St. Vincent Millay também crescera no Maine, a apenas uma hora dali; e que a poeta, quando pequena, fora criada num meio pobre. A professora fora gentil no modo como disse isso, e só anos depois Cindy entendeu que a intenção dela foi ajudá-la, ajudar Cindy, em sua própria condição necessitada. Cindy havia escrito alguma poesia, mas só para si mesma; na verdade não entendia nada sobre isso. Andrea L'Rieux, que era dois anos mais nova que Cindy, tinha se tornado a Poeta Laureada dos Estados Unidos um ano atrás, e secretamente Cindy sentiu um orgulho enorme por aquela pessoa de Crosby, no Maine, ter realizado um feito desse. A bem da verdade, Cindy nem sempre entendia a poesia que Andrea escrevia. Mas os versos dela eram corajosos, Cindy sabia disso. A poesia tinha muito a ver com a vida de Andrea, e Cindy entendeu, enquanto a lia, que ela, Cindy, jamais teria conseguido fazer o que Andrea fez. Jamais teria conseguido escrever sobre sua mãe daquela forma, jamais teria escrito sobre o asco que sentia diante da visão do rosto da mãe se contraindo enquanto fumava, nem teria conseguido escrever nada sobre si mesma.

Aquilo sobre o qual ela poderia ter escrito era a luz de fevereiro. Como ela mudava o aspecto do mundo. As pessoas reclamavam de fevereiro; era frio, nevava e geralmente tudo ficava molhado e úmido, e as pessoas já estavam prontas para a primavera. Mas para Cindy a luz desse mês sempre fora uma espécie de segredo, e permanecia um segredo até hoje. Porque em fevereiro os dias começavam a ficar mais longos, você podia ver isso se realmente prestasse atenção. Dava para ver como, ao final de cada dia, o mundo parecia meio aberto, e aquela luz adicional penetrava pelas árvores nuas, e prometia. Ah, como essa luz *prometia*. Deitada em sua cama, Cindy o via naquele momento, o dourado da última luz abrindo o mundo.

No dia seguinte, domingo, depois do almoço Cindy voltou para a cama, e Tom subiu a escada atrás dela, tentando ser útil, arrumando os travesseiros, endireitando a colcha.

Um som de carro foi ouvido se aproximando da entrada, e Tom afastou a cortina para ver. "Ah, Jesus", disse. "É aquela velha rabugenta. Olive Kitteridge. Que diabos ela está fazendo aqui?"

"Deixe a mulher entrar", disse Cindy, a voz abafada nos travesseiros.

"O que foi, querida?"

Cindy se sentou. "Eu disse: deixe a mulher entrar. Por favor, Tom."

"Está maluca?", disse Tom.

"Sim. Deixe a mulher entrar."

Assim, Tom desceu a escada e Cindy ouviu-o abrir a porta da frente, que eles nunca usavam, e dali a pouco a sra. Kitteridge subiu a escada, seguida por Tom, e apareceu à porta do quarto. Ela estava com seu casaco vermelho, que era bem inflado, do jeito que casacos de inverno às vezes são.

"Oi, sra. Kitteridge", disse Cindy. Ela se endireitou na cama, colocando travesseiros atrás das costas. "Tom, você poderia levar o casaco dela?" Então a sra. Kitteridge tirou o casaco e o estendeu para Tom, que perguntou: "Cindy? Quer que eu fique?". Cindy balançou a cabeça e ele desceu com o casaco da sra. Kitteridge.

A sra. Kitteridge estava vestindo uma calça folgada e uma espécie de jaqueta que descia até a metade das coxas; tinha uma estampa geométrica com espirais de tons vivos, vermelhos e laranja. Ela deixou sua bolsa de couro preta no chão. "Me chame de Olive. Se puder. Sei que às vezes a pessoa não consegue quando eu fui a sra. Kitteridge durante a vida toda."

Cindy olhou para aquela mulher à sua frente e viu em seus olhos uma luz diferente. "Posso chamá-la de Olive. Olá, Olive." Cindy olhou em volta e disse: "Ali, pegue aquela cadeira".

Olive puxou a cadeira para perto da cama, era uma cadeira de encosto reto, e Cindy torceu para que ela coubesse nela confortavelmente. Mas sem o casaco Olive não parecia tão grande, e ela se sentou na cadeira e cruzou as mãos no colo. "Achei que se eu telefonasse você poderia dizer para eu não vir." Olive esperou. Depois disse: "Aí pensei: pro inferno, eu quero ir lá ver aquela menina. Então peguei o carro e vim".

"Tudo bem", disse Cindy. "Fico feliz por você ter vindo. Como você está, Olive?"

"A questão é você. Você não está bem."

"Não, não estou."

"Alguma chance de que vai ficar bem?"

"Cinquenta por cento. É o que eles dizem." Então Cindy acrescentou: "Faço o meu último tratamento na semana que vem".

A sra. Kitteridge olhou bem nos olhos de Cindy. "Entendo", disse. Depois olhou o quarto em volta — a cômoda branca, as roupas penduradas numa cadeira no canto, os livros empilhados no parapeito da janela — e olhou de novo para Cindy. "E você se sente péssima? O que você faz o dia todo? Você lê?"

"Isso é um problema", reconheceu Cindy. "Porque eu me sinto mesmo péssima. E eu já não leio tanto quanto antes. Não consigo me concentrar."

Olive assentiu com a cabeça, como se estivesse refletindo sobre aquilo. "Hum", disse. E acrescentou: "Que inferno de vida".

"Bem, é um pouco."

"Sem dúvida." A mulher ficou ali sentada, as mãos ainda cruzadas no colo. Parecia não ter mais nada a dizer.

Então Cindy desabafou: "Ah, sra. Kitteridge. Olive. Ah, Olive, eu tenho tanta... tanta *raiva*".

Olive assentiu com a cabeça. "Só Deus sabe que eu não poderia imaginar outra coisa."

"Quero me sentir em paz, quero aceitar isto, mas eu tenho tanta raiva, tenho raiva a cada minuto, e quando eu a vi na loja, as pessoas estavam me olhando. Eu não quero sair, as pessoas olham para mim e sentem medo."

"Hum", disse Olive. Depois acrescentou: "Bem, eu não sinto medo".

"Eu sei. E agradeço."

"Como está Tom?"

"Ah, *Tom*." Cindy se endireitou, e a roupa de cama lhe pareceu quase suja, embora tivesse sido trocada no dia anterior, mas havia aquele leve odor de alguma coisa metálica que ela sentia há meses. "Olive, ele fica falando como se eu fosse melhorar. Eu não acredito, simplesmente não acredito, isso me faz sentir tão sozinha, ah, meu Deus, estou tão sozinha."

Olive fez uma careta de compaixão. "Meu Deus, Cindy. Que droga. Como diziam as crianças. Que droga mesmo."

"E é." Cindy voltou a se recostar no travesseiro, observando aquela mulher que tinha vindo visitá-la sem ser convidada. "Há uma enfermeira que vem duas vezes por semana, e ela me disse que Tom está se comportando como todos os homens que ela já viu em situações como esta. Que os homens simplesmente não conseguem *lidar* com isso. Mas é terrível, Olive. Ele é o meu marido, a gente se ama há muitos anos, e isso é horrível."

Olive estava olhando para Cindy, depois olhou para os pés da cama.

"Não sei", disse. "Não sei se é uma coisa masculina ou não. A verdade, Cindy, é que eu não fui muito boa para o meu marido nos últimos anos de vida dele."

Cindy disse: "Claro que foi. Todo mundo sabia — você ia para o lar de idosos todos os dias para vê-lo".

Olive balançou a cabeça. "Antes disso."

"Ele estava doente antes?"

"Não sei", disse Olive, pensativa. "Talvez estivesse e eu simplesmente não soube. Ele ficou muito carente. E eu não era... eu simplesmente não era muito gentil com ele. É uma coisa em que eu penso bastante ultimamente, e que me incomoda demais."

Cindy esperou um momento. "Bem, se você não sabia que ele estava doente..."

Olive suspirou fundo. "Eu sei, eu sei. Só estou dizendo que eu não fui muito boa com ele, e hoje isso me machuca. Machuca *mesmo*. Nos últimos tempos eu às vezes — raramente, muito raramente, mas às vezes — sinto que me tornei, ah, só um pouquinho — bem pouquinho — melhor como pessoa, e fico arrasada em pensar que Henry não aproveitou nada disso." Olive balançou a cabeça. "Aqui vou eu, falando de mim de novo. Ultimamente ando tentando não falar tanto de mim."

Cindy disse: "Fale do que quiser. Não me importo".

"Vamos nos revezar", disse Olive, erguendo a mão de leve. "Tenho certeza de que vou falar de mim de novo."

Cindy disse: "Uma vez, foi no dia de Natal, eu simplesmente desabei a chorar. Eu chorava, chorava, os meus dois filhos estavam aqui, o Tom, e eu fiquei na escada chorando sem parar, e de repente percebi que todos eles tinham saído, eles se afastaram de mim até eu parar de chorar".

Os olhos de Olive se fecharam por um momento. "Oh, Deus", ela murmurou.

"Eu os assustei."

"Uhum."

"E agora eles vão pensar sempre nisso, todo Natal que tiverem os meus filhos vão se lembrar disso."

"É provável."

"Eu fiz isso com eles."

Olive se inclinou para a frente e disse: "Cindy Coombs, não há uma maldita pessoa neste mundo que não tenha uma ou outra lembrança ruim para carregar pela vida". Ela voltou a se recostar na cadeira, cruzando os pés na altura dos tornozelos.

"Mas eu estou com medo!"

"Ah, eu sei, eu sei, claro que você está. Todo mundo tem medo de morrer."

"Todo mundo? Isso é verdade, sra. Kitteridge? Você tem medo de morrer?"

"Eu morro de medo de morrer, essa é que é a verdade." Olive se aprumou na cadeira.

Cindy pensou a respeito. "Ouvi dizer que há pessoas que fazem as pazes com isso", disse.

"Acho que pode acontecer. Não sei como as pessoas fazem, mas acho que pode acontecer."

Elas ficaram em silêncio. Cindy sentiu... ela quase se sentiu normal. "Bem", disse por fim. "É só que eu estou muito sozinha. Não quero ficar tão sozinha."

"Claro que não."

"Você tem medo de morrer, mesmo na sua idade?"

Olive assentiu com a cabeça. "Por Deus, há dias em que eu bem que queria já estar morta. Mas ainda tenho medo de morrer." Depois Olive disse: "Sabe, Cindy, se você *realmente* está morrendo, se você morrer, a verdade é — a gente só está alguns passos atrás de você. Vinte minutos atrás de você, essa é que é a verdade".

Cindy não tinha pensado nisso. Achava que Tom, seus filhos e... as pessoas, que eles iriam continuar vivendo para todo o sempre, sem ela. Mas Olive tinha razão: todos estavam indo para o mesmo lugar que ela. Se é que ela já estava indo.

"Obrigada", disse Cindy. "E obrigada por ter vindo."

Olive se levantou. "Bem, tchau", disse.

Quando a mãe de Cindy estava morrendo — ela tinha cinquenta e dois anos e Cindy trinta e dois —, ela havia gritado, chorado e amaldiçoado o pai de Cindy por tê-las abandonado anos antes. Na verdade, a mãe de Cindy tinha, durante a vida de Cindy, gritado e chorado com frequência; a pobre mulher vivia muito cansada. Mas quando sua mãe estava morrendo, Cindy ficou terrivelmente assustada com o modo como a mãe se comportava e pensou consigo mesma: eu não vou morrer desse jeito. Por isso se sentia tão mal pelo que tinha feito aos filhos, caindo no choro na escada no dia de Natal. Durante a vida dos filhos, Cindy não havia gritado nem chorado. Tinha cuidado deles cada segundo, era o que lhe parecia, e os havia abraçado e segurado no colo quando eles eram pequenos e precisavam de consolo.

Ela pensou bastante a respeito, e estava pensando nisso algumas noites depois sentada no sofá ao lado de Tom, um cobertor erguido até o pescoço, assistindo televisão com ele. Ela disse, durante um comercial: "Querido, me sinto muito mal por causa daquele dia em que chorei na escada, com você e os meninos aqui. Contei para a sra. Kitteridge. Esqueci de dizer a ela que isso me fez lembrar da minha mãe".

Tom recuou e lançou um olhar rápido para ela. "A sra. Kitteridge? Por que você diria algo tão pessoal para aquela velha rabugenta?".

"Bem...", começou Cindy.

"Você ficou sabendo que ela se casou com Jack Kennison?"

"É *mesmo*?" Cindy começou a se endireitar.

"Sim, casou. Dá pra imaginar alguém casando com aquela velha rabugenta, além do pobre daquele primeiro marido dela, o Henry?"

Depois disso, Cindy não disse quase mais nada.

Dias depois o tempo piorou. Estava chovendo, nevava também, e enquanto Tom arrumava as coisas para ela — seu almoço estava na geladeira, o telefone estava perto da cama, havia outro celular com ela na cama —, enquanto ele fazia essas coisas antes de ir para a siderúrgica trabalhar, ela percebeu que ele a estava irritando. "Está tudo bem, querido, agora pode ir", disse ela.

"Tem certeza?", ele perguntou, ela disse que tinha certeza, que ele podia ir, por favor.

Então ele foi, gritou mais uma vez lá embaixo, perto da escada, "Tchau, meu amor!", ela respondeu, até que ele enfim se foi.

Cindy pegou no sono, e quando acordou ficou irritada por Tom não ter deixado nenhuma luz acesa na casa. Ele era mesquinho demais, foi o que ela achou; era deprimente não ter nenhuma luz acesa, então ela se levantou da cama e saiu pelo quarto acendendo a luz da cômoda e da mesinha de cabeceira, embora, pela porta, o corredor continuasse na penumbra.

Seu celular emitiu um assobio. Era uma mensagem de sua cunhada Anita, perguntando: Posso te ligar? Cindy se sentou na ponta da cama e respondeu: Sim.

"Você está bem?", perguntou Anita. Cindy disse que sim, o mesmo de sempre.

"Desculpe eu não ter passado aí esta semana, logo eu vou." E Anita começou a falar de seus problemas em casa, que Cindy lamentava — os filhos de Anita eram todos meio doidos; estavam no ensino médio. Cindy se levantou para ir até o corredor acender outras luzes e escutou um carro na entrada, e quando foi olhar pela janela viu a sra. Kitteridge saindo.

"Anita", disse Cindy, "a sra. Kitteridge acabou de chegar. Eu te contei que ela tinha vindo me visitar. Bem, ela está aqui de novo."

Anita riu. "Bem, divirta-se. Como eu disse, eu sempre meio que gostei dessa mulher."

Chovia forte, e a sra. Kitteridge não tinha guarda-chuva. Cindy bateu na janela e a sra. Kitteridge ergueu os olhos. Cindy fez sinal com o braço para que a sra. Kitteridge entrasse, depois apontou para a porta lateral, em questão de minutos a porta lateral foi aberta e fechada, e ali estava a sra. Kitteridge parada com seu casaco na porta do quarto.

"Tire o casaco", disse Cindy. "Que chato você ter se molhado. Pode só deixar no chão. A menos que queira pendurá-lo. Se quiser pendurar..." Mas a sra. Kitteridge largou o casaco no tapete, o mesmo casacão vermelho, e se sentou mais uma vez na cadeira de encosto reto. Seu cabelo estava grudado na cabeça por causa da chuva. Algumas gotas caíram em sua gola, ela se levantou e perguntou a Cindy: "Onde fica o banheiro?". Cindy deu as instruções, e dali a pouco Olive voltou com uma toalha de mão com listras cor-de-rosa e branca, sentou de novo e enxugou o cabelo; Cindy quase não acreditava.

Cindy perguntou à sra. Kitteridge: "Você se casou? Tom disse que ouviu dizer que você tinha se casado com Jack Kennison, mas eu pensei: não pode ser".

Olive Kitteridge reteve a toalha em cima da cabeça e olhou para a parede. Ela disse: "Sim, é verdade. Eu me casei com Jack Kennison".

Cindy olhou para ela. "Bem, parabéns. Acho. É estranho?"

"Ah, é estranho." Olive olhou para ela, assentindo com a cabeça. "É estranho, bota estranho nisso." Olive hesitou, e então, voltando a secar o cabelo, acrescentou: "Mas nós dois já somos velhos o bastante para saber das coisas agora, e isso é bom".

"Que coisas?"

"Quando calar a boca, principalmente."

"Sobre que coisas você cala a boca?", perguntou Cindy, e Olive pareceu pensar um pouco, depois disse: "Bem, por exemplo, quando ele está tomando café da manhã, eu não digo para ele: Jack, por que *diabos* você tem que raspar a sua tigela com tanta força?".

Cindy perguntou: "Há quanto tempo vocês estão casados?".

"Vai fazer quase dois anos, acho. Imagina só, na minha idade, começar de novo." Olive pôs a toalha no colo e ergueu uma mão, abrindo-a de leve. "Embora nunca seja um recomeço, Cindy, é só uma continuação."

Por um bom tempo, elas ficaram em silêncio, o som da chuva caindo no telhado. Então Olive disse: "Imagino que você não queira pensar em Tom recomeçando".

Cindy soltou um grande suspiro. "Ah, sra. Kitteridge, não suporto pensar nele sozinho. Realmente não suporto, não dá. Ele seria apenas um… ah, uma espécie de bebezão sozinho, e isso me dói demais. Mas pensar que ele poderia *ficar* com outra pessoa me dói mais ainda."

Olive assentiu como se entendesse isso. "Sabe, Cindy, você e Tom cresceram juntos. Henry e eu também éramos assim. Dezoito anos quando a gente se conheceu, vinte e um quando nos casamos, e a verdade é que… foi com essa pessoa que você viveu, e isso nunca vai embora." Olive deu de ombros. "Simplesmente não vai."

"Você fala do Henry com relação a Jack Kennison?"

Olive olhou para ela. "Ah, sim. Quando Jack e eu nos conhecemos, a gente falava da esposa dele e do meu marido o tempo todo. Sem parar."

"Era desconfortável?"

"De jeito nenhum. Era maravilhoso."

Cindy ficou em silêncio por um momento. "Não sei se eu gostaria que falassem de mim."

Olive deu de ombros. "Não há muito que você possa fazer a respeito, se isso acontecer. Mas vou te dizer uma coisa: você vai ser santificada. Vai virar uma verdadeira santa."

Cindy riu. Ela riu! E Olive, depois de um instante, riu também.

Depois Cindy disse: "O seu filho. Ele gosta desse Jack Kennison?".

Olive não disse nada por algum tempo. Então respondeu: "Não, não gosta. Mas acho que ele também não gosta muito de mim. Mesmo antes de eu me casar com Jack".

"Ah, Olive, que pena."

O pé de Olive estava balançando para cima e para baixo. "É", ela disse. "Nada a fazer sobre isso a essa altura."

Cindy hesitou, depois perguntou: "As coisas sempre correram mal com seu filho?".

Olive inclinou a cabeça como se estivesse pensando, depois disse: "Eu realmente não sei. Acho que não. Não por algum tempo. Talvez tenha começado com a primeira mulher dele".

Passado um minuto, Cindy — que havia desviado os olhos para a janela, vendo a cor cinza do granizo bater contra o vidro — disse: "Bem, tenho certeza de que você não gritava e berrava um monte como a minha mãe fazia. Ela era difícil, Olive. Mas aí também ela teve uma vida difícil". Ela voltou a olhar para Olive.

Olive disse: "Ah, acho que eu gritei e berrei um monte, sim".

Cindy abriu a boca, mas Olive continuou. "Eu sinceramente não consigo lembrar, mas acho que sim. Eu era bem megera quando estava a fim de ser. Meu filho provavelmente pensa que eu sou uma mulher difícil, como você disse que sua mãe era."

"Bem, mesmo assim eu a amava", disse Cindy.

"Hum. Acho que Christopher me ama." Olive balançou a cabeça devagar. As duas mulheres ficaram em silêncio por alguns minutos. Olive segurava a toalha no colo.

Depois Olive se inclinou e disse baixinho: "Vou te dizer uma coisa, Cindy. Há momentos em que eu sinto tanto a falta de Henry que acho que vou sufocar". Ela voltou a se recostar e Cindy achou que havia lágrimas em seus olhos. Olive piscou, até que disse: "Sinto muita saudade dele, Cindy, e esse sentimento vem do nada — e não é porque Jack não seja bom comigo, ele é, de modo geral, mas alguma coisa acontece e eu acabo pensando em *Henry*".

"Estou grata demais por você ter vindo", disse Cindy. "Você não acredita nas pessoas que não vêm me ver."

"Ah, eu acredito, sim. Pode acreditar."

"Mas por que eles não vêm me ver? Poxa, Olive. Nem os velhos *amigos* vêm me ver."

"Eles têm medo."
"Bem, azar!"
"Ah, concordo. Concordo com você nesse ponto."
"Mas você não tem medo."
"Não."
"Embora tenha medo de morrer."
"Isso mesmo", disse Olive.

O tempo continuava feio; o vento assobiava pelas janelas, chovia e então nevava um pouco e depois voltava a chover. Para Cindy era como se aquilo estivesse durando dias. Nesse ínterim, ela recebeu por correio um cartão dos bibliotecários com quem tinha trabalhado. Havia uma flor no cartão e dentro dele estava escrito: Fique Bem Logo! E todo mundo havia assinado. Cindy jogou-o no lixo. A enfermeira veio, trocou a roupa de cama, e Cindy ficou feliz em vê-la; elas tiveram uma conversa breve e amigável. Quando a enfermeira foi embora, Cindy voltou para a cama e puxou as cobertas quase até por cima da cabeça. Ela ficou escutando a rádio Pandora no celular, com os fones de ouvido, algo que vinha fazendo cada vez mais. Não valia a pena ler um livro naquele dia; não estava a fim de ler. E não estava a fim de ver nenhum filme no iPad que Tom tinha comprado para ela com esse objetivo.

Então ela pegou o celular e mandou mensagem para os filhos, ambos na universidade. Só falta mais um, ela escreveu, amo vocês!! Em questão de minutos eles responderam: Também te amamos, mãe. O mais velho mandou mais uma mensagem, dizendo: Boa sorte com o último! E ela escreveu: Obrigada, querido!, com um emoji de beijo. Ela queria escrever mais, dizer: Eu realmente realmente REALMENTE amo vocês! Mas não fazia sentido. Havia tantas coisas que não podiam ser ditas, esse pensamento ocorria a Cindy com mais frequência e fazia doer seu coração. Como estava muito cansada, de certa forma isso a ajudou, pois ela se entregou ao cansaço, ouvindo sua música no celular. Quando cochilou, não sentiu que estava pegando no sono e ficou surpresa ao acordar.

Mais no fim do dia, Anita parou para vê-la quando voltava do trabalho a caminho de casa, e Cindy foi se sentar à mesa da cozinha com ela. O marido de Anita — o irmão de Tom — talvez fosse perder o emprego, e Cindy disse: "Anita, você está passando por muita coisa", e Anita disse: "Estou. E você também", e Anita riu; ela tinha uma risada gorgolejante, empurrou os óculos para o alto no nariz, e Cindy pôs a mão sobre a de Anita. "E Maria com aquelas tatuagens", disse Anita. "Cobrem os dois braços, e eu disse pra ela: Espera só até o seu braço ficar flácido. E ela me falou: Vou fazer na bunda também..." Nesse instante Tom entrou na cozinha, e Cindy perguntou se Anita queria ficar para jantar, e Anita respondeu: "Ah, eu *adoraria* ficar para o jantar". Ela se levantou e vestiu seu casaco. "Mas tenho que alimentar aquela minha bendita família."

No dia seguinte o sol saiu. Ele brilhava forte enquanto Cindy caminhava pela frente da casa até o carro com Tom, que havia tirado a manhã de folga para acompanhá-la em seu último dia de tratamento. Ela reparou no sol e em quase mais nada, e não disse muita coisa para Tom enquanto ele a levava para o hospital. Uma vez lá, ficou sentada, como já tinha feito antes, por mais de uma hora enquanto o negócio pingava dentro dela, depois Tom a ajudou a voltar para o carro e disse: "Vou ficar com você, Cindy. O dia todo". De volta à casa, Cindy foi para a cama, e não demorou para Tom subir a escada e ir se sentar na cama ao lado dela. Ele estava comendo uma maçã, e Cindy não suportou o barulho. Ele moía a maçã, e também fazia um som ruidoso ao engoli-la, e por fim ela disse: "Tom, você pode acabar de comer essa maçã em outro lugar?". Ele pareceu magoado e disse: "O.k.", e desceu a escada.

Exatamente uma semana depois do tratamento final de Cindy, Olive Kitteridge apareceu e disse: "Parabéns. Qual é o próximo passo?".

"Uma tomografia para investigar o corpo todo daqui a três meses. Agora é esperar."

"Então tá." Passado um momento, Olive disse: "Jack e eu tivemos uma briga. Olha, foi das grandes".

Cindy disse: "Ah, Olive. Que chato".

"É, bem, desculpa eu te dizer isso. Teve a ver com nossos amigos. Com a nossa vida social, como Jack diz."

Cindy se recostou nas almofadas e observou Olive. O rosto dela parecia agitado; ela estava angustiada. "Você quer me contar?", perguntou Cindy.

"Bem, ele tem aqueles amigos da antiga vida dele, os Rutledge, e eu disse uma noite, depois que tínhamos jantado com eles: Não há nada na Marianne Rutledge que um bom alfinete não resolva." Olive ergueu a mão, os dedos juntos, e fez um gesto de furar no ar. "Tão cheia de si aquela mulher, francamente. E ele se ofendeu! Se ofendeu e *então* disse: Bem, Olive, os seus amigos são bem provincianos. Ele disse isso. Disse que eles nunca perguntavam nada sobre ele — meu Deus, que comentário mais de homem! — e que achava que eles eram bem pro-vin-ci-a-nos. Eu respondi que provinciano era ele, que se incomodava com a filha ser gay — que ele devia ter vergonha de chamar alguém de provinciano quando ele sentia uma coisa dessa, eu disse que aquilo era mais do que provinciano, sr. Harvard Espertalhão, que aquilo situava a pessoa bem na Idade das Trevas. Fiquei tão furiosa que entrei no carro e saí, e sabe para onde eu estava indo? Para casa! Voltando para onde eu tinha morado com Henry, e demorei alguns minutos até me dar conta de que a casa nem está mais lá. Então fui até o Cabo e fiquei sentada dentro do carro chorando feito um bebê, depois voltei para a casa do Jack, bem, para a nossa casa, acho, e... aí é que está. Ele estava me esperando, se sentindo muito mal. Estava *péssimo* por ter me dito aquelas coisas.

"Na volta para casa eu fui pensando nisso, e percebi como eu era uma matuta e Jack não. Quer dizer, é uma questão de classe. Então, quando eu voltei e vi como ele estava arrependido, eu lhe disse isso com a maior calma, isso de ser uma questão de classe, e sabe de uma coisa? A gente deve ter ficado conversando direto por umas duas horas, falamos e falamos, e ele disse que também era meio matuto, por isso é que ficava tão sensível com isso de as pessoas serem provincianas, porque a vida toda lá no fundo ele tinha sentido que era provinciano e não queria ser. Ele disse: sou um esnobe, Olive, e não me orgulho disso. O pai dele era médico, sabe, dos arredores de Wilkes-Barre, na Pensilvânia, e para mim isso está longe de ser provinciano, mas o pai dele era um clínico geral com um consultório nos fundos da casa relativamente pequena deles, e Jack disse que sentia que nunca tinha se integrado na escola de lá, e aí a primeira mulher dele, Betsy, bem ela sim *tinha* nascido em berço de ouro, era da Filadélfia, uma garota de Bryn Mawr..."

Olive parou de falar. Então disse: "Bem, tivemos uma conversa maravilhosa, foi isso que aconteceu".

"Fico feliz", disse Cindy. "Mas, Olive, o que você quer dizer com ser matuta?"

"Bem, sabe, não sou toda cheia das finezas. Meu pai não chegou nem a terminar o ensino médio, embora minha mãe fosse professora. Mas éramos simples, e me orgulho disso. Agora é bom que *você* me conte alguma coisa", disse Olive.

Então Cindy disse a Olive que seu cabelo deveria começar a crescer de novo dali a um mês. Ia parecer uma penugem por algum tempo, mas depois estaria de volta, e Olive olhou com interesse para ela, assentindo de leve com a cabeça.

Então Olive disse: "Bem, eu estava querendo te perguntar. E as suas irmãs, Cindy? O que aconteceu com elas? Você não tinha uma irmã? Ou duas?".

Cindy ficou surpresa por Olive se lembrar. Ela disse: "Sim. Uma delas mora na Flórida, é garçonete. E a minha irmã mais nova morreu há muitos anos...". Cindy hesitou, depois disse: "De overdose". E acrescentou: "Ela teve problemas por muitos anos".

Olive Kitteridge olhou para ela e depois de um tempo fez um pequeno aceno de cabeça. "Por Deus", disse. Ela cruzou os tornozelos, virando ligeiramente o traseiro na cadeira. "Bem, então imagino que você não receba visitas da família."

"Minha cunhada vem. Anita. Sinceramente, Olive? Ela é a única pessoa além de você que tem vindo me ver."

"Anita Coombs", disse Olive. "Claro, eu sei quem é. Trabalha na secretaria municipal."

"Isso mesmo."

"Boa pessoa. Foi o que ela sempre me pareceu."

"Ah, ela é maravilhosa", disse Cindy. "Olha, ela tem uns problemas... Mas quem não tem?" Depois Cindy se endireitou e disse: "Olive, você me contou dessa briga que teve com Jack Kennison porque acha que eu vou morrer?".

Olive olhou para ela com o que pareceu ser uma surpresa genuína. Depois de um instante, disse, cruzando os tornozelos do outro lado: "Não, eu te contei porque sou uma velha que gosta de falar de si mesma, e realmente não havia mais ninguém com quem eu me sentiria confortável falando disso".

"Certo", disse Cindy. "Achei que talvez você pensasse que era seguro me contar porque, já que eu vou morrer, então por que não contar pra ela?"

Olive disse: "Eu não sei se você vai morrer".

Elas ficaram em silêncio, até que Olive disse: "Vi que a sua guirlanda de Natal ainda está pendurada. Algumas pessoas fazem isso, eu nunca entendi por quê".

Cindy disse: "Ah, eu *odeio* isso. Já falei tantas vezes para o Tom. Por que ele não consegue se lembrar de tirá-la?".

Olive fez um gesto com a mão no ar. "Ele está abalado, Cindy. Ele não vai conseguir se concentrar em nada neste momento."

E foi estranho, mas Cindy, então, soube que Olive tinha razão. Uma declaração tão simples, mas absolutamente verdadeira. Ah, pobre Tom!, pensou Cindy, Tom, eu tenho sido injusta com você...

Mas Olive tinha voltado o olhar para a janela. "Olha só isso", disse Olive.

Cindy se virou para olhar. A luz do sol estava magnífica, brilhando com um amarelo glorioso no céu azul-claro, e pelos galhos nus das árvores, com aquele aspecto de garganta escancarada que a luz do fim do dia adquiria.

E então aconteceu...

Aconteceu o que Cindy, pelo resto de sua vida, jamais iria esquecer. Olive Kitteridge disse: "Meu Deus, eu sempre amei esta luz de fevereiro". Olive balançou a cabeça devagar. "Meu Deus", ela repetiu, com um tom maravilhado na voz. "Olha só para esta luz de fevereiro."

A caminhada

Em relação a seus filhos, havia alguma coisa errada.

Isso ocorreu a Denny Pelletier enquanto ele caminhava sozinho na estrada uma noite de dezembro na cidade de Crosby, no Maine. Era uma noite fria, e ele não estava vestido apropriadamente, usava apenas um casaco sobre a camiseta e sua velha calça jeans. A intenção dele não tinha sido caminhar, mas depois do jantar sentiu a necessidade crescer dentro de si, e mais tarde, enquanto sua esposa se preparava para se deitar, ele disse a ela: "Preciso ir dar uma caminhada". Ele tinha sessenta e nove anos, estava em boa forma, embora houvesse manhãs em que se sentia bastante enferrujado.

Enquanto caminhava, ele pensou de novo: Havia alguma coisa errada. Em relação a seus filhos. Ele tinha três filhos, todos casados. Eles haviam se casado cedo, por volta dos vinte, assim como ele e sua mulher haviam se casado cedo; ela tinha dezoito anos. Na época em que seus filhos se casaram, Denny não pensou em como eles eram jovens, embora agora, caminhando, ele tenha se dado conta de que já então não era comum os jovens se casarem tão cedo. Agora em sua mente ele repassou os colegas de escola dos filhos e percebeu que muitos tinham esperado até os vinte e cinco, ou vinte e oito, ou mesmo — como aquele garoto Woodcock, tão bonito — até os trinta e dois anos, quando se casou com sua bela noiva loira.

O frio o incomodava, e Denny caminhou mais rápido para se aquecer. O Natal estava chegando, mas já fazia três semanas que não nevava. Isso chocava Denny — assim como a muita gente —, porque ele lembrava de sua infância nesta mesma cidade do Maine, e na época do Natal a neve era tanta que ele e os amigos construíam fortes dentro dos blocos de neve. Mas nesta noite, enquanto caminhava, o único som que havia era o das folhas amassadas suavemente por seu tênis.

A lua estava cheia. Ela brilhava no rio enquanto ele passava pelo complexo industrial, com suas janelas alinhadas e escuras. Numa das fábricas, a Washburn, Denny tinha trabalhado aos dezoito anos, seu primeiro emprego; ela havia fechado fazia trinta anos e depois ele foi trabalhar numa loja de roupas que vendia, entre outras coisas, capas de chuva e botas de borracha para pescadores, e também para turistas. A fábrica lhe parecia mais vívida do que a loja, a lembrança dela, embora nem de longe ele tivesse trabalhado mais tempo lá do que na loja. Mas ainda se lembrava com uma clareza surpreendente das máquinas que funcionavam a noite toda, da sala de tecelagem onde ele trabalhava; seu pai tinha trabalhado lá como reparador na época, e quando Denny começou ele teve sorte o bastante para passar de varredor de chão, durante três meses, a tecelão, e não muito tempo depois a reparador, como seu pai fora. O barulho ensurdecedor do ambiente, a arremetida assustadora que a lançadeira podia dar se saísse do lugar, chicoteando através do tecido e das peças cortantes de metal; que coisa aquilo! Não era mais assim. Ele pensou em Snuffy, que nunca aprendera a ler nem a escrever e que tinha tirado a dentadura e a lavado no reservatório d'água, e depois disso uma placa fora colocada: Proibido Lavar a Dentadura Aqui! E as piadas que fizeram sobre Snuffy não poder ler a placa. Snuffy havia morrido fazia alguns anos. Muitos — a maior parte — dos homens com quem ele havia trabalhado na fábrica estavam mortos. Por algum motivo, esta noite, Denny sentiu um assombro silencioso diante desse fato.

Então sua mente se voltou para seus filhos. Eles andavam silenciosos, pensou. Silenciosos demais. Será que estavam chateados com ele? Todos os três tinham feito faculdade; os garotos haviam se mudado para Massachusetts, sua filha para Nova Hampshire; ao que parecia não havia emprego para eles aqui. Com seus netos estava tudo bem; todos iam bem na escola. Era com seus filhos que ele se preocupava enquanto caminhava.

No ano passado, lá pela época do quinquagésimo reencontro da turma de ensino médio de Denny, ele mostrara seu anuário para seu filho mais velho, e o filho havia dito: "Pai! Eles te chamavam de *Francesão*?". Ah, sim, Denny respondeu, rindo. "Não é engraçado", seu filho dissera, acrescentado: "A sra. Kitteridge, lá no sétimo ano, nos disse que este país era para ser um caldeirão de raças, só que a mistura nunca acontecia, e ela tinha razão", e ele havia se erguido e se afastado, deixando Denny com seu anuário aberto em cima da mesa da cozinha.

A sra. Kitteridge estava errada. Os tempos mudaram.

Mas Denny, que tinha virado para ir caminhar à beira do rio, agora entendia o ponto de vista de seu filho: ser chamado de "Francesão" não era mais aceitável. O que o filho de Denny não entendeu é que Denny jamais se sentiu magoado por ser chamado de "Francesão". Enquanto Denny continuava caminhando, afundando as mãos ainda mais nos bolsos, começou a se perguntar se isso era mesmo verdade. Ele percebeu: a verdade é que ele, Denny, tinha *aceitado* isso.

Aceitar isso significava aceitar muita coisa: que Denny iria trabalhar no complexo industrial assim que pudesse, que ele não tinha esperado continuar na escola, se dedicar aos estudos. Teria significado essas coisas? Conforme Denny se aproximava do rio, vendo sob o luar o modo como o rio corria rápido, ele sentiu como se sua vida tivesse sido um pedaço de casca de árvore naquele rio, apenas seguindo a correnteza, sem pensar em nada. Rumando para a queda-d'água.

A lua estava ligeiramente à sua direita, e ela pareceu ter ficado mais brilhante quando ele parou para olhá-la. Será que foi por isso que ele de repente pensou em Dorothy Paige?

Dorie Paige fora uma bela garota — ah, como ela era linda! Ela caminhava pelos corredores da escola de ensino médio com seu longo cabelo loiro sobre os ombros; ela era alta, e sua altura combinava com ela. Seus olhos eram grandes e ela tinha sempre um meio-sorriso no rosto. Ela havia chegado no final do segundo ano deles, e foi a razão pela qual Denny permaneceu na escola. Ele só queria vê-la, só queria olhar para ela. Se não fosse por isso, seu plano tinha sido abandonar a escola e ir trabalhar na fábrica. Seu armário não ficava longe do de Dorie, mas eles não faziam nenhuma disciplina juntos, porque Dorie, além de sua aparência formidável, também tinha cérebro. Ela era, segundo os professores, e mesmo os estudantes diziam isto, o aluno mais inteligente a passar por ali em muito tempo. Seu pai era médico. Um dia ela disse "Oi" enquanto eles estavam na frente dos armários, e Denny se sentiu tonto. "E aí?", ele disse. Depois disso, eles meio que viraram amigos. Dorie saía com outra turma de garotos inteligentes, e esses eram seus verdadeiros amigos, mas ela e Denny também tinham se tornado amigos. "Me fale de você", disse ela uma vez depois das aulas. Eles estavam sozinhos no corredor. "Me conte tudo." E ela riu.

"Nada pra contar", disse Denny, e ele falava sério.

"Não é verdade, não pode ser verdade. Você tem irmãos e irmãs?" Ela era quase tão alta quanto ele, e ficou esperando por ele enquanto Denny se atrapalhava com seus livros.

"Sim. Sou o mais velho. Tenho três irmãs e dois irmãos." Denny finalmente pegara seus livros e agora estava parado ali olhando para ela. Era como olhar para o sol.

"Ah, uau", disse Dorie, "e é maravilhoso? Parece maravilhoso. Eu só tenho um irmão, então a casa é silenciosa. Aposto que sua casa não é silenciosa."

"Não", disse Denny. "Não é muito silenciosa." Ele já estava saindo com Marie Levesque e temia que ela aparecesse. Seguiu pelo corredor na direção oposta à do ginásio, onde Marie estava treinando — ela era líder de torcida —, e Dorie o acompanhou. Depois eles ficaram conversando do outro lado da escola, perto da sala de música. Ele não lembrava de tudo o que eles tinham dito naquele dia, ou nos outros dias em que ela aparecia de repente e os dois caminhavam em direção à sala de música e ficavam do lado de fora conversando. Mas lembrava de ela jamais ter dito que ele deveria fazer faculdade, ela devia saber — claro, o "Francesão" — que ele não tinha nem notas nem dinheiro para isso; devia saber disso pelas aulas que os dois não faziam juntos, assim como ele sabia que ela iria para a faculdade.

Por dois anos eles fizeram isso, conversaram talvez uma vez por semana. Eles conversavam mais durante a temporada de basquete, quando Marie treinava no ginásio. Dorie nunca perguntava nada sobre Marie a Denny, embora ela já o tivesse visto com ela pelos corredores. Ele via Dorie com uns caras diferentes, sempre um sujeito diferente parecia estar seguindo Dorie, e com quem quer que fosse ela ria e chamava "Oi, Denny!" Ele realmente a amara. A garota era muito linda. Era de uma beleza incrível.

"Eu vou para Vassar", ela disse a ele na primavera do último ano deles na escola, e ele não entendeu o que ela queria dizer com isso. Depois de um momento, ela acrescentou: "É uma faculdade ao norte de Nova York".

"Que ótimo", disse ele. "Espero que seja uma faculdade realmente boa, você é inteligente pra caramba, Dorie."

"É o.k.", disse ela. "Sim, é uma boa faculdade."

Ele nunca conseguiu se lembrar da última vez que eles conversaram. Ele se lembrava, sim, que, na cerimônia de formatura, quando o nome dela foi chamado, houve vaias, assobios, essas coisas. Um ano depois ele estava casado e nunca mais viu Dorie. Mas ele se lembrava de onde ele estava — bem na frente do mercadinho principal da cidade — quando ficou sabendo que ela havia terminado a faculdade Vassar e depois se matado. Foi Trish Bibber quem lhe contou, uma garota que tinha estudado na escola na mesma época que eles, e quando Denny perguntou: "*Por quê?*", Trish havia olhado para o chão e dito: "Denny, vocês dois eram próximos, então eu não sei se você sabia. Mas havia abuso sexual na casa dela".

"Como assim?", Denny perguntou, e ele perguntou porque sua mente estava tendo dificuldade para entender aquilo.

"O pai dela", disse Trish. E ela ficou com ele por alguns instantes enquanto ele processava aquilo. Ela olhou gentilmente para ele e disse: "Sinto muito, Denny". Ele também nunca esqueceu disto: do olhar gentil de Trish enquanto lhe contava isso.

Portanto essa era a história de Dorie Paige.

Denny pegou o caminho para voltar para casa; foi pela Main Street. Uma súbita inquietação o invadiu, como se ele não estivesse seguro; de fato, a cidade tinha mudado tanto nos últimos anos que as pessoas não passeavam mais à noite, como ele estava fazendo. Fazia bastante tempo que ele não pensava em Dorie; ele costumava pensar bastante nela. A lua brilhava no alto; seu brilho continuava, como se a lembrança de Dorie — ou a própria Dorie — o provocasse. "Aposto que a sua casa não é silenciosa", ela tinha dito.

Subitamente ocorreu a Denny: agora sua casa era silenciosa. Fazia anos que ela vinha ficando cada vez mais silenciosa. Depois que seus filhos se casaram e se mudaram, aos poucos sua casa se tornou silenciosa. Marie, que havia trabalhado como auxiliar de educação na escola local, tinha se aposentado havia poucos anos, e já fazia muito tempo que ela não tinha muito a dizer sobre seus dias. Depois ele havia se aposentado na loja e também já não tinha muito a dizer.

Denny continuou andando, passou pelos bancos perto do coreto. Algumas folhas corriam na sua frente com a brisa forte. Para onde sua mente foi, ele não saberia dizer, nem quanto tempo tinha caminhado. De repente viu mais adiante um homem pesado curvado sobre o encosto de um banco. Por pouco Denny não deu meia-volta. Mas o corpo enorme estava simplesmente caído sobre o encosto do banco — uma coisa muito incomum — e parecia não se mexer. Denny se aproximou devagar. Ele tossiu alto. O sujeito não se mexeu. "Olá?", disse Denny. A calça jeans do homem estava ligeiramente abaixada por causa do modo como ele estava pendurado no banco, e no luar Denny viu um pouco do traseiro dele. As mãos do sujeito estavam na frente, como se pressionadas contra o assento. "Olá?", repetiu Denny num tom bem mais alto, e também não houve resposta. Ele viu o cabelo do sujeito, crescido, castanho-claro, caído por cima do rosto. Denny estendeu a mão, tocou no braço do homem, e o homem gemeu.

Recuando, Denny pegou seu celular e telefonou para a emergência. Ele disse à mulher que atendeu onde estava e o que estava vendo, e a atendente respondeu: "Vamos mandar alguém aí, senhor. Aguarde um momento na linha". Ele a ouviu falando — em outro telefone? —, ouviu o som de estática e de cliques, e esperou. "Certo, senhor. Sabe se o homem está vivo?"

"Ele gemeu", disse Denny.

"Certo, senhor."

Depois, em pouquíssimo tempo — foi o que pareceu a Denny — uma viatura com suas luzes azuis piscando apareceu, e dois policiais saíram do carro. Eles estavam calmos, Denny reparou, falaram rapidamente com ele, depois foram até o homem caído sobre o encosto do banco. "Drogas", disse um dos policiais, e o outro disse: "Aham".

Um dos policiais enfiou a mão no bolso, pegou uma seringa e, com gestos firmes, ágeis, puxou a manga do casaco do homem e injetou a seringa nele, no braço, na dobra do cotovelo, e dali a pouco o homem se levantou. Ele olhou em volta.

Era o garoto Woodcock.

Denny não o teria reconhecido se os olhos profundos no rosto bonito dele não tivessem olhado para Denny e dito: "Ei, oi". Em seguida ele arregalou os olhos por um momento, e os policiais o fizeram sentar no banco. Ele já não era um garoto — era um homem de meia-idade —, mas Denny só conseguia pensar nele como o adolescente da turma de sua filha de anos atrás. Como ele havia se transformado nessa pessoa? Grande — gordo —, de cabelo comprido e todo drogado? Denny continuou onde estava, olhando para a nuca do homem, depois uma ambulância chegou, a sirene berrando e as luzes piscando, logo dois paramédicos saltaram, falaram com os policiais, e um dos policiais disse: Sim, injetei Naloxone na hora. Os dois paramédicos seguraram o garoto Woodcock pelos braços e o levaram até a ambulância; a porta se fechou.

Enquanto a ambulância se afastava, um dos policiais disse para Denny: "Bem, você salvou uma vida hoje", e o outro policial disse, entrando no carro: "Por enquanto".

Denny voltou depressa para casa; e pensou: a questão definitivamente não era com seus filhos. Esse pensamento lhe pareceu chegar com clareza. Seus filhos tinham vivido seguros em casa na infância, não como a pobre Dorie. Seus filhos não usavam drogas. Era com ele que havia alguma coisa errada. Ele andara triste com a sua vida minguando, mas ela ainda não acabara.

Subiu aos saltos os degraus de casa, atirando o casaco para longe, e no quarto Marie estava acordada, lendo. O rosto dela se iluminou quando o viu. Ela pôs o livro na cama e acenou com a mão para ele. "Oi", disse.

Pedicure

Era novembro.

Ainda não havia nevado em Crosby, no Maine, e como fazia sol nesta quarta-feira o mundo se mostrava com uma espécie de beleza assustadora: os carvalhos exibiam suas folhas douradas e secas, e as sempre-vivas surgiam atentas, quase frias, enquanto as outras árvores estavam nuas, os galhos escuros afinando-se conforme se estendiam para o céu, as estradas vazias, os campos varridos e com um aspecto limpo, tudo parecendo um tanto assombroso e absolutamente esplêndido com a luz do sol se projetando inclinada, sem nunca alcançar o topo do céu. O céu era de um azul meio escuro.

Jack Kennison sugeriu a Olive Kitteridge que eles fossem passear de carro. "Ah, adoro passear de carro", ela disse, e ele comentou que sabia, que estava sugerindo um passeio para deixá-la feliz. "Eu estou feliz", ela disse, e ele falou que também estava. Então eles entraram no Subaru novo — Olive não gostava do conversível dele — e partiram; decidiram ir a Shirley Falls, a uma hora dali, onde Olive havia feito o ensino médio e onde seu primeiro marido, Henry, nascera.

Jack e Olive estavam juntos fazia cinco anos; Jack tinha setenta e nove anos e Olive setenta e oito. Nos primeiros meses, eles dormiam agarrados. Nenhum dos dois dormia abraçado com outra pessoa a noite toda fazia anos. Quando Jack conseguia estar com Elaine, eles meio que se abraçavam à noite em qualquer hotel em que estivessem, mas não era a mesma coisa que ele e Olive fizeram em seus primeiros meses juntos. Olive passava uma perna por cima das duas pernas dele e apoiava a cabeça em seu peito, durante a noite eles mudavam de posição, mas estavam sempre abraçados, e Jack pensava no corpo grande deles como dois corpos naufragados, atirados na praia — e como eles se agarravam à vida!

Ele jamais teria imaginado. O jeito tão Olive dela, a carência que ele mesmo sentia; nunca em sua vida teria imaginado que passaria seus últimos anos assim, com uma mulher assim.

A questão é que ele podia ser ele mesmo com ela. Foi o que ele pensou naqueles primeiros meses com uma Olive adormecida, roncando muito de leve em seus braços; era o que ele ainda pensava.

Ela o irritava.

Ela não tomava café da manhã, mas já cedo começava a se agitar, como se tivesse coisas a fazer. "Olive, você não tem nada pra fazer", dizia ele. E ela mostrava a língua para ele. Mostrava a língua. Santo Deus.

Foi só depois que eles casaram que ele começou a entender que o nível de ansiedade dela era alto. Ela balançava o pé constantemente enquanto estava sentada em sua poltrona e saía de repente de casa, dizendo que precisava ir comprar algum tecido na loja de tecidos Joann, e em questão de segundos ela sumia. Mas ela ainda se agarrava a ele à noite, e ele a ela. Depois, passado outro ano, eles já não se abraçavam à noite, mas dividiam a cama e discutiam sobre quem tinha roubado o cobertor durante a noite; eles realmente eram um casal casado. E ela se tornara incrivelmente menos ansiosa; em segredo, isso fazia Jack se sentir maravilhoso.

Mas dois anos antes eles viajaram para Miami e Olive havia odiado. "O que a gente deveria fazer, ficar apenas torrando no sol?", ela tinha reclamado, e Jack acatou a ponderação dela; eles voltaram para casa. No ano anterior foram para a Noruega fazer um cruzeiro pelos fiordes, e a viagem agradou bem mais aos dois. Ultimamente, passear de carro era o que ambos gostavam de fazer. "Como dois velhos peidões", Jack havia dito no último passeio deles, e Olive disse: "Jack, você sabe que eu *odeio* essa palavra".

Agora eles seguiam pela rodovia, deixando para trás a cidade de Crosby, no Maine; eles passaram pelo campinho com o muro de pedra e as rochas que apareciam pela grama descorada. "Bem", disse Olive. "Edith caiu do vaso e quebrou o braço, então eles tiveram que levá-la."

"Levá-la?", perguntou Jack, lançando um olhar para ela.

"Ah, você sabe." Olive balançou a mão no ar. "Pra reabilitação, ou sabe-se lá pra onde."

"Ela vai ficar bem?"

"Não sei. Acho que sim." Olive olhou pela sua janela; eles estavam entrando na cidade de Bellfield Corners. "Caramba", disse, "como esta cidade é triste." Jack concordou que a cidade era triste. Só uma lanchonete estava aberta na Main Street, e uma cooperativa de crédito e um posto de gasolina. O resto estava fechado. Até a fábrica, que era a primeira coisa que se via quando entrava na cidade, tinha sido demolida nos últimos dez anos; Olive contou isso a Jack.

"Eu nunca estive em Shirley Falls", disse Jack enquanto eles saíam de Bellfield Corners e pegavam a estrada mais uma vez.

Olive se virou, suas costas quase encostaram na porta do carro, e ela olhou para Jack: "Está brincando?", disse. "Você nunca esteve em Shirley Falls?"

"Por que eu teria ido a Shirley Falls?", perguntou Jack. "O que há em Shirley Falls hoje em dia? Ah, sei que ela foi importante nos velhos tempos, mas o que há lá hoje?"

"Somalis", disse Olive, se virando de novo para a frente.

"Ah, certo", disse Jack. "Me esqueci deles." Depois ele comentou: "Bem, eu não me *esqueci* deles, apenas fazia tempo que não pensava neles".

"Uhum", disse Olive.

"Como foi que Edith caiu do vaso?", perguntou Jack momentos depois.

"Como? Tenho a impressão de que ela apenas... caiu. Como vou saber?"

Jack riu; ele amava essa mulher. "Bem, você sabe que ela caiu. Você sabe uma porção de coisas, Olive."

"Sabe o que Bunny Newton me contou outro dia? Parece que o marido dela conhecia um homem que perdeu a esposa, e esse homem fazia dez anos que gostava de outra mulher — mesmo enquanto a esposa ainda era viva —, e essa outra mulher, no dia do aniversário dela, saiu, sentou no meio da estrada, foi atropelada e morreu. Simplesmente foi e se sentou lá. Já ouviu falar numa coisa dessas? Agora o homem está sofrendo mais com a morte dela do que tinha sofrido com a morte da esposa."

"Então ela se matou?"

"Foi o que me pareceu. Por Deus, que forma de morrer."

"Quantos anos tinha essa mulher?"

"Sessenta e nove. Ah, e pesava quarenta quilos. É o que Bunny diz. Parece um pouco loucura, acho."

"Acho que tem alguma informação faltando aí", disse Jack.

"Só estou contando o que me disseram", respondeu Olive. "Ah", disse ela, "a mulher estava pedindo o divórcio. Talvez isso seja importante, vai saber. Loucura."

"Não é uma das suas melhores histórias", confessou Jack.

"Não, não é." Minutos depois, Olive disse: "Eu realmente gostei de ir à pedicure, Jack".

"Fico feliz, Olive. Você pode ir de novo."

"É o que pretendo fazer", disse ela.

Dias antes, Jack tinha encontrado Olive no quarto, lágrimas minúsculas caindo de seus olhos. Era porque ela não conseguia mais cortar as unhas do pé, não do jeito que costumava fazer, ela estava grande demais e velha demais para conseguir puxar os pés para bem perto, e ela odiava, ela tinha dito, ela simplesmente *odiava* ficar com as unhas do pé tão feias daquele jeito. Então Jack disse: "Bem, vamos levar você a uma pedicure", e Olive reagiu como se mal soubesse que uma coisa dessas era possível. "Vamos, vamos lá", disse Jack, e ele a pôs no carro e a levou até o Cook's Corner, onde havia um salão de unhas. "Venha", ele disse, enquanto ela se deixava ficar para trás, e então ela entrou atrás dele, e Jack disse: "Essa mulher gostaria de fazer as unhas com uma pedicure", e a pequena asiática disse: "Sim, sim, claro, por aqui". Jack disse: "Volto mais tarde", acenando para Olive, que parecia desnorteada, mas, quando ele voltou para buscá-la, que sorriso havia em seu rosto.

"Jack", disse ela, quase sem fôlego, os dois já dentro do carro. "Jack, eles têm uma bacia de água para um pé e uma bacia para o outro, bem, elas parecem banheiras minúsculas, e você apenas mete o pé lá dentro, e a mulher, ah, ela fez um trabalho maravilhoso...!"

"Você é uma mulher fácil de agradar", ele tinha dito a ela.

E ela respondera: "Você deve ser a primeira pessoa a pensar isso".

Agora Olive disse: "Ela esfregou as minhas panturrilhas, ah, que sensação boa. Massageou é a palavra. Ela massageou as minhas panturrilhas. Muito bom". Passado um momento, ela acrescentou: "Sabe aquela escritora que escreve todos aqueles livros assustadores — como é mesmo o nome dela... Sharon McDonald —, bem, ela é simplesmente uma garota de Bellfield Corners, é o que ela é".

"Como assim?", perguntou Jack.

"Quero dizer que anos atrás, quando ela estava no início da carreira, ela começou a vida em Bellfield Corners. É só o que ela é, na verdade. Só uma garota de Bellfield Corners."

Jack refletiu. "Talvez por isso ela consiga escrever tão bem sobre horror."

"Eu não sabia que ela escrevia alguma coisa bem", disse Olive.

"Mas como você é esnobe", disse Jack.

E Olive disse: "E você é um idiota, se lê aquele lixo dela".

"Eu nunca li o lixo dela", disse Jack. Ele não disse que sua falecida esposa, Betsy, costumava ler tudo o que a mulher escrevia, não havia por que contar isso a Olive. Agora eles margeavam o rio, e havia uma beleza nele, seu brilho forte, aquela faixa cinzenta colada à estrada. "Estou feliz que a gente esteja fazendo este passeio", disse Jack.

"Ah, eu também", respondeu Olive. Depois ela disse: "*Olha*, tenho uma história para você. Bunny e o marido dela estavam no Applebee's uma noite dessas, estavam sentados mais para o fundo e só havia outro casal, mais gordos impossível, e depois o homem começou a tossir e depois a vomitar..."

"Meu Deus, Olive."

"Não, escuta só. Ele não parava de vomitar, e a mulher pegou uns sacos plásticos e ficou pedindo desculpas a Bunny enquanto segurava os sacos para o homem vomitar lá dentro."

"Eles deviam ter chamado uma ambulância", disse Jack, e Olive respondeu: "Foi o que Bunny sugeriu. Só que o homem tinha uma doença chamada, ah, como é o nome, zanker? Diverticu de zenker — alguma coisa assim, segundo a esposa, então Bunny e Bill pagaram a conta, e o pobre casal gordo continuou lá enquanto o homem terminava de vomitar".

"Jesus", disse Jack. "Meu Deus, Olive."

"Estou só contando o que me disseram." Ela deu de ombros.

Eles tinham acabado de entrar em Shirley Falls pela saída da cidade. Os prédios foram se tornando mais próximos uns dos outros, viam-se casas altas de madeira, construídas anos antes para os operários da fábrica, quase uma em cima da outra, com escada de madeira nos fundos. Jack pôs a cabeça para fora da janela do carro e viu algumas mulheres negras de *hijab* e túnica longa caminhando pela calçada. "Jesus", disse, porque essa visão o surpreendeu.

"Minha mãe, antigamente", disse Olive, "ah, ela odiava ouvir as pessoas falando francês nos ônibus daqui. E claro que muitas falavam francês, elas tinham vindo de Québec trabalhar nas fábricas, mas, ah, como a mãe odiava isso. Bem, os tempos mudam." Olive disse isso em tom alegre. "*Olha* só essas pessoas", acrescentou.

"É meio estranho, Olive." Jack disse isso enquanto olhava para a direita e para a esquerda. "Você tem que admitir. Jesus. É como se a gente tivesse caído num covil deles."

"Você disse mesmo covil?", perguntou Olive.

"Eu disse."

"É ofensivo, Jack."

"Tenho certeza que é." Mas ele se sentiu um pouco envergonhado e disse: "Certo, eu não devia ter falado desse jeito".

Eles seguiram pela cidade, que pareceu bastante deprimente a Jack, depois atravessaram o rio e subiram uma longa colina, com algumas casas nas proximidades. "Vire, vire, bem ali", ordenou Olive, então Jack virou à direita, eles seguiram pela rua e ela mostrou a casa onde Henry tinha crescido.

"Legal", disse Jack. Na verdade, ele não se importava com o lugar onde o Santo Henry tinha crescido. Mas se forçou a olhar, a avaliar, e parecia ser o lugar certo para Henry ter crescido. Era um sobrado pequeno, pintado de verde-escuro, com um enorme plátano no gramado da frente.

"Henry plantou aquela árvore quando tinha quatro anos", disse Olive. "Foi mesmo." Ela assentiu com a cabeça. "Ele encontrou uma mudinha minúscula, decidiu enfiá-la na terra, e a mãe dele — uma velha horrorosa — parece que o ajudou a regá-la quando era só uma muda, e agora aí está."

"Muito legal", disse Jack.

"Você nem liga", disse Olive. "Bem, não faz mal, vamos."

Jack se forçou a olhar para o pequeno bairro em volta e disse: "Eu ligo, sim, Olive. Aonde você quer ir agora?".

E ela disse que para West Annett, onde ela havia crescido, então ele foi dirigindo enquanto ela indicava o caminho, eles pegaram uma estrada estreita, passaram por muitos campos que continuavam estranhamente verdes para novembro, e o sol se inclinava brilhando sobre eles com aquele esplendor horripilante. Eles rodaram, rodaram, e Olive lhe contou sobre a escolinha de uma turma só em que sua mãe deu aula, de como a mãe tinha que voltar cedo para acender a lareira no inverno, ela falou da finlandesa que cuidava dela — Olive — quando Olive ainda era pequena para ir à escola, falou de seu tio George, que era um bêbado e que havia se casado com uma jovem e a mulher se apaixonou por um vizinho — "Bem ali, aquela casa ali" —, e depois o vizinho, bem, Olive não sabia o que fora feito dele, mas a jovem esposa havia se enforcado embaixo da escada do porão da casa dela.

"Jesus", disse Jack.

"Pois é", disse Olive. "Eu tinha medo de descer naquele porão quando era criança, me mandavam ir buscar batatas ou alguma coisa e, ah, eu odiava descer lá."

"Caramba", disse Jack.

Depois Olive disse que seu tio George havia se casado novamente, mas dez anos após a morte de sua primeira esposa ele se enforcou no mesmo lugar.

"Meu *Deus*", disse Jack.

E assim foi, eles passaram por diversas estradas secundárias e conversaram. Jack falou de sua infância, coisa que ele já tinha feito, mas ver a casa da infância de Olive o fez pensar na casa da sua infância perto de Wilkes-Barre, na Pensilvânia, e ele falou dela outra vez, o quanto ela lhe parecia pequena, mesmo quando ele era criança, embora não fosse tão pequena quanto a casa de Olive, mas ele tinha se sentido *sufocado*, ele disse agora. Olive escutou e disse: "Uhum".

Depois ela falou: "Olha só pra isso", porque Jack tinha feito uma curva e diante deles surgiu o sol de novembro afundando contra o céu azul que escurecia. No horizonte se estendia uma faixa de amarelo. E as árvores nuas alongavam seus galhos escuros e nus para o céu. "Que incrível", disse Jack.

Para cima e para baixo o carro seguiu, subindo uma colina e descendo outra, virando numa longa curva, depois numa curva fechada, o carro mergulhava e se elevava na estrada enquanto o sol se punha ao redor deles.

Jack disse: "Vamos experimentar aquele restaurante novo em Shirley Falls. Marianne Rutledge falou alguma coisa sobre ele outro dia. Tudo indica que é o único restaurante bom da cidade. Como era mesmo o nome... um nome engraçado".

"Gasolina", disse Olive.

Ele olhou para ela. "Isso mesmo. Como você conhece esse restaurante chique de Shirley Falls chamado Gasolina, Olive? Você me surpreende."

"E você me surpreende. Você não lê nada? Havia um artigo sobre ele no jornal uns meses atrás. Imagina só, chamar um restaurante de Gasolina. Nunca ouvi uma coisa dessa."

Jack estacionou na rua a uma quadra do restaurante, cujo nome aparecia em luzes de neon na frente, e enquanto trancava o carro ele olhou em volta. Já fazia bem mais de uma hora que escurecera, e para Jack a escuridão dessa época do ano sempre pareceu escura *de verdade*; ele não gostava dela e não queria que seu carro fosse roubado ou arrombado. Olive esperava na calçada. "Ah, por favor, Jack", disse ela, como se lesse os pensamentos dele — para Jack às vezes parecia que ela lia —, "pelo amor de Deus, o carro vai ficar bem."

"Eu sei", disse ele.

O lugar pareceu cavernoso à primeira vista, quando eles entraram. Pé-direito alto, bar com copos reluzindo e as garrafas de bebida todas alinhadas na frente de um espelho enorme; depois do bar ficavam as mesas. Havia dois outros espelhos grandes em paredes opostas, e em cada mesa um minúsculo copo cintilando. A recepcionista os conduziu a uma mesa no centro, tinha pouca gente ali naquele momento, eles se sentaram, Olive sacudiu seu guardanapo para abri-lo e disse: "Espero que eles tenham bife. Quero um bife". E Jack respondeu que tinha certeza de que eles teriam bife. "Por minha conta", acrescentou, piscando para ela.

A garçonete trouxe uísque para Jack e uma taça de vinho branco para Olive, e por fim eles fizeram os pedidos; Olive pediu um bife e Jack vieiras, e depois de algum tempo a garçonete trouxe a comida; Olive e Jack estavam conversando tanto que tiveram de se inclinar para trás a fim de permitir que a garçonete pusesse a comida na mesa, e depois eles continuaram o papo. Olive estava falando para Jack dos somalis, que haviam se mudado para lá havia mais de quinze anos, e de como isso causou um alvoroço no início, sendo o Maine um estado tão, tão branco. "E velho", acrescentou Olive. Mas os somalis eram bastante empreendedores, de acordo com Olive, e tinham aberto uma porção de negócios na cidade.

"Bem, isso é ótimo", disse Jack, e ele falava sério, embora não fosse um assunto com que ele se importasse particularmente. Mas ela o estava tornando interessante, tão interessante quanto possível para Jack, pois ela era Olive, e ele sabia que eles logo iriam começar a falar de outra coisa; ele estava esperando.

A porta grande e pesada do restaurante se abriu e um casal entrou. Jack, lançando um olhar em direção à porta, viu a mulher primeiro e pensou: Ela é bem parecida... Então ele ouviu a voz. Ela se virou e falou com o homem, que vinha logo atrás dela, e era a voz dela, que era inconfundível. Jack a ouviu dizer: "Ah, eu sei disso, eu sei disso, sim, eu sei", e ele — Jack — disse baixinho: "Não".

"Não o quê?", perguntou Olive. Ela estava prestes a morder seu bife, do qual tinha acabado de cortar um pedaço.

"Nada", disse Jack. "Achei que eu vi alguém que eu conheço, mas não."

Mas sim.

Ele não acreditava. Realmente não acreditava. Não era tão diferente de quando ele caiu de bicicleta tantos anos atrás, quando criança, aquela sensação lenta de alguma coisa horrível acontecendo e o entendimento de que não havia nada que ele pudesse fazer. Ver o chão se aproximando do rosto.

Ele ficou sentado sem se mexer vendo-os caminhar lá dentro, observou a atendente cumprimentá-los, observou os dois vindo em sua direção. Ela vestia um casaco de pele de carneiro dourado com uma echarpe marrom no pescoço, o casaco dourado quase combinando com a cor de seu cabelo, e ela parecia ligeiramente maior do que ele teria imaginado, talvez fosse o casaco, e muito bonita como sempre fora; usava brincos de ouro pesadões, que Jack achou grandes, e então ele viu que ela olhou para ele. Viu um lampejo de confusão no rosto dela, depois a viu desviar os olhos, em seguida ela olhou de volta para ele e se deteve bem na frente da cadeira dele. "Jack?", disse ela. "Jack *Kennison*?" Uma leve fragrância de perfume chegou até ele; o mesmo perfume que ela sempre usara, e Jack sentiu um formigamento estranho no queixo.

"Olá, Elaine." Ele ajeitou o guardanapo no colo.

Elaine ficou olhando-o de cima, os brincos como dois pontos de interrogação em cada lado do rosto, e Jack se perguntou se devia se levantar, e foi o que ele fez, e então viu — viu com toda a clareza — os olhos verdes dela descerem involuntariamente do rosto dele para o corpo e voltarem. Ele se sentou, a barriga batendo na borda da mesa. O sujeito com quem ela estava se deteve também.

O rosto dela tinha envelhecido — era natural —, mas era supreendentemente o mesmo. Um tanto maior, seu rosto parecia; ela havia engordado um pouco. Sua maquiagem estava perfeita, seus olhos tinham sido delineados com lápis preto e pareciam muito verdes, e seu cabelo estava um pouco mais comprido do que na época em que a havia conhecido. "Jack, o que você está *fazendo* aqui?"

"Estou jantando."

Ele viu os olhos dela se voltarem para Olive, que disse na hora, estendendo a mão: "Olá. Sou a esposa de Jack, Olive", e ele viu o espanto silencioso de Elaine. Elaine apertou a mão de Olive. "Elaine Croft", disse. Em seguida pôs a mão no braço do sujeito com quem estava e falou: "Este é Gary Taylor". Gary apertou a mão de Olive, depois a mão de Jack, e Jack achou que o cara parecia um imbecil com aqueles óculos redondos, brinquinho numa orelha (um brinco, pelo amor de Deus, uma argolinha de ouro!) e cabelo que chegava quase aos ombros.

Elaine se voltou para Jack, ele viu que ela queria perguntar, então disse: "A propósito, Betsy morreu. Sabe".

"Ela morreu?" Seus olhos se arregalaram de um jeito que lhe agradou; ela tão surpresa.

"Morreu." Jack pegou seu garfo.

"Quando..."

"Faz seis anos."

"Você... você *mora* aqui, Jack?" Ele percebeu que ela se abaixava um pouco, como se para vê-lo melhor.

"Nós não moramos em Shirley Falls, não. Mas me diga, srta. Croft." Ele depositou o garfo de novo no prato e ergueu os olhos para ela. "O que a traz à cidade de Shirley Falls?"

Ela olhou para ele, seu rosto se tornando frio; ela tinha entendido o "srta. Croft". "Clitorectomias, dr. Kennison, é isso que me traz aqui."

"Entendo." Jack quase riu.

"Há uma população somaliana que mora aqui", disse Elaine.

"Sim, estou sabendo", respondeu Jack.

Olive ergueu um dedo. "Somali." Olive disse isso com o dedo em riste. "E não 'somaliana'. As pessoas cometem esse erro o tempo todo. Mas é população *somali*, sabe."

O rosto de Elaine, ainda mais frio, se contorceu numa expressão afetada. Ela disse: "Sim, eu sei, sra. Kennison. E eu disse 'somali'".

"Não, eu ouvi você dizer..." Olive arregalou os olhos, encolheu os ombros de leve, depois cortou outro pedaço de seu bife.

Jack disse: "E como é que você está pesquisando sobre clitorectomias, Elaine? Você bate na porta dos *somalianos* dizendo: Olá, sou Elaine Croft, professora da Smith College, e estamos tentando descobrir: por acaso alguma mulher na sua casa sofreu uma clitorectomia?".

Elaine olhou para ele; havia um meio-sorrisinho minúsculo num dos cantos de sua boca, de fúria, que ele sabia que vinha do passado. "Tchau, Jack", ela falou, e fez um sinal na direção de seu amigo retardado, os dois se afastaram e Jack a viu falar com a garçonete e eles foram para uma mesa o mais longe possível de Jack e Olive que o espaço permitia.

"Quem é essa?", perguntou Olive, comendo seu bife, e Jack disse que era só uma mulher que ele tinha conhecido anos atrás em Harvard. Ele quase disse: "Ela é doida", mas ficou quieto.

"Bem, ela não pareceu muito simpática. Cheia de si, eu diria. O que ela quis dizer quando falou que veio aqui investigar... o que ela disse mesmo?"

"Ela disse clitorectomias, Olive. A mulher, aparentemente, veio para a cidade estudar a circuncisão feminina."

Olive disse: "Ah, pelo amor de Deus, caramba, nunca tinha ouvido falar numa coisa dessas, Jack".

"Bem, agora já ouviu." Ele comeu suas vieiras sem prestar a menor atenção nelas, exceto como uma comida que estava engolindo: combustível. Ele ainda sentia que estava caindo da bicicleta, mas não sabia muito bem se já tinha batido no chão.

"Sabe, é triste pensar nas acusações que já fizeram à população somali..."

"Vamos deixar pra lá, Olive", e Olive disse: "Por mim, tudo bem". Depois de alguns instantes, ela perguntou o que ele estava achando das vieiras, e ele disse que elas estavam muito boas.

"Bem, este bife está simplesmente maravilhoso", ela comentou; ela já havia comido a metade.

Pelo canto do olho ele via Elaine e o seu... o que quer que ele fosse... inclinados sobre a mesa e conversando, e entendeu que ela devia estar dizendo ao sujeito quem Jack era. Jack queria atirar o guardanapo na mesa, ir até lá e dizer: "A história *não* é essa!". Sentiu que sua visão estava afetada quando olhou para a sua comida. Na verdade, só queria ir para casa. Então em sua mente ele viu de novo o que achou ser espanto na reação de Elaine quando Olive disse que era a esposa dele. Betsy fora uma mulher discretamente bonita, Elaine a encontrara algumas vezes em festas da faculdade. E pensou de novo no modo como os olhos verdes dela percorreram seu corpo quando ele se levantou, notando sua barriga grande, claro.

Foi interminável o tempo que Olive levou para terminar seu bife, comentando sobre ele de novo, depois dizendo: "Pedimos sobremesa?". Jack respondeu que não. Ele viu a surpresa dela, então disse: "Desculpe, Olive, só não estou me sentindo muito bem".

"Por que você não falou?", reclamou Olive. "Faz quanto tempo que você não está se sentindo bem?" Ele disse que não fazia muito tempo, e ela disse Bem, então foi um desperdício de dinheiro vir a um restaurante desses que no fim faz você não se *sentir* bem. E ela ficou em silêncio. Jack, ciente da presença de Elaine, ciente de que ela poderia perfeitamente estar olhando para eles, tocou no braço de Olive, se inclinou na direção dela e disse: "Ah, Olive, e daí? É só dinheiro". Olive apenas olhou para ele.

Enquanto eles saíam do restaurante, Jack não lançou um olhar sequer na direção da mesa de Elaine.

Os pés dela eram lindos. Eram os pés mais graciosos que Jack já tinha visto na vida, e Elaine ficara surpresa; ela dizia que não sabia que seus pés eram assim, e talvez fosse verdade. Seus pés eram cavos, seus calcanhares pequenos, e os dedos — sempre pintados de uma cor vermelha forte, ou às vezes de laranja, "Vou à pedicure toda semana", ela dissera, rindo, na primeira vez deles — eram os dedos mais adoráveis que Jack achou que podiam existir no mundo. "Você está me matando dos pés para cima", ela disse, rindo em sua cama, e ele começou a chamá-la de Sócrates por causa do homem que havia dito que ele estava morrendo dos pés para cima. Jack com frequência começava pelos pés dela depois que os descobriu; ela ria e ria porque sentia cócegas fácil, e ela perguntou se ele tinha fetiche por pés, mas na verdade Jack não tinha fetiche por pés, só pelos pés dela. Ela tinha celulite na barriga e seu traseiro não era pequeno. Ela fora linda aos olhos de Jack; ele nunca conhecera uma mulher tão linda, entendendo que pensava assim porque a amava.

Caramba, como ele a amara. Uma vez ele faltou a uma aula porque eles tinham brigado, era doloroso demais para ele deixá-la, mesmo que agora ele não conseguisse se lembrar do motivo da briga, muito provavelmente tinha a ver com se ele iria ou não continuar com Betsy, embora Elaine sempre tivesse dito, desde o início: "Não quero que você deixe a sua esposa, Jack, não quero ter essa responsabilidade". Eles estavam num hotel em Cambridge, o que era arriscado, já que os dois moravam na cidade, mas não pareceu tão arriscado quanto ser visto saindo da casa dela tantas vezes. E no quarto do hotel naquele dia ela talvez tenha dito alguma coisa sobre Betsy, e ele faltou à sua aula — a única aula que ele perdeu em toda a sua carreira de professor, com exceção de quando fez a cirurgia de retirada da vesícula, muitos anos antes — para ficar com ela. E era disto que ele se lembrava: quando os dois terminaram, e depois reataram, ela disse alguma coisa sobre ter que ir se encontrar com Schroeder, o reitor, ela estava saindo do chuveiro, pedindo que ele lhe passasse a toalha, e disse que precisava ir a uma reunião com o reitor, ao passo que Jack tinha perdido sua aula! E Jack teve um clique naquele momento, embora ele nunca — até hoje — tenha conseguido explicar por quê. Mas alguma coisa dentro dele percebeu naquele dia: ela é uma carreirista.

Claro que ela era. Todo mundo naquela faculdade era carreirista. Mas foi só quando ela fez a requisição para ser efetivada e Jack votou contra porque todo mundo no comitê tinha votado contra — e também porque ele secretamente nunca achou que o trabalho dela fosse tão competente — é que ela decidiu entrar com um processo de assédio sexual contra Jack. E quando Schroeder o chamou em seu escritório naquele dia, Schroeder lhe disse que ela possuía gravações dos telefonemas bêbados que Jack fizera para ela tarde da noite — telefonemas que Jack tinha feito ao longo do último ano, quando sentiu que o afeto dela estava diminuindo —, e que ela também possuía e-mails dele, e Schroeder disse a Jack: "Apenas tire uma licença para pesquisa até a gente resolver isso".

Uma licença para pesquisa.

E depois Schroeder passou a se recusar a falar com ele. Três anos mais tarde, Elaine Croft saiu com um acordo de trezentos mil dólares. Àquela altura Jack já havia deixado a universidade; ele e Betsy tinham vindo morar em Crosby, no Maine.

O próprio Jack fora um carreirista. Mas isso foi muitos anos antes de ele conhecer Elaine. Na época em que a conheceu, já estava de saco cheio daquela faculdade; mas ela era jovem e estava disposta a conseguir o que queria, e conseguiu.

Só que não em Harvard.

Ele jamais deveria ter mencionado a Smith esta noite. Mostrou que ele havia pesquisado sobre ela no Google — o que ele tinha feito alguns anos antes — e descoberto que ela havia sido efetivada como professora na Smith, e ele tinha pensado: Perfeito.

Jack destravou o carro à distância, erguendo a chave e pressionando-a; as luzes piscaram uma vez, se ouviu o som de abertura, e, conforme se aproximava do veículo, ele percebeu na luz da rua que alguém tinha feito alguma coisa no carro — provavelmente com uma chave —, ele viu um risco bem comprido do lado da porta do motorista. "Não acredito", disse. "Simplesmente não acredito nisso." Olive foi ver também e disse: "Mas quem é que *faria* uma coisa dessas?", indo até o seu lado do carro.

Jack disse: "Vou te dizer quem faria uma coisa dessas. Algum jovenzinho que não gosta de ver um Subaru novo". E acrescentou: "Que queime no inferno". Já dentro do carro, falou: "*Jesus*".

"Bem, parece uma bobagem alguém fazer isso", disse Olive, colocando o cinto de segurança. Depois ela disse: "Mas é só um carro." E por algum motivo isso deixou Jack ainda mais furioso.

Ele disse: "Bem, é o último carro que eu vou comprar na vida", um pensamento que ele tinha tido quando comprou o carro.

Ele parou na placa de pare no fim da rua, freando com força, depois arrancou de novo; viu Olive ser ligeiramente jogada para trás no assento do banco. "Ai, ai, ai", ela disse baixinho, como se o repreendendo de brincadeira.

Mas agora, enquanto eles saíam da cidade e pegavam a estrada, Olive permaneceu em silêncio. E Jack não tinha nada a dizer a ela, sua sensação ainda era de estar caindo com a bicicleta. Enquanto ele dirigia ao longo do rio sem ver nada além da faixa branca da estrada, voltou-lhe o fato de que Olive era sua esposa e de que eles haviam tido um dia de felicidade juntos antes de ele ver Elaine esta noite. Mas não lhe pareceu se tratar de felicidade ter vivido isso com Olive, ele se sentia bem distante daquilo naquele momento.

* * *

E assim o dia que eles haviam tido juntos se fechava sobre si mesmo, terminava, desaparecia.

No silêncio do carro escuro Jack tinha consciência de Olive — sua esposa —, consciência da presença dela de um jeito que parecia insuportável. Uma bolsa de ar subiu por seu peito, ele abriu a boca e arrotou; foi um som alto e longo. Olive disse: "Meu Deus, Jack, você podia se desculpar". Jack continuou olhando para a estrada escura à frente e para a faixa branca desbotada correndo pelo meio.

Olive disse: "Acho que o pessoal do Gasolina sabe do que está falando ao escolher esse nome idiota. Por que eles simplesmente não abreviam para Gás?".

Jack disse: "Pelo menos eu não *peidei*", e ele sabia que tinha aberto fogo — realmente sem intenção —, e Olive não respondeu.

Quando eles finalmente entraram na sombria cidade de Bellfield Corners, Olive disse baixinho: "Eu sei quem ela era, Jack". Ele lançou um olhar para ela. Ele podia ver apenas seu perfil sob a luz fraca, e ela olhava fixamente para a frente.

"E quem era ela?", perguntou Jack secamente.

"É aquela mulher que fez você ser demitido de Harvard."

"Eu não fui demitido", disse Jack; isso o deixou realmente irritado.

"Foi por causa dela." Olive disse isso baixinho de novo. Então, virando o rosto para ele, ela falou, sua voz quase estremecendo: "Preciso te dizer, Jack. A única coisa que me chateia em relação a ela é o seu gosto por mulheres, acho que ela é uma mulher horrível, horrível".

Como Jack não respondeu, Olive continuou: "Pelo menos a tonta da garota Thibodeau, por quem Henry se apaixonou lá atrás, era sonsa mas decente. Uma garota inocente. E aquele homem, Jim O'Casey, com quem eu tive um quase caso há um século, ele pelo menos era um homem encantador".

Jack passou pela placa da cooperativa de crédito; a cidade toda estava escura, com exceção do posto de gasolina, que parecia sinistramente abandonado com suas luzes.

"Ah, pare com isso", disse Jack. "Francamente, Olive. Um homem com seis filhos e uma esposa que diz para a sua colega professora: Você abandonaria Henry para ir embora comigo?, e que depois acaba bêbado contra uma árvore, não é um homem *encantador*, Olive. Pelo amor de Deus."

"Você não sabe de nada", disse Olive. "Você não faz a menor ideia do que está falando, e eu agradeceria se guardasse para você suas opiniões tão, tão estúpidas. Ele era um homem encantador, e aquela esnobe é bizarra. Aquela mulher horrorosa com quem você foi pra cama durante todos aqueles anos."

"Chega, Olive."

"Não, pra mim não chega. Ela era arrogante. Ela não passava de *lixo*, Jack."

"Olive, estou pedindo para você parar com isso. Está bem, ela era um lixo. Quem se importa?"

"Eu me importo", disse Olive. "Eu me importo porque isso diz alguma coisa sobre *você*. Quando você fica atraído por lixo, isso diz alguma coisa sobre você."

"Isso foi há muitos anos, Olive." Ele pensou que o trajeto estava incrivelmente longo; tinha consciência dos quilômetros que faltavam para eles chegarem em casa. Fez uma curva rápido demais.

"Assim como o meu quase caso com aquele homem que era encantador. Você nunca o conheceu, você não sabe. Mas ele era um homem encantador, Jack, e você me dizer que ele não era, isso é horrível da sua parte. E agora eu sei por que você diria isso. Por causa dessa mulher por quem você ficou tão atraído." Ela fez uma pausa, depois disse: "Isso me dá *nojo*".

Ele quase gritou com ela. Quase gritou para ela calar a boca; chegou tão perto disso que sentia as palavras na garganta; de certa forma, chegou a achar que tivesse dito essas coisas, mas não. E ela não disse mais nada. Quando chegaram em casa, ela saiu do carro batendo a porta.

"Curta o seu uísque", falou Olive para ele enquanto subia as escadas; ele a ouviu entrar no quarto deles. Ele a odiou nesse momento.

Jack tomou seu uísque depressa, sentado em sua poltrona, porque estava bastante assustado. O que o assustava era o quanto de sua vida ele tinha vivido sem saber quem era ou o que estava fazendo. Sentia uma espécie de tremor interno e não conseguia nem encontrar palavras — para si mesmo — que descrevessem direito esse sentimento que o invadia. Mas sentia que tinha vivido de um jeito que ele desconhecia. Isso significava que tinha havido um grande ponto cego bem na frente de seus olhos. Significava que ele não entendia, definitivamente não entendia, como os outros o viam. E significava que ele não sabia como ele deveria se ver.

Ele se levantou para pegar mais uísque, despejou no copo que tinha acabado de esvaziar e depois foi ao banheiro, onde espirrou seu xixi feito um homem velho. Ao se virar para sair, viu seu rosto no espelho. Ele *era* um homem velho: estava meio careca, o nariz parecia ter aumentado, impossível ligar esse homem no espelho àquele que ele tinha sido quando conheceu Elaine. Voltou, sentou em sua poltrona e bebericou seu uísque.

Mas quem ele era na época? Alguém muito mais velho que ela, alguém que a achava linda, que amava sua inteligência, que amava sua juventude, mas como isso tornava as coisas diferentes de qualquer outra história sórdida e idiota desse tipo? Não tornava. Não havia nada de diferente naquela história — exceto que era a dele. E que tinha acabado daquele jeito. Ainda o impressionava o fato de Elaine ter feito aquilo. Ela devia tê-lo usado o tempo todo. Foi o que Betsy havia dito na hora, quando ele lhe contou a história pela primeira vez, parado na cozinha da casa deles em Cambridge, tremendo visivelmente.

O rosto de Elaine nesta noite, ele notou, tinha uma frieza que o surpreendeu. Sua maquiagem estava perfeita demais, havia algo de frio naquilo. Então ele se deu conta: eu é que era frio. Ele provavelmente tinha se sentido atraído, sem perceber a frieza dela. Betsy não fora fria — a não ser com ele. A natureza dela não era a de uma pessoa fria. Ela era amigável, as pessoas gostavam dela.

Ah, Betsy...!

Betsy, que lia todos aqueles romances de Sharon McDonald. Ah, como ele queria, naquele instante, que Betsy estivesse de volta com ele, não se importava com o quão maçante ele a tinha achado, com o quanto ela havia feito pouco-caso dele, não *ligava*, ele só a queria de volta. Betsy, ele gritou por dentro, Betsy, Betsy, Betsy, você não imagina como sinto sua falta!

E sentia mesmo. E não apenas nessa noite. Houve noites — algumas — em que, enquanto Olive roncava na cama, ele tinha ficado sentado na varanda da frente e — semibêbado — chorado, porque queria estar com Betsy. Em momentos como esse lhe parecia que Olive só falava de si mesma — ele sabia que não era (totalmente) verdade, mas ela era fascinada por si mesma de um jeito que se tornava cansativo para Jack naquelas noites, e será por isso que ele queria falar de si mesmo? Sim. Ele não era burro,

Jack. Ele entendia que nesse aspecto tinha tantas qualidades quanto Olive. E também sabia, mesmo nesta noite, com sua dor, que seu casamento com Olive fora surpreendentemente maravilhoso em muitos aspectos, entrar na velhice com esta mulher que era tão... tão Olive.

Em sua lembrança, agora, ele via Betsy com sua beleza discreta, sua simplicidade, embora ela não fosse nada simples. Ela havia aceitado, sem pestanejar, o fato de Cassie ser lésbica, ela tinha tido um caso (ah, Betsy!) — não, não havia nada simples em relação a Betsy. E nesta noite ele desejou que ela estivesse viva e com ele. Isso o deixava — e ao mesmo não tempo não deixava — perplexo. Ficava perplexo por causa de toda a vida deles jogada fora — não tinha sido realmente a vida toda deles, os dois riram muitas vezes, tiveram momentos muito bons que passavam velozes por sua mente esta noite. Vinha-lhe a imagem dele fazendo crepes nos fins de semana, que eles, os três — Betsy e Cassie e ele — comiam à mesa da cozinha; em sua mente, eles estavam rindo. Via sua esposa mais tarde, vindo para a cama, o rosto abaixado, e depois o súbito sorriso aberto que ela às vezes lhe dava, e seu coração bateu de um jeito horrível, porque ele realmente a havia amado à sua maneira, e ela se fora. Mas ainda assim eles haviam desperdiçado o que eles tinham e não sabiam.

Quando lembrava do caso de Betsy com Tom Groger, ele não sabia o que pensar. Mas obviamente havia começado muito antes do dele. E agora, sentado em sua poltrona, olhando para aquela noite tão escura lá fora, tão escura que ele não conseguia nem ver as árvores e o campo, ele enfiou os cotovelos no estômago e disse baixinho: "Ah, Betsy, como eu queria que você não tivesse feito isso, como eu queria que você não tivesse feito isso!".

Mas Betsy estava morta. E ele não.

Jack quase dormiu no andar de baixo. Mas no fim subiu a escada e se deitou na cama ao lado de Olive; ele não fazia ideia se ela estava acordada ou não.

Naquela noite sonhou com Betsy e Cassie: sua filha era pequena e estava segurando a mão da mãe, as duas de costas para ele. Então elas se viraram, acenaram para ele, e ele se sentiu feliz — *feliz* — e caminhou rápido para elas, e de repente só havia Cassie, e depois ela também desapareceu, e no sonho Jack se viu numa rocha enorme; ela fazia uma curva para baixo como se fosse a própria Terra, ou a Lua — tão isolado ele se sentia —, ele estava sozinho nessa rocha, e o pânico que sentia era palpável. Acordou gritando, sem saber onde estava.

Olive falou o nome dele, "Jack", sentada na cama. Quando ele disse: "Olive, não sei onde estou!", ela respondeu calmamente: "Certo, Jack, venha comigo", e o conduziu pela casa, levou-o para o andar de baixo, até a sala de estar, para lhe mostrar a casa em que ele morava, e mesmo ela tendo lhe mostrando isso ele se sentiu profundamente confuso e assustado, mesmo enquanto ouvia a voz de Olive falando com ele — "Jack, esta é a sua casa, esta é a sala de estar, e agora estamos de volta ao quarto" —, mesmo quando ouviu isso, ele achou que estava sozinho em seu pesadelo noturno.

Como as pessoas sempre estão nessas coisas.

Exilados

Jim e Helen Burgess pegaram um voo de Nova York para o Maine em julho com seu neto mais velho, Ernie — ele tinha sete anos —, para levá-lo a um acampamento de verão. Eles alugaram um carro em Portland e, depois de deixarem o garoto lá, Helen chorou um pouquinho no carro e ficou dizendo a Jim que achava que o garoto era pequeno demais para ficar longe por um mês, e Jim disse que a criança ia ficar bem. Agora estavam a caminho de Crosby, onde o irmão de Jim, Bob, morava com sua segunda esposa, Margaret. Helen vira Margaret apenas uma vez, anos atrás, quando Bob levou Margaret a Nova York, e Helen percebera — foi difícil não perceber — que Margaret não havia gostado nem um pouco da cidade, ela tinha ficado com medo — com medo! —, e depois disso Bob os visitava sozinho em Nova York; ele vinha talvez uma vez por ano.

Fazia quase uma década que Helen não vinha ao estado do Maine, e ela olhava tudo em volta com interesse enquanto eles entravam na cidade de Crosby. Eles tinham percorrido um pequeno trecho ao longo da costa; viam-se os abetos magricelas e enfileirados nas ilhas, a água cintilava como nunca, e agora eles passavam por algumas casas brancas de madeira e também de alvenaria. O sol brilhava, e havia algum tipo de evento na Main Street; havia estandes e pessoas passeando. "É realmente bonito", ela disse, e Jim comentou: "É", ele achava que era.

Não era difícil encontrar a casa de Bob; ela ficava perto da Main Street e era uma construção grande e antiga de tijolos, com quatro andares. Agora estava dividida em apartamentos, e quando Helen chegou aos degraus sob o sol da tarde se sentiu muito feliz por estar ali. Mas assim que viu Margaret quase caiu para trás; o cabelo de Margaret — que costumava ter tons variados de loiro e que ela deixava preso de um jeito meio bagunçado no alto da cabeça — estava todo grisalho e cortado logo abaixo das orelhas.

Margaret disse: "Olá!", e Helen avançou para lhe dar um beijo no rosto, deixando uma marca de batom, que Helen tentou limpar com o dedo. "Oops", disse Helen, mas Margaret disse: "Ah, não se preocupe", e Helen e Jim a seguiram por uma escada bastante íngreme enquanto Margaret dizia que Bob tinha ido comprar vinho, dali a um minuto estaria de volta. O carpete da escada era cinza e estava imundo — Helen ficou surpresa —, e depois Helen, cruzando a porta atrás de Margaret para entrar no apartamento, ficou igualmente surpresa com o lugar: era pequeno, apenas dois cômodos, um deles sendo a cozinha, e havia uma mobília estranhíssima nela, um sofá bem na cozinha e duas cadeiras combinando, tudo parecendo muito antigo, o estofado tinha grandes áreas amarelas sobre um fundo vermelho, e depois havia a pequena sala de estar; aparentemente o quarto deles ficava em cima, em outro andar, havia uma escada na pequena sala, mas Margaret não disse nada e Helen não perguntou. "Que lugar adorável", disse Helen ao percorrê-lo, pois Jim não tinha dito nada enquanto tirava a jaqueta e se sentava no sofá da sala. "É o.k.", disse Margaret, dando de ombros, estendendo as mãos num gesto de boas-vindas. "É nosso."

Helen pensou que iria ficar completamente maluca se tivesse que viver assim em dois cômodos, embora as janelas fossem grandes, iam quase até o chão, e a vista de fato fosse bem bonita, ela dava para o parque, com as árvores projetando enormes folhagens verdes e onde se viam algumas crianças jogando bola. "Ah, é tão aconchegante", disse Helen, sentando numa cadeira de balanço cujo estofado tinha rachado.

A porta da cozinha guinchou e logo Bob apareceu, e agora entrava na sala. Jim se levantou e deu tapinhas no ombro do irmão. "Ei, patetão, como é que você está?" Ele fez a pergunta com um sorriso largo no rosto. "Tá com uma cara boa, garoto", Jim disse a Bob, e Bob disse: "Você também", embora Helen soubesse que Jim — sempre em boa forma, sempre um homem bonito — tinha engordado quatro quilos e meio no último ano, e ela achava que isso fazia seus olhos parecerem pequenininhos. "Ah, Bobby", disse Helen, e depois de beijá-lo ela tocou no rosto dele com a mão. "*Oi*, Bobby", disse ela. E Bob disse, com um sorriso radiante: "Olá, Helen, bem-vinda a Crosby, no Maine".

"É adorável", disse Helen.

Anos antes, Bob Burgess havia perguntado à sua esposa — eles estavam casados fazia cinco anos; Bob havia se mudado de Nova York, onde passara toda a sua vida adulta — se ela se importaria caso se mudassem da cidade de Shirley Falls e fossem morar em Crosby, a uma hora dali, e assim que perguntou isso ele viu que ela ficou desapontada. Ele disse de imediato: "Não, deixa pra lá", mas ela perguntou por que ele queria se mudar, e ele respondeu com sinceridade: Shirley Falls simplesmente o deixava triste demais. Eles estavam sentados na antiga sala de estar deles, o teto era baixo e o cômodo recebia pouca luz natural mesmo no fim de junho, que foi quando essa conversa ocorreu. Ele olhou a sala toda e disse: "Me desculpe".

Sempre que pensava naquele fim de tarde, ele sentia um amor enorme por essa mulher, por sua segunda esposa, Margaret, a ministra da igreja unitária, porque ela tinha continuado a questioná-lo, e ocorre que o que o entristecia não era apenas o fato de o lugar estar tão dizimado como cidade naqueles dias, com todas as lojas da Main Street fechadas há anos, com exceção daquelas dos somalis; não era só isso — a silenciosa sensação de horror que Bob sentia por estar numa cidade que outrora fora vibrante e cheia de vida —, a questão é que de alguma forma ela o fazia se lembrar de sua infância passada ali e do acidente de carro que havia matado seu pai quando Bob tinha apenas quatro anos. Ele ficara surpreso em perceber que essa era a fonte do desconforto, mas Margaret não parecera nem um pouco surpresa. "Faz sentido, porque você passou a vida toda achando que foi você que o matou", disse ela, descruzando as pernas e cruzando-as de novo ao contrário. "E talvez eu tenha feito isso", disse Bob. Margaret deu de ombros e disse num tom quase esperançoso: "E talvez você tenha feito isso". Esse sempre fora o entendimento da família, de que Bob tinha sido o responsável pela morte do pai. Mas na verdade Jim, quatro anos mais velho que Bob, tinha confessado a Bob, uma década antes, que era ele — Jim — quem estava brincando com a embreagem quando o carro desceu pela entrada da casa e atingiu o pai deles, que tinha ido verificar a caixa de correio. E como Jim, Bob e Susan — a irmã gêmea de Bob — haviam crescido na Nova Inglaterra, numa cultura e numa época em que ninguém mencionava esse tipo de coisa, eles — consequentemente — nunca falaram do acidente desde o ocorrido. Até o dia em que Jim, por volta dos cinquenta anos, tinha dito a Bob que ele — Jim — foi quem fizera isso. E

Bob, em consequência, sentiu perder algo profundo. Sua identidade lhe fora tomada. Era o que Margaret pensava, e na hora ele viu que ela tinha razão. Em todo o caso, naquele dia ela concordou que eles se mudariam para a cidade de Crosby, a cerca de uma hora de distância.

Uma cidade costeira, e bonita.

Era uma da tarde, e os quatro decidiram dar uma caminhada rápida. A pousada onde Helen e Jim se hospedariam à noite ficava a apenas duas quadras de distância, então eles foram todos lá fazer o check-in; as malas trariam depois. A largura da calçada só dava para duas pessoas, então Jim caminhou ao lado de Margaret e Bob e Helen vieram atrás. Helen disse: "Bobby, na última vez que você foi a Nova York, você ia se encontrar com Pam antes de pegar o trem. E eu sempre quis te perguntar como foi". Pam era a primeira mulher de Bob; eles tinham permanecido amigos, para a perplexidade de Helen, e Bob então disse: "Ah, ela está ótima. Sim, foi ótimo me encontrar com ela".

A pousada tinha um alpendre grande em volta, onde havia algumas pessoas sentadas em cadeiras de balanço brancas, Helen acenou para elas, que responderam com um gesto de cabeça. A mulher que fez o check-in deles era bonita, com um cabelo brilhante, e quando ela disse que era da cidade de Nova York Helen ficou empolgada. "Você gosta daqui?", perguntou Helen, e a mulher disse que sim, ela e a família adoravam o lugar. A mulher mostrou-lhes o quarto; eram dois cômodos, na verdade, uma saleta na entrada, com duas poltronas, depois o quarto. "Ah, que bonito!", disse Helen. Depois disso, eles caminharam mais duas quadras, subindo a rua Dyer, com árvores alinhadas dos dois lados, e fizeram o caminho de volta para a Main Street. Helen disse: "Que *amor* de cidade, Bobby", enquanto eles subiam aquela escada imunda e horrorosa até o apartamento.

O plano era este: Jim e Bob iriam a Shirley Falls e voltariam para o jantar. A irmã deles, Susan, ainda morava lá — ela nunca deixou a cidade —, e como Susan e Helen não se davam muito bem eles decidiram — antes da viagem, por sugestão de Margaret — que Helen e Margaret ficariam em Crosby, iriam dar uma volta, ver a feira de arte que acontecia nas calçadas da cidade naquele fim de semana e depois de algumas horas os irmãos se encontrariam com elas. "Tchau, tchau", disse Helen, dando um beijo nos dois homens; Margaret apenas acenou com a mão.

Helen e Margaret se sentaram na sala por alguns minutos; Helen tocou no seu brinco de ouro com o dedo e disse: "Então, como é que você *está*?", e Margaret respondeu que tanto ela quanto Bob estavam bem. "E como é que *você* está?", perguntou Margaret, e Helen disse que andava um pouco preocupada com o pequeno Ernie; então Helen pegou seu celular e mostrou a Margaret fotos dos netos, com Margaret colocando os óculos que deixava pendurados num cordão preto sobre seu grande peito, olhando para o telefone e dizendo: Ah, como eles são adoráveis, não são? "Eu provavelmente vou falar demais deles", disse Helen, e Margaret tirou os óculos e falou: "Ah, não se preocupe", então Helen mostrou mais umas duas fotos, depois guardou o celular e disse: "Vamos indo?". Margaret pegou sua bolsa de mão e as duas saíram.

Assim que eles saíram de Crosby e passavam pelas estradas secundárias que levavam a Shirley Falls, Bob sentiu uma alegria invadi-lo — maior que a apreensão que estivera sentindo —, e agora ele estava apenas feliz. Seu irmão dirigia. "Jimmy, é tão bom ter você por estes lados", disse Bob, e o irmão se virou e lhe deu um sorriso lacônico. "Você está bem, não está?", perguntou Bob, porque de súbito percebeu que havia algo ligeiramente diferente com o irmão — não sabia definir o que era —, como se Jim não estivesse *realmente* ali.

"Estou bem", disse Jim. "Me conte o que anda fazendo."

Então Bob lhe contou — Jim já sabia — que continuava indo de carro três vezes por semana até Shirley Falls para audiências trabalhistas, Jim perguntou se ele tinha muitos clientes somalis e Bob disse que alguns, mas não muitos. Os somalis haviam se mudado para o Maine fazia quase vinte anos, instalando-se em Shirley Falls por acharem seguro. Recentemente Bob havia pegado o caso de uma mulher somali acusada de fraude previdenciária, e Jim pareceu interessado nisso.

Jim, que estudara direito em Harvard com bolsa integral e ficara famoso no auge da carreira por ter defendido com sucesso o cantor Wally Packer, quando Wally foi acusado de matar a namorada, agora só pegava casos pequenos, e quando Bob lhe perguntou a respeito, Jim apenas fez um gesto de desdém com a mão. Em vez de responder, Jim perguntou: "O que você achou da Helen? Acha que ela parece bem?".

"Ela parece ótima", disse Bob. "Ela sempre pareceu ótima. Ela parece um pouco menor, mas não muito mais velha."

"Ela parece menor porque eu fiquei maior", disse Jim. "Gentil da sua parte não dizer nada."

"Você está ótimo, Jimmy."

Passado um instante, Jim perguntou: "Qual é a do cabelo da Margaret?".

"Ah." Bob soltou um suspiro. "Ela disse que estava cansada de se preocupar com ele, então deixou voltar à cor natural e cortou."

Jim lançou um olhar para Bob. "Então tá." Jim disse: "Você achou que eu ia dizer que ela parece uma lésbica?".

Bob respondeu com franqueza. "Imaginei que seria a primeira coisa que você ia me dizer quando estivéssemos sozinhos."

"Que nada, ela parece muito bem. Quem se importa? Eu dei uma amolecida. E Susan, está bem?", perguntou Jim.

"Está ótima. Você vai ver. Ela parece ótima. Quero dizer, sabe, para a Susan."

"Não dá pra acreditar que o filho pirado dela vai se casar", disse Jim. "Jesus, ele parecia praticamente normal quando foi a Nova York no ano passado."

"Não é?" Bob olhou para fora da janela, para o campo com as rochas passando ao lado; a grama era de um verde forte, e o sol se derramava por toda a sua extensão. "No fim tudo se arranjou, Jimmy." Ele olhou de volta para o irmão.

Jim olhava para a estrada à frente. "Certo", disse.

Helen foi se cansando enquanto elas percorriam a rua e paravam em cada estande de arte. Barraca após barraca de lona branca exibindo uma série de trabalhos artísticos: aquarelas e pinturas a óleo. Helen achou tudo terrivelmente amador — muitas pinturas eram do mar, e também havia casas de madeira branca, os cantos delas, com frequência com uma roseira pintada na frente. "Olha só isso tudo", ela disse a Margaret. "Que graça!"

Margaret disse que era.

Não parava de incomodar Helen a aparência de Margaret. Ela havia se esquecido de que Margaret tinha peitos tão grandes. Eles pareciam realmente enormes para Helen, Margaret estava com um vestido azul-escuro comprido e solto e mesmo assim eles apareciam por baixo. E o cabelo! Por que alguém deixaria o cabelo assim? Apenas cortado de qualquer jeito. Ai, ai, pensou Helen, lançando um olhar para Margaret através dos óculos escuros. Ah, Bobby, que troca você fez! Pam era muito elegante — até um pouco demais, na opinião de Helen —, mas Bob já vivia fazia quase uma década com essa outra esposa. Bem. O que é que se podia fazer? Nada.

"Ei, oi", uma mulher disse a Margaret, e Margaret respondeu: "Olá". Ela parou para conversar com a mulher, que parecia ter mais ou menos a idade de Margaret, que tinha inclusive um cabelo parecido com o de Margaret, elas papearam sobre a irmã da mulher, como ela estava bem melhor, depois Margaret disse: "Ah, essa é a minha cunhada, Helen", e Helen estendeu a mão, a mulher pareceu surpresa e a apertou, e elas seguiram em direções diferentes. Isso aconteceu várias vezes: pessoas parando para falar com Margaret. Todas pareciam contentes em vê-la. Margaret perguntava dos filhos, do trabalho, da mãe de alguém, mas não voltou a dizer "Essa é a minha cunhada, Helen", e Helen apenas ficava ali parada tentando se mostrar interessada. Então, em dado momento, enquanto Margaret falava com um homem, Helen disse: "Oi, meu nome é Helen, sou cunhada de Margaret", ela estendeu a mão, e o homem — desta vez Margaret estava conversando com um homem grande — tirou a mão do bolso e apertou a mão de Helen sem muito vigor.

"Você é bem popular", Helen disse a Margaret enquanto elas seguiam adiante, e Margaret disse: "Sou ministra. Quando nos mudamos para cá há alguns anos, tive a sorte de conseguir um emprego de meio período na igreja UU".

"Na igreja o quê?", perguntou Helen.

"Unitária", disse Margaret.

Passado um momento, Helen disse: "Bem, ainda assim você é popular". Margaret olhou para Helen através dos óculos escuros e riu, então Helen riu também. Elas passavam por um café que estava com as portas abertas. Helen parou, tirou da bolsa um chapéu de palha que podia ser enrolado, ela o desenrolou e o pôs na cabeça.

"Você está parecendo uma turista", Margaret disse a ela, e Helen disse: "Bem, eu sou uma turista".

Outro homem vinha passando, ele tinha barba grisalha, e Helen viu que ele estava de saia. Helen desviou os olhos, depois voltou a olhar para ele. Era um kilt, ela percebeu, embora não parecesse tão comprido como um kilt. Era marrom, e o homem usava uma camiseta cinza e um tênis de caminhada marrom. "Olá, Fergie", disse Margaret, e o homem disse: "Olá, Margaret".

Depois que elas passaram por ele, Helen disse: "Por que ele estava vestindo aquilo?".

"Acho que ele gosta", disse Margaret.

"Morei cinquenta anos em Nova York e nunca vi um homem caminhando de saia na rua", disse Helen. "De kilt", acrescentou. Margaret virou os óculos escuros na direção de Helen, e Helen disse, erguendo um dedo: "Ops, mentira. Havia um homem que fazia jogging na Third Avenue com uma camisola preta. Ainda assim não era uma saia".

"Bem, acho que você venceu", disse Margaret. "Até onde eu sei, não temos homens fazendo jogging de camisola preta."

"Ele também era velho. O homem de camisola preta", disse Helen.

Margaret continuou caminhando.

"Era meio estranho", disse Helen. "Sabe."

Margaret não disse nada; apenas parou no próximo estande de arte.

Helen estava ficando com calor, mesmo com o chapéu protegendo-a do sol que batia direto em sua cabeça, e ela disse a Margaret, quando se aproximou dela por trás: "Não sabia que fazia tanto calor no Maine".

Margaret respondeu: "Bem, faz".

Então Helen decidiu comprar uma daquelas peças. Foi o que decidiu fazer para que Margaret não pensasse que ela era esnobe, porque talvez Margaret estivesse pensando isso. "Espera", disse, tocando de leve no braço de Margaret. "Deixa eu ver essas pinturas." Eram paisagens marinhas, um monte de ondas cor de violeta e espuma. Helen encontrou uma, um quadro menor pendurado no alto da lona branca da barraca: era a pintura de uma rocha com água rodopiando em volta. "Ah, vou levar aquela", disse Helen, pegando seu cartão de crédito, e o sujeito pareceu muito contente em vendê-la para ela. "Vou levar assim mesmo, não precisa embrulhar", disse Helen, pois o sujeito estava prestes a embrulhá-la com um papel marrom.

Quando Helen pegou a pintura e se virou para ir, esbarrou numa senhora grande e alta que estava dizendo alto para o homem que a acompanhava: "Meu Deus, já cansei de ver esse lixo! Vamos, Jack".

Margaret disse: "Ah, oi, Olive".

A mulher pareceu surpresa e falou: "Olá, Margaret". Então olhou para Helen de cima a baixo através de seus óculos escuros; Helen viu a cabeça da mulher se inclinar ligeiramente enquanto a olhava. "Quem é você?", perguntou a mulher.

"Sou cunhada de Margaret", disse Helen, e, como a mulher continuou olhando para ela, acrescentou: "Meu marido é irmão de Bob, e viemos de Nova York para deixar nosso neto num acampamento".

A mulher disse: "Bem". Ela apontou com o dedo para a pintura que Helen estava segurando. "Faça bom proveito disso aí", e se virou, acenando com a mão por cima da cabeça enquanto ela e o homem passavam pelas duas.

"Ela me entupiu de antidepressivos", Jim estava dizendo. Ele deu de ombros, e abriu seu sorriso torto para o irmão e a irmã. "O que é que eu posso fazer?"

"Você está deprimido, Jimmy?" Susan se sentou à mesa da cozinha na frente do irmão. Susan era optometrista, e havia tirado a tarde de folga para ficar com os dois. A luz do sol entrava pela janela, desenhando um quadrado na mesa que atravessava o braço de Susan.

"Bem, agora não." E Jim riu.

Susan e Bob não riram, e Susan perguntou: "Mas antes você estava?".

Jim uniu as mãos sobre a mesa e olhou para o lado. "Não sei." Olhou mais um pouco a cozinha toda; era uma cozinha pequena, mas a casa inteira de Susan era pequena. Havia cortinas cor de laranja na janela, uma delas balançando ligeiramente com a brisa que entrava pelo vidro aberto; fazia calor ali. "Mas ela parece achar que é mais fácil conviver comigo quando estou tomando, então... eu estou. Tomando." Jim olhou para Bob e sorriu. "Dose máxima, por isso eu não bebo. O que não é um problema. Mas vou te falar, a Helen anda bebendo pesado. Ela gosta do seu vinhozinho à noite, já reparei."

Susan lançou um olhar para Bob, e os dois não disseram nada por algum tempo. Então Susan falou: "Mas você está bem. Certo?".

"Claro", disse Jim, olhando de um para o outro. Para Bob parecia que ele estava olhando para Jim através de um painel de vidro; agora entendeu o que havia de diferente com Jim. Ele perdera seus contornos. Não é que tivesse amolecido; ele estava é medicado. Bob sentiu um ligeiro aperto no peito e se endireitou na cadeira.

Jim acrescentou: "Agora tenho aquela casa enorme, toda chique depois da reforma". Seu rosto reluzia de leve.

"Você não gosta dela?", perguntou Susan, arrancando as bolinhas da frente de sua blusa listrada de azul e branco, e Jim pareceu sério.

"Sabe", disse Jim, como se tivesse acabado de se dar conta disto, "eu realmente não sei. Sinto falta de como ela era, era uma casa bem boa, e agora é tipo...” Olhou em volta pela cozinha de Susan como se a resposta estivesse ali.

“Um palácio”, disse Bob. “Parece um palácio moderno.”

“É”, disse Jim devagar, olhando para Bob, assentindo com a cabeça.

“Bem, talvez seja a sua penitência por ter tido aqueles casos”, disse Susan, e Jim disse de imediato: “Ah, *foi* sim, sem dúvida”.

Jim e Helen moravam num sobrado em Park Slope, e alguns anos antes eles tinham feito uma reforma completa na casa. Quando Bob entrou lá pela primeira vez depois da reforma, mal acreditou que fosse a mesma casa. Toda a antiga madeira original, todo o papel de parede com padrão riscado, tudo se fora, e a casa parecia tão brilhante quanto um palácio. “O que achou?”, Helen perguntou ansiosa, quase sem ar, e Bob disse que era incrível. “Realmente impressionante”, disse.

“Você não gostou”, disse Helen, e Bob disse que claro que não era verdade, mas era.

Susan se levantou para desligar a chaleira, e enquanto ela preparava três xícaras de chá com um saquinho em cada uma, Jim disse: “Sinto falta do Maine”.

Bob disse: “Como é?”. E Jim repetiu o que havia dito.

“É mesmo? Tenho pensado muito na mãe”, disse Susan, virando a cabeça para Jim.

“Engraçado”, respondeu Jim, “eu também.”

“No que você tem pensado?”, perguntou Susan. Ela trouxe duas xícaras para a mesa e se virou para pegar a terceira.

“Não sei. Na vida dura que ela teve.” Jim disse: “Sabe no que mais ando pensando? A gente realmente era pobre na infância”.

Susan falou: “Só agora você descobriu isso?” Ela riu abruptamente. “Jimmy, meu Deus, é claro que a gente era pobre.”

Jim olhou para Bob. "Você sabia disso?"

Bob disse: "Ah... sim. Eu sabia, Jim".

"Sabe, faz tanto tempo que eu sou rico — quero dizer, tenho vivido há tanto tempo como rico — que eu meio que esqueci que quando a gente era criança éramos bem pobres."

"Bem, nós éramos, Jimmy", disse Susan. "Não acredito que você se esqueceu disso. A gente tinha jornais enfiados em todas as janelas para não deixar o frio entrar."

"Eu não *esqueci*. Só estou dizendo que não tinha *pensado* sobre isso."

Susan se sentou. "Mas a gente não era infeliz." Ela olhou para um irmão, depois para o outro. "Era?"

"Não", disse Bob, ao mesmo tempo que Jim disse: "Sim".

"Jimmy, você era infeliz?" Susan, que havia pegado sua xícara, baixou-a agora de volta à mesa.

"Claro que eu era infeliz. Eu achava que tinha matado o pai, e todos os dias eu pensava nisso. E em como deixei Bob levar a culpa. Todo *dia* eu pensava nisso."

Susan balançou a cabeça devagar. "Ah, Jimmy", disse. "Sinto muito."

Bob falou: "Jim, deixa isso pra lá. Nós éramos criança. A gente nunca vai saber realmente o que aconteceu".

Jim olhou para ele. "Bom", disse Jim finalmente, "tudo bem você me dizer para eu deixar pra lá, mas isso permaneceu comigo todos os dias da minha vida." Ele olhou em volta, cruzando uma perna sobre a outra. "Todos os dias."

"Olha", disse Bob — e ele estava meio que citando Margaret —, "se tivesse acontecido hoje, talvez todos nós teríamos ido para a terapia e falado a respeito. Mas aconteceu há mais de cinquenta anos, e ninguém nunca mencionou nada na época, nem mesmo aqui em Shirley Falls — *nada*. E você foi parar no meio disso." Ele acrescentou: "Eu realmente sinto muito, Jimmy".

Jim olhou para ele, sério. "Não, sou eu que sinto muito, Bobby".

Susan se esticou e pôs a mão sobre a de Jim, a que estava segurando a xícara de chá. "Ah, Jimmy", disse ela. "Bem, estamos todos aqui, todos nós sobrevivemos."

Uma sombra de tristeza surgiu no rosto de Jim, Bob tentou pensar em alguma coisa para dissipá-la, mas Susan estava lhe perguntando sobre Pam. "Como ela está?", perguntou Susan. "Sabe, acho que um dos verões mais divertidos foi quando ela ficou com a gente naquela casa. Ela era incrível. Nem todo mundo iria querer passar as férias de verão da faculdade conosco naquela casa *minúscula*, mas ela foi. Acho que ela também veio de um lugar pequeno. Jim, você já tinha se mudado..." E Jim assentiu com a cabeça. "Enfim, sempre penso nela. Ela está bem?"

Na última vez que Bob fora a Nova York, ele havia telefonado para sua ex-mulher, Pam, e eles tinham se encontrado num café perto de onde ela morava, no Upper East Side. "Bobby!", disse ela, atirando os braços em volta dele. Ela parecia a mesma, só que mais velha, ele lhe disse isso, e ela riu e falou: "Bem, você parece *ótimo*".

"Senti sua falta", respondeu ele, e era verdade.

"Ah, Bobby, senti tanto a sua falta", disse ela, jogando o cabelo para trás; era um cabelo cortado na altura do ombro, pintado de um belo tom ruivo. "Fico só pensando, você está bem lá naquele estado horroroso do Maine? Ah, não é que seja horroroso — é que ele parece tão..."

"Horroroso", ele disse, e os dois riram. "Estou bem, Pam. Está tudo bem."

Lembrando disso agora, Bob sentiu uma onda de amor por Pam; eles tinham se casado logo depois da faculdade, jovens ainda. E haviam permanecido casados por quase quinze anos. Na cabeça de Bob, Pam o tinha deixado quando descobriu — quando eles descobriram — que Bob não podia ser pai. Isso destroçou Bob. Só mais tarde ele entendeu que também havia destroçado Pam, mas ela conheceu um homem, teve seus dois filhos — dois meninos que Bob encontrou ao longo dos anos, ótimas crianças —, e seu marido parecia uma boa pessoa. Ela nunca reclamava dele; ele era um gestor importante de uma companhia farmacêutica, e Pam agora tinha rios de dinheiro, mas sempre que ela e Bobby se encontravam os dois viravam criança de novo. Só que mais velhos, eles sempre diziam isso toda vez que se viam.

"Ela está ótima", Bob disse a Susan.

Margaret não tinha gostado de Nova York. Isso ficara evidente para Bob na primeira ida deles lá: ele viu o medo dela enquanto desciam as escadas do metrô, e ainda que ele tivesse tentado reconfortá-la e ela tivesse tentado — ele percebeu isto — levar tudo numa boa, as coisas não tinham corrido muito bem, porque Bob não conseguia deixar de sentir o desconforto dela, e aquilo o entristecia, pois ele amava Nova York, onde havia morado por trinta anos antes de conhecer Margaret no Maine.

"Você diz a Pam que eu perguntei dela?", falou Susan, e Bob disse que ia dizer, claro.

Jim falou: "Você está melhor com Margaret", e Susan perguntou: "Por que você diz isso?".

Mas Bob falou: "Susan, diz pra gente como está o Zach. Jim contou que ele parecia muito bem quando foi a Nova York".

"Ah, Zach." Susan passou a mão pelo cabelo, que era grisalho e ondulado e cortado logo acima dos ombros. "Jim, ele está indo bem. Está na área de programação, tenho certeza que ele te contou, e vai se casar com aquela namorada que ele conheceu em Massachusetts."

"Você gosta dela?", perguntou Jim. Ele ergueu a xícara de chá, tomou um gole, devolveu-a à mesa.

"Gosto."

"Bem, aqui estamos." Jim olhou em volta como se uma inquietação tivesse se apossado dele. "Sabe, gente, eu queria vir mais vezes pra cá. Sinto falta daqui. Sinto falta de Shirley Falls, e sinto falta de vocês dois."

Bob e Susan se olharam, Susan arregalando os olhos ligeiramente. "Bem, *faça* isso", disse. "Olha, a gente ia adorar."

"Engordei quatro quilos e meio este ano", disse Jim. "Dá pra ver?"

"Que nada", falou Bob. Ele estava mentindo.

"Bob, você ainda gosta de encher a cara?" Jim franziu os olhos para o irmão.

"Não. Talvez um copo à noite, no máximo. E não fumei um cigarro desde que me casei com Margaret."

Jim balançou a cabeça devagar. "Incrível." Depois perguntou a Susan: "Como vão os negócios de olhos?".

"Muito bem", disse Susan. "Eu poderia me aposentar, mas não estou a fim. Gosto do meu trabalho."

"Olha só pra vocês dois", disse Jim.

De volta ao pequeno apartamento, Helen disse: "Que tal uma taça de vinho?".

Margaret pareceu surpresa — aos olhos de Helen ela pareceu surpresa — e respondeu: "Certo". Ela pegou a garrafa de vinho branco que Bob havia colocado na geladeira, abriu e serviu uma pequena quantidade num pote de vidro de conservas. Ela o estendeu a Helen.

"Excelente", disse Helen, decidindo não fazer piada sobre a taça de vinho. "Você não vai beber?" Margaret fez que não com a cabeça, sentando-se na cadeira de balanço com o estofado rachado; Helen se sentou no sofá. Helen cruzou as pernas e balançou um pé. "Então", disse.

"Então", disse Margaret.

"Ah, deixa eu te mostrar mais umas fotos dos meus netinhos", e Helen pegou seu celular. "Não paro de pensar no pequeno Ernie. É que eu não tenho certeza se ele tem *idade* suficiente para ficar sozinho num acampamento, mas era o que os pais queriam, e o próprio Ernie pareceu animado, mas o chalé em que ele foi colocado parecia... bem, parecia terrivelmente rústico." Como Margaret não respondeu, Helen procurou algumas fotos no celular e fez Margaret ver uma porção de fotos de seus três netos. Ela contou a Margaret que a pequena Sarah já estava falando — quase frases inteiras, e ela mal completara dois anos, dá pra acreditar? "Não", disse Margaret, olhando para o celular através dos óculos que ela usava amarrados ao cordão que pendia sobre seu peito. Então Margaret se recostou e suspirou.

Helen se levantou, foi até a cozinha, voltando com a garrafa de vinho. Despejou um pouco mais em seu copo e disse, olhando de novo para o celular e mostrando-o a Margaret: "E olha a Karen! Ela tem três anos, e é bem diferente do irmão, ele é todo confiante e extrovertido, e a Karen — não é bonito esse nome, Karen? É tão simples e direto —, ela é simplesmente a coisinha *mais* fofa..." Helen ergueu os olhos para Margaret e disse: "Estou falando demais dos meus netos".

Margaret disse: "Sim. Você está".

Helen foi tomada por uma sensação de incredulidade, e na hora seu rosto ficou quente. Guardou o celular na bolsa e, quando voltou a olhar para Margaret, viu que o rosto dela também estava vermelho. "Desculpe", disse Helen. "Desculpe mesmo. Sei que você e Bobby nunca..."

"Não, não ter filhos torna a gente diferente. Para nós não é um problema, mas de fato às vezes é cansativo ouvir..." Margaret fez um gesto com a mão, detendo-se. "Peço desculpas. Tenho certeza de que todos os seus netos são maravilhosos."

Helen tomou dois goles grandes de vinho e sentiu o calor dele se espalhar por seu peito. "Quando será que os garotos voltam?", disse Helen, olhando ao redor; estava com raiva de Margaret, estava furiosa. Ela se levantou. "Com licença, vou usar seu banheiro."

"Claro", disse Margaret.

Helen levou seu vinho junto e terminou o copo assim que fechou a porta do banheiro. Depois se deu conta de que, se telefonasse para Jim, daria para ouvir tudo, por isso se sentou no vaso e mandou uma mensagem. *Jimmy*, escreveu, *cadê você? M está me deixando* MALUCA. Ela esperou, mas não houve resposta. Em seguida escreveu: *Que mulher* MEDONHA. Ah, por favor, Jimmy, ela pensou, e então ficou preocupada que Margaret não a ouviria fazer xixi — porque Helen não estava mesmo com vontade — e tentou fazer, mas nisso ela emitiu um pequeno som de gases, o que foi perturbador, Margaret estava bem ali do outro lado ouvindo! Passado um instante, se levantou, lavou as mãos com cuidado — a toalha parecia um pouco encardida — e voltou para junto de Margaret, que continuava sentada na cadeira de balanço como se não tivesse nem se mexido.

Helen se serviu de mais um pouco de vinho.

"Eu realmente sinto muito", Margaret disse a ela.

"Não, não, tudo bem." Helen bebeu o vinho.

Na viagem de volta a Crosby, Jim disse: "Sabe, Bobby, a verdade é esta: passei a amar Helen ainda mais depois que ela reformou a casa". Ele lançou um olhar para Bob, que estava sentado sem se mover. "Sabe por quê?"

"Não", disse Bob.

"Porque ela realmente achou que iria ajudar. Achou que se ela mudasse a casa isso iria erradicar tudo o que havia acontecido ali, isto é, aquele último ano em que eu tive uma crise e fui pra cama com aquelas idiotas, e Helen realmente pensou: Se nós mudarmos as coisas, vai ser diferente."

Jim olhou de novo para Bob, depois outra vez para a estrada à frente. "Mas é claro que não muda nada, e agora estamos morando numa casa completamente nova que era a nossa velha casa onde aconteceram muitas coisas maravilhosas. Quando eu percebi por que ela quis fazer aquilo, fazer aquela renovação horrorosa, passei a amá-la mais, Bobby. Acho que ela como que se tornou mais humana para mim, uma coisa assim. Eu a amo mais do que antes, essa é que é a verdade."

"Certo", disse Bob. "Entendo."

Passado mais um minuto, Jim disse: "Helen não me fez tomar essas coisas. Eu mesmo quis".

Eles permaneceram em silêncio por algum tempo depois disso; Bob entendeu o que Jim tinha dito, mas era como se a informação permanecesse fora dele. "Não foi ela?", perguntou Bob. "Então por que você começou a tomar?"

Jim disse: "Estou com medo". Jim olhava fixamente para a frente quando falou isso.

"Do quê, Jimmy?"

"De morrer." Jim olhou para Bob, dando-lhe seu meio-sorriso irônico. "Estou morrendo de medo de morrer. De verdade. Posso sentir chegando muito rápido — demais! Jesus, tudo acontece muito rápido nos dias de hoje. Mas sabe de uma coisa?"

"O quê?"

"No fundo eu também não me importo. Quero dizer, de morrer. É muito *estranho*, Bobby. Porque, por um lado, eu tenho esses momentos — ou *tinha* antes de ficar todo dopado — de puro terror. *Terror*. E ao mesmo tempo eu meio que sinto: É, tudo bem, vamos lá, estou pronto." Jim ficou em silêncio por um instante, olhando para o retrovisor; ele deixou um carro ultrapassá-lo. "Mas tenho medo. Ou tinha. Antes da medicação."

E agora Bob estava com medo. Jimmy, ele queria dizer, você não pode ter medo, você é o meu líder! Mas ele sabia — uma parte dele sabia, e, ah, como isso o entristecia — que Jim já não era mais o seu líder. Então disse: "Se não é a Helen que está fazendo você tomar essas coisas, por que você disse a Susan que foi Helen quem insistiu nisso?".

Jim parecia estar pensando a respeito. Ele disse: "Porque sei que Susan não gosta da Helen, então pus a culpa na Helen". Ele se virou para olhar o irmão, olhos arregalados. "Veja só, Bobby, que babaca eu sou."

Bob disse, e ele ficou surpreso com o tom de irritação em sua voz: "Quer saber, Jim? Dá pra parar com isso? Você fez uma cagada há dez anos quando Zach se meteu em toda aquela confusão, pelo amor de Deus, e isso trouxe à tona toda a culpa que você vinha sentindo, e então você… extravasou. Você teve um caso. Ou mais de um, não sei. Isso não significa que você seja um babaca, Jim. Significa que você é humano. Jesus, dá pra parar com isso?".

Jim disse na hora: "Tem razão, tem razão. Desculpe. Desculpe mesmo. Meu Deus, eu fui melodramático. Me desculpe, Bobby".

Bob sentiu uma onda de tristeza percorrê-lo; não se lembrava de alguma vez ter falado assim com o irmão ou de Jim ter respondido com um pedido de desculpas como acabara de fazer.

Helen segurava seu pote de conservas com vinho e balançando o pé. "Um ano atrás, Jimmy e eu fizemos um cruzeiro para o Alasca", disse. Ela não soube por que tinha dito isso.

"Sim", disse Margaret. "Fiquei sabendo."

"Choveu todos os dias. Quando chegamos no lugar das geleiras, a baía dos Glaciares, era pra gente pegar um helicóptero pra ver as geleiras, mas havia neblina demais."

"Que pena", disse Margaret.

"Não, não foi. Quem se importa?"

Margaret olhou para Helen. "Imagino que vocês tenham se importado. Gastaram todo aquele dinheiro para ir ver o lugar."

"Bem, eu não me importei", disse Helen. Ela tomou mais dois goles grandes de vinho. Depois de um instante, disse, sentindo o rosto corar de leve: "Vou te contar o que me incomodou: os indonésios que trabalhavam no navio. Todo mundo que trabalhava naquele navio era da Indonésia, e uma noite conversamos com um sujeito que trabalhava dez meses por ano no barco e depois voltava para casa em Bali e ficava lá por dois meses. E eu *aposto*" — ela apontou um dedo para Margaret — "que aqueles caras ficam empilhados um em cima do outro no fundo daquele navio sem nenhuma janela, e depois que me dei conta disso... bem, eu realmente não consegui me divertir mais. Quero dizer, estávamos fazendo a viagem às custas daquelas pessoas".

Margaret não disse nada, embora tivesse aberto a boca como se fosse falar alguma coisa.

"No que você está pensando?", perguntou Helen.

"Eu estava pensando: que liberal você."

Passado um instante, Helen, que teve dificuldade para processar aquilo, disse: "Nossa, Margaret, como você me odeia".

"Não seja ridícula."

Mas agora Helen estava triste. Achava que ministros deviam ser pessoas gentis. Ela fez um som de desagrado com a língua. "Estou triste", disse, e Margaret falou: "Acho que talvez você esteja um pouco bêbada".

Helen sentiu o rosto corar de novo. Pegou a garrafa de vinho e pôs mais um tanto naquele pote idiota. "Tim-tim", disse.

Depois se ouviu o barulho dos homens subindo a escada, em um minuto a porta se abriu com um rangido, se fechou, e lá estavam eles, entrando na sala. "Ah, *garotos*", disse Helen. "Ah, como eu estou feliz de ver vocês dois." Ela olhou para eles com os olhos semicerrados. "Vocês estão bem?"

Ela não conseguiu ver os olhos de Jim, mas alguma coisa na postura dos homens a fez pensar que eles não estavam bem. "Olha", disse ela, "comprei uma obra de lixo lá na feira." Helen apontou para a pequena pintura, que estava no chão ao lado do sofá.

Bob pegou a peça, e Jim se aproximou dele por trás para olhar. "Meu Deus, Helen", disse Jim, "por que você comprou isso?" E Bob disse: "Não é tão ruim assim".

"É horrível", disse Helen. "Comprei apenas... para ser simpática. Quem era aquela mulher?" Helen olhou confusa para Margaret. "Aquela mulher azeda. Sabe?" Ela tentou estralar os dedos, mas os dedos escorregaram. "Aquela mulher que... sabe, parecia implicar com tudo?"

"Olive." Margaret disse isso com frieza.

"Olive." Helen assentiu com a cabeça.

"Olive Kitteridge", disse Margaret.

"Bem, ela disse que isso era um lixo."

"Olive acha tudo um lixo", disse Bob. "É o jeito dela."

Margaret se levantou e disse: "Acho melhor a gente ir jantar. Helen está precisando comer alguma coisa".

Foi só quando Helen se levantou que ela percebeu como estava bêbada. "Ooopa", disse baixinho. Olhou em volta. "Cadê o Jimmy?"

"Ele foi ao banheiro", respondeu Bob. "Daqui a um minuto a gente sai."

Então Helen viu a escada que levava até o andar de cima. "Bobby, é ali que vocês dormem? Ali em cima?"

Bob disse que era.

E Helen começou a subir a escada. "Vou só dar uma espiada", disse. Ela pôs a mão na parede para se equilibrar. Essa escada era íngreme e fazia uma curva na metade. Helen parou no patamar do meio e se virou. Havia uma planta ali, as folhas se projetando pelos degraus acima e abaixo. "Caramba, isso ia me dar arrepios", disse Helen, e então, quando recomeçou a subir, ela caiu para trás e teve consciência do tempo que a queda estava levando, de como seu corpo ia batendo nos degraus, aquilo não acabava nunca, aquilo era chocante. Então ela parou.

Margaret deu um berro: "Não mexam nela!".

Jim foi na ambulância com Helen, e Margaret e Bob seguiram de carro. Margaret disse: "Ah, Bob. Bob. Foi tudo culpa minha". Ele olhou para ela. Os olhos dela lhe pareceram vazios e estavam vermelhos. "Não, foi sim", disse ela. "Foi tudo culpa minha. Bob, eu não a estava *suportando*. E ela sabia. Eu fui horrível, nem me esforcei de verdade. Ah, Bob. E ela sabia! Ela sabia, porque as pessoas sempre percebem essas coisas, daí ficou bêbada."

"Margaret..."

"Não, Bob. Me sinto péssima. Ela simplesmente me deixou maluca, e não havia motivo para isso, mas é que ela é... ah, Bob, é que ela é tão *rica*."

"Bem, ela é rica, é verdade. Mas o que isso tem a ver?"

Margaret olhou para ele. "Isso a torna egocêntrica, Bob. Ela não perguntou nem uma vez sobre mim."

"Ela é tímida, Margaret. Ela está nervosa."

Margaret disse: "Essa mulher não é tímida. Ela é *rica*. E desde o começo eu simplesmente não a suportei. Sabe, o cabelo todo perfeito dela, os brincos de ouro. Ah, Bob. Depois ela pegou aquele chapéu de palha idiota dela e eu achei que ia morrer".

"O chapéu de palha dela? Margaret, do que você está falando?"

"Estou dizendo que eu não a estava suportando e que ela sabia disso, Bob. E me sinto péssima."

Bob não disse nada. Não conseguiu pensar em nada para dizer. Mas uma sensação silenciosa de quase irrealidade lhe sobreveio e ele pensou na palavra "preconceito", e entendeu que precisava dirigir com cuidado. E foi o que ele fez, até que chegaram ao hospital.

Era meia-noite quando Helen recebeu alta. Ela tinha quebrado um braço, duas costelas e seu rosto estava muito manchado; um olho ficara roxo e inchado. Parada em silêncio, com o braço em um gesso branco que dobrava no cotovelo, ela aguardava enquanto Jim — que Margaret tinha levado até em casa para que ele pegasse seu carro — dava a volta, abria a porta do carro e a ajudava a entrar. Fora feita uma tomografia da cabeça, não havia danos, ela também fizera uma série de raios X para buscar lesões internas. Bob estava se sentando no banco de trás, e mandou uma mensagem para Margaret dizendo que Helen estava bem, que Margaret devia ir dormir.

Jim disse por cima do ombro: "Você tem que dormir sentado quando quebra a costela".

"Ah, Helen", disse Bob, esticando-se para tocar Helen atrás da cabeça. "Que chato."

Jim disse: "Hellie, vamos voltar de carro amanhã. Vou alugar um utilitário e vamos simplesmente pegar a estrada de volta para casa. Vai ser mais confortável para você assim, eu acho". Bob viu Helen assentir ligeiramente com a cabeça.

Na pousada, Bob ajudou o irmão a pôr Helen na poltrona — depois que ela já estava de pijama, o gesso se projetando de lado e o roupão sobre ela — da salinha de entrada do quarto deles, e disse que voltaria.

Quando subiu a escada de seu próprio quarto, ficou surpreso de ver que Margaret estava dormindo pesado. Havia uma luzinha acesa junto da cama, e ele ficou observando aquela mulher, que naquele momento lhe pareceu quase uma estranha. Ele admitia agora a pequenez da reação dela diante de um mundo que ela não conhecia ou não entendia; não era muito diferente da reação que sua irmã tivera com Helen. E ele sabia que, se não tivesse morado em Nova York por tantos anos — se seu irmão, a quem ele tinha amado como a Deus, não morasse lá também, rico e famoso durante todos aqueles anos —, ele talvez também tivesse se sentido como Margaret. Mas ele não se sentia como ela. Apagou a luz, desceu a escada e voltou para a pousada.

A porta do quarto não estava trancada e ele entrou sem fazer barulho. Jim roncava na cama e Helen estava sentada, como se estivesse dormindo, na poltrona. Em seus pés agora havia pantufas cor-de-rosa, delgadas e com pompons macios na ponta.

Bob foi invadido por uma tristeza que havia anos não lhe vinha. Tinha sentido saudade do irmão — seu irmão! — e seu irmão sentira saudade do Maine. Mas seu irmão estava casado com uma mulher que odiava o Maine, e Bob entendeu que eles não iriam mais voltar. Jim passaria o resto da vida como um exilado em Nova York. E Bob passaria o resto da vida como um exilado no Maine. Sempre sentiria saudade de Pam, sempre sentiria saudade de Nova York, mesmo indo para lá todos os anos. Ele estava exilado aqui. E a estranheza disso — do rumo que tomara a vida dele, de Jim e mesmo a de Pam — o fez se sentir mergulhado num oceano de tristeza.

Um som veio da poltrona e ele viu que Helen estava acordada, chorando baixinho. "Ah, Helen", ele disse, indo até ela. Ele se virou, encontrou uma caixa de lenços na mesa, pôs um deles sobre o nariz dela e disse com doçura: “Pode assoar”, e isso fez Helen rir um pouco. Depois Bob se agachou ao lado da poltrona, colocou a mão no cabelo dela, afastando-o do rosto. “Ah, você vai ficar bem, Helen”, disse. “Não se preocupe. Jim vai te levar direto pra casa amanhã, e nunca mais você vai ter que voltar para este estado horroroso.”

Ela olhou para ele na penumbra do quarto, um olho quase todo fechado, o outro a examiná-lo. “Mas você mora aqui”, disse ela. “Ele não é horroroso para você, é, Bobby?”

Ele fez uma pausa, depois sussurrou: “Às vezes”, e piscou para ela, fazendo-a rir de novo.

“Bobby?”

“Sim, Helen?”

“Eu sempre amei você.”

“Eu sei. Eu também sempre amei você.”

Helen assentiu muito de leve com a cabeça. “Certo”, disse, “estou com sono.”

“Descanse. Estou bem aqui e Jim está logo ali no quarto.”

“Ele está roncando?”

“Sim.”

“Certo, Bobby.”

Bobby se sentou sobre os calcanhares e, depois que os olhos de Helen já estavam fechados fazia algum tempo, ele se moveu em silêncio e foi se sentar na poltrona em frente à dela. Ele todo doía, como se tivesse caminhado bem mais do que seu corpo era capaz. Seu corpo inteiro doía, e ele pensou: minha alma está doendo.

Então lhe ocorreu que jamais se devia fazer pouco-caso da solidão no âmago das pessoas, que as escolhas que elas faziam para se proteger daquela escuridão devoradora eram escolhas que mereciam respeito: isso era verdade em relação a Jim e Helen, e também em relação a Margaret e ele.

"Bobby?", sussurrou Helen.

"Sim, Helen?" Ele se levantou e foi até ela.

"Nada. Só queria saber se você estava aqui."

"Estou bem aqui." Ele ficou junto dela por um momento, depois foi se sentar de novo em sua poltrona. "Não vou a lugar nenhum", disse.

A poeta

Numa terça-feira de manhã em meados de setembro, Olive Kitteridge entrou cuidadosamente no estacionamento da marina. Era cedo — agora ela só dirigia no começo da manhã — e não havia muitos carros ali, como ela imaginava. Olive deixou o carro em uma vaga e saiu devagar; tinha oitenta e dois anos agora e se considerava verdadeiramente velha. Já fazia três semanas que ela usava uma bengala, e foi caminhando pela trilha rochosa sem erguer os olhos, prestando atenção no caminho, mas sentia o sol do início do dia e percebia a beleza das folhas que já ganhavam um tom vermelho-vivo na copa das árvores.

Lá dentro, escolheu uma mesa com vista para o mar e pediu um muffin e ovos mexidos para a garota de traseiro enorme. Não era uma garota amistosa; ela não tinha sido simpática neste ano em que trabalhara ali. Olive ficou olhando para a água. A maré estava baixa e as algas jaziam feito cabelos rebeldes penteados só para um lado. Os barcos que restavam na baía boiavam graciosamente, os mastros finos apontando para o céu como minúsculos campanários. Para além deles, lá longe, ficavam a ilha Eagle e a ilha Puckerbrush, as sempre-vivas estendendo-se pelas duas, nada mais do que uma linha fina vista dali. Quando a garota — que praticamente jogou o prato de ovos com o muffin na mesa — perguntou, mãos nos quadris: "Mais alguma coisa?", Olive apenas balançou de leve a cabeça e a garota se afastou, uma anca de calça branca subindo e depois descendo enquanto a outra anca subia; para cima e para baixo; grandes bandas de traseiro. Em um raio de sol sobre a mesa, os anéis de Olive cintilaram em sua mão, e vê-la assim — iluminada dessa forma — provocou nela uma leve reverberação de surpresa. Enrugada, inchada: essa era a sua mão. Minutos depois, quando tinha acabado de dar outra garfada nos ovos mexidos, Olive a viu: Andrea L'Rieux. Por um momento Olive não acreditou que fosse a garota — não era uma garota, mas uma mulher de meia-idade, porém na idade de Olive elas eram todas garotas —, depois pensou: Por que não? Por que não poderia ser Andrea?

A garota, Andrea, estava sentada sozinha a uma mesa; estava a algumas mesas de distância de Olive, de frente para Olive, mas fitava o mar com óculos escuros apoiados no meio do nariz. Olive deixou o garfo no prato, pouco depois se levantou devagar, foi até a mesa de Andrea e disse: "Olá, Andrea. Sei quem você é".

A garota-mulher se virou para olhá-la, e por um instante Olive achou que tinha se enganado. Mas então a garota-mulher tirou os óculos escuros, e ali estava ela, Andrea, de meia-idade. Houve um longo momento de silêncio — pareceu longo a Olive — antes de Olive dizer: "Então. Você é famosa agora".

Andrea continuou fitando Olive com seus olhos grandes, o cabelo escuro amarrado num rabo de cavalo meio solto. Por fim ela disse: "Sra. Kitteridge?". Sua voz era profunda, rouca.

"Sou eu", disse Olive. "Sim, sou eu. Virei uma velha senhora." Ela se sentou na frente de Andrea, apesar de achar ter visto no rosto da garota um desejo de não ser incomodada. Mas Olive era velha, já tinha enterrado dois maridos, que diferença fazia; ela não se importava.

"A senhora ficou menor", disse Andrea.

"É provável." Olive cruzou as mãos sobre a mesa, depois baixou-as no colo. "Meu marido morreu há quatro meses, e eu já não como tanto. Ainda tenho apetite, mas já não ando comendo tanto, e de qualquer forma, quando a pessoa envelhece, ela encolhe."

Andrea disse, passado um momento: "É mesmo?".

"Se a pessoa encolhe? Mas é claro. A coluna fica destruída e diminui, a barriga aumenta — e assim vai. Não é possível que eu seja a primeira pessoa velha que você vê."

"Não", concordou Andrea.

"Bem, então. Agora você sabe."

"Traga o seu prato pra cá", disse Andrea, olhando mais adiante, para onde Olive estivera sentada. "Espera, eu vou buscar para a senhora." Ela saiu depressa de seu assento e dali a pouco estava de volta com o prato de ovos e o muffin de Olive, além da bengala de Olive. Ela era mais baixa do que Olive pensara: infantil, quase.

"Obrigada", disse Olive. "Faz só três semanas que eu comecei a usar a bengala. Tive um pequeno acidente de carro, foi isso que aconteceu. Eu estava no estacionamento perto do Chewie's. E pisei no pedal do acelerador em vez do freio."

Andrea abriu a mão de leve e disse, com um meio-sorriso amigável: "Acontece".

"Só que, se você tem oitenta e dois anos, todo mundo parece pronto para cancelar a sua licença para dirigir. Embora eu deva admitir que o policial foi muito gentil. Eu chorei. Dá pra imaginar? Ainda não acredito que fiz isso. Mas fiquei parada ali e chorei. Muitíssimo gentil, o policial. E o pessoal da ambulância, eles também foram gentis."

"A senhora se machucou?"

"Fraturei o esterno."

"Caramba", disse Andrea.

"Está tudo bem." Olive fechou mais o casaco. "Caminho mais devagar, e agora eu só dirijo de manhã cedo. Tento, pelo menos. Bati em dois carros no estacionamento naquele dia."

"Dois?"

"Dois. Isso mesmo. Bem, três, contando com o meu. Precisei pedir para o marido da minha amiga Edith, Buzzy Stevens, me ajudar a comprar outro carro quando recebi o cheque da seguradora. Acho que Buzzy não gostou muito, mas aqui estamos. Ninguém se feriu. Só eu. Fiquei abalada, eu diria."

"Bem, claro", disse Andrea com sua voz profunda.

"Vi no Facebook que você esteve recentemente em Oslo", falou Olive. Ela comeu um pouco de seus ovos.

"A senhora me segue no Facebook? Está falando sério?"

"Claro que estou falando sério. Você acabou de fazer uma turnê pela Escandinávia, de leitura de poesias. Eu fui a Oslo com o meu segundo marido, tive dois maridos", disse Olive. "E com o meu segundo marido, nós fomos a Oslo e pegamos um barco — um cruzeiro, acho que era isso — pelos fiordes. Eram lindos, como eram. Minha nossa. Mas então Jack ficou triste, eu fiquei triste, e nós dois dissemos: É bonito aqui, mas não é tão bonito quanto em casa. Nós nos sentimos melhor depois que entendemos isso." Olive limpou o nariz com um guardanapo de papel que estava na mesa. Ela sentia como se estivesse ofegante.

A garota a observava atentamente.

"Não sei o que você achou dos fiordes, mas foi o que a gente pensou." Olive disse isso e depois se recostou na cadeira.

"Eu não vi os fiordes."

"Você não viu os fiordes?"

"Não." Andrea se endireitou no banco. "Eu fazia uma sessão de leitura, depois saía com meu editor e em seguida já precisava seguir viagem. Eu queria ir em frente. Acho que realmente não me importo com os fiordes."

"Hum", disse Olive.

"Me sinto sozinha quando viajo", disse Andrea.

Olive não teve certeza se foi isso mesmo que ouviu, mas concluiu que sim, e pensou a respeito. "Bem", disse, "provavelmente você sempre foi solitária."

Andrea olhou para ela com um olhar que de certa forma confundiu Olive; os olhos da garota eram castanhos, mas também tinham certo tom de avelã, e eles pareceram se abrir com ternura nos cantos enquanto olhavam para Olive. A garota não disse nada.

Se havia um aluno que Olive tinha tido ao longo de seus vastos anos como professora de matemática do oitavo ano, se havia um aluno que não estava predestinado a ser famoso, era Andrea L'Rieux. A única razão pela qual Olive se lembrava dela era porque costumava ver a garota caminhando sozinha, e parecendo tão triste. Que rosto triste aquela garota tinha. Mas ela não fora uma grande aluna; não, certamente não. Nem mesmo em inglês, porque quando a garota começou a ficar famosa, quando se tornou a Poeta Laureada dos Estados Unidos (!) alguns anos antes, até a sua professora de inglês no ensino médio tinha dito a um repórter que Andrea não havia sido uma grande aluna. A horrorosa da Irene White, burra igual a uma porta, incapaz de enxergar um talento se o visse, mesmo assim…

"Irene White morreu", Olive disse a Andrea, que assentiu com a cabeça e encolheu os ombros de leve.

"Ela já parecia velha quando tive aula com ela", disse Andrea. "Lembro que o blush ficava duro nas rugas do rosto dela."

"Bem, ela certamente não foi muito generosa com você", disse Olive, e quando a garota olhou surpresa para ela, Olive se deu conta de que Andrea não tinha lido o artigo.

Andrea disse: "Eu nunca leio nada a meu respeito".

"Boa ideia", disse Olive. "Em todo caso, quando vieram bisbilhotar para o meu lado, eu não falei nada."

Ela não teria nada a dizer. Não ia dizer que a garota tinha um rosto triste, que vinha de uma família com sabe Deus quantos irmãos, os outros que dissessem isso. E eles disseram! Mas não a parte do rosto triste; aparentemente ninguém além de Olive tinha visto a garota caminhando pelas ruas de Crosby, no Maine, trinta anos antes. *O sol caía sobre as macieiras/ parecendo suster eternamente seu vermelho-escuro*. Esse era o único verso da poesia de Andrea de que Olive se lembrava. Talvez porque fosse o único de que tinha gostado. Ela havia lido uma boa parte da poesia de Andrea. Todo mundo na cidade parecia ler os poemas de Andrea. Seus livros estavam sempre bem à mostra na livraria. As pessoas diziam que amavam o trabalho dela. Andrea L'Rieux fora aclamada como tudo que é tipo de coisa: feminista, pós-modernista, política se misturando com o natural. Ela era uma "poeta confessional", e Olive achava que havia certas coisas que a pessoa não precisava confessar. (Havia um "*vaginas raivosas*" num poema, Olive se lembrou agora.)

"Obrigada", disse Andrea. "Por não falar com nenhum repórter", acrescentou. Então ela balançou a cabeça e disse, quase consigo mesma: "Eu simplesmente odeio isso tudo".

"Ah, por favor", disse Olive. "Deve ser divertido. Você até conheceu o presidente."

Andrea assentiu com a cabeça. "É verdade."

"Não é todo mundo de Crosby, no Maine, que fica próximo do presidente." Olive acrescentou: "Como ele é?".

"Acho que ele só apertou a minha mão." Agora ela fitava Olive com um olhar divertido.

Olive disse: "E a esposa dele? Você apertou a mão dela também?"

"Apertei."

"E como eles são?" Olive amava este presidente. Achava que ele era inteligente, e sua esposa era inteligente, e que trabalho duro ele tinha, com o Congresso sendo tão horrível com ele. Ela lamentaria ter de vê-lo sair.

"Ele foi meio arrogante. A mulher dele foi muito simpática, disse que lia as minhas poesias e adorava, um puta blá-blá-blá." Andrea pôs uns fios de cabelo atrás da orelha.

Olive terminou seus ovos. Ela pensou que uma poeta certamente poderia encontrar palavras diferentes daquelas que Andrea tinha acabado de usar. "Fale direito", Olive costumava dizer a seu filho, Christopher, quando ele era pequeno. "Pare de resmungar e fale direito." Agora Olive disse a Andrea: "Meu marido — Jack, meu segundo marido —, ele teria concordado com você sobre a arrogância". Como a garota não disse nada, Olive perguntou: "O que você veio fazer aqui?".

Andrea soltou um longo suspiro. "Meu pai ficou doente. Então..."

"Meu pai se matou", disse Olive. Ela começou a comer o muffin, que ela sempre deixava por último.

"É mesmo? Seu pai se suicidou?"

"Exato."

Passado um instante, Andrea perguntou: "Como?".

"Como? Arma."

"Que coisa", disse Andrea. "Eu não fazia ideia." Ela pôs as duas mãos no rabo de cavalo e o alisou sobre o ombro. "Quantos anos a senhora tinha?"

"Trinta. Por que você teria alguma ideia? Suponho que seu pai não vai se matar."

"Acho que não é comum mulher usar uma arma", disse Andrea, pegando o saleiro e olhando para ele. "Homens, sim, é o que eles fazem. Mas mulheres... Acho que as mulheres geralmente tomam comprimidos." Ela deixou o saleiro rolar bem de leve na mesa.

"Eu não saberia dizer."

"Não." Andrea passou os dedos pelo cabelo logo acima do rabo de cavalo. Algum tempo depois, disse: "Meu pai não saberia como se matar. Ele já não está, sabe, bem da cabeça. Ele nunca bateu bem da cabeça. A senhora entende o que eu quero dizer".

"Você quer dizer que ele está demente. Mas o que você quer dizer com ele nunca ter estado bem da cabeça?"

"Sei lá." Andrea parecia murcha agora. Ela deu de ombros. "É que ele sempre foi tão... ele sempre foi tão *mau*."

Olive sabia, pela poesia de Andrea, que a garota nunca gostou do pai, mas Olive agora não parecia se lembrar de nenhuma razão especial para isso, ele não era bêbado, ela teria se lembrado disso. Olive disse: "Então agora ele está morrendo?".

"É o que parece."

"E sua mãe já morreu." Olive sabia disso; a poesia da garota havia tratado disso.

"Ah, ela morreu há vinte anos. Ela teve oito filhos. Quero dizer, fala *sério*."

"Você não tem filhos, certo?" Olive lançou um olhar para cima enquanto cortava seu muffin.

"Não. Eu já tive bebês por perto o bastante na infância."

"Não faz mal. Filhos são uma agulha no coração." Olive tamborilou os dedos na mesa, em seguida pôs o pedaço de muffin na boca. Depois de engolir, repetiu: "Uma agulha no maldito coração".

"Quantos a senhora tem?"

"Ah, eu só tenho um. Um filho. Já basta. Tenho uma enteada também. Ela é um amor. Garota adorável." Olive assentiu com a cabeça. "Lésbica."

"Ela gosta da senhora?"

A pergunta pegou Olive de surpresa. "Acho que sim", disse. "Sim, ela gosta."

"Então a senhora tem isso."

"Não é a mesma coisa. Eu a conheci quando ela já era adulta, e ela mora na Califórnia. Não é como o filho da gente."

"Por que o seu filho é uma agulha no seu coração?" A garota perguntou isso com certa hesitação, enquanto rasgava a casca de laranja que decorava seu prato.

"Quem pode saber? Já nasceu assim, acho." Olive limpou os dedos num guardanapo. "Você pode pôr isso num poema. É todo seu."

A garota não disse nada, apenas olhou para a baía através da janela.

Só então Olive reparou no suéter da garota, uma coisa azul-marinho com um zíper na frente. Mas os punhos estavam encardidos, com aspecto velho. Certamente a garota teria dinheiro para comprar roupas bonitas. Olive desviou os olhos depressa, como se tivesse visto alguma coisa que não deveria. Ela disse: "Bem, foi gentil da sua parte permitir que eu me sentasse com você. Já vou indo".

A garota olhou para ela sobressaltada. "Ah...", disse. "Ah, sra. Kitteridge, por favor não vá. Tome um pouco mais de café. Ah, a senhora não está tomando café. Quer uma xícara?"

"Eu não bebo mais café", disse Olive. "Acho que ele não se dá bem com o meu intestino. Mas tome um pouco mais se quiser. Eu espero você tomar." Ela se virou para chamar a garota que trabalhava ali, a garota veio na hora e foi muito simpática com Andrea. "Aí está", disse a garota, sorrindo — sorrindo! —

para Andrea e servindo-lhe uma xícara de café. "Quando você envelhece", Olive disse a Andrea depois que a garota se afastou, "você se torna invisível. Essa é que é a verdade. Mas isso é libertador de certa forma."

Andrea olhou para ela, perscrutando-a. "Me diga como isso é libertador."

"Bem." Olive ficou ligeiramente desconcertada; ela não sabia explicar. "É só que você não *conta* mais, e há alguma coisa de libertador nisso."

"Eu não entendo", disse a garota. E o pensamento que atravessou a mente de Olive foi: Você é honesta.

Olive disse: "Talvez eu não consiga explicar direito. Mas você passa a vida achando que é alguma coisa. Não num bom sentido nem num mau sentido. Mas você acha que é alguma coisa. E depois você vê" — e Olive apontou com os ombros na direção da garota que tinha servido o café — "que você não é mais nada. Para uma garçonete com um traseiro *enorme*, você se tornou invisível. E isso é libertador". Ela observou o rosto de Andrea e viu que ela se debatia com alguma coisa.

Por fim a garota disse: "Bem, eu invejo a senhora". Ela riu, e Olive viu que os dentes dela estavam estragados; ela se perguntou por um momento por que não tinha reparado nisso nas fotografias da garota. "Eu a invejo por a senhora alguma vez ter achado que era alguma coisa", disse Andrea, a voz rouca.

"Ah, pare com isso, Andrea. Até onde eu sei você foi Poeta Laureada deste país alguns anos atrás."

"É", disse Andrea. "Eu fui."

Enquanto elas caminhavam em direção ao carro de Olive, Olive indo mais rápido do que se estivesse sozinha, a garota vasculhou o bolso de seu casaco e logo Olive percebeu uma nuvem de fumaça de cigarro pairando acima dela. Olive sentiu um profundo tremor de decepção e pensou: Bem, ela é só uma L'Rieux. É só o que ela é. Famosa ou não.

Andrea disse, enquanto elas paravam junto ao carro de Olive, erguendo a mão com o cigarro entre os dedos: "É tudo uma questão de classe social agora, fumar. É como injetar heroína, só que agora não é mais uma questão de classe baixa". Então — e isto surpreendeu Olive demais — a garota passou os braços em volta de Olive e disse: "Foi tão bom vê-la, sra. Kitteridge!". Olive pensou que seu cabelo poderia pegar fogo com o cigarro que a garota tinha na mão.

"Igualmente", disse Olive, e ela entrou no carro, deu a partida, indo de marcha a ré devagar, sem olhar pela janela na direção da garota — não era uma coisa simples andar de ré ultimamente. Durante todo o caminho para a casa, ela contou a Jack o que tinha acontecido; era para Jack, seu segundo marido, que ela parecia ter vontade de contar isso.

Quando naquela noite ela falou por telefone com seu filho, Christopher, que morava em Nova York, ela comentou que tinha visto a garota, e ele disse: "Quem é Andrea L'Rieux? Você está falando de um dos milhões de L'Rieux daquela família que morava na rua East Point?".

"Sim", disse Olive, "a que se tornou Poeta Laureada."

"Se tornou o quê?", perguntou Christopher, num tom que não era particularmente gentil, e Olive entendeu que Christopher não acompanhava os Poetas Laureados ou a vida de ninguém com quem tivesse crescido, embora Andrea fosse mais nova do que ele. "Ela se tornou Poeta Laureada dos Estados Unidos da América", disse Olive, e Christopher respondeu: "Nossa, que impressionante".

Quando ela contou à sua enteada, Cassie, por telefone, a garota apreciou bem mais. "Ah, Olive, que legal! Uau."

E quando ela contou ao dono da livraria — Olive entrou lá no dia seguinte com o único propósito de lhe contar —, ele disse: "Bem, isso é muito, muito legal. Andrea L'Rieux, cara, ela é simplesmente *incrível*".

"Uhum", disse Olive. "Tivemos uma boa conversa. Tomamos café juntas. Ela foi bastante simpática. Parecia alguém bem comum."

Ela ligou para sua amiga Edith, cujo marido, Buzzy, a tinha ajudado a comprar o carro; eles moravam na residência para idosos perto da Littlehale's Farm; e Edith também ficou bastante empolgada por ela. "Olive, você é o tipo de pessoa com quem as pessoas querem conversar."

"Isso eu já não sei", disse Olive, mas então ela pensou que era verdade o que Edith disse. "Ela parecia uma criança solitária", disse Olive. "Como se toda a sua fama e tudo o mais não significassem nada para ela. Criança triste. Roupa surrada, fumando sem parar. Sério, Edith, ela era uma coisa solitária."

Por umas duas semanas Olive esperou receber notícias de Andrea. Toda manhã, quando verificava a caixa de correio, percebia que estava esperando um cartão, um cartão manuscrito à moda antiga que dizia: Foi um prazer vê-la, sra. Kitteridge. Vamos manter contato! A garota poderia achar o endereço dela na internet. Mas nenhum cartão chegou, e depois de um tempo Olive parou de esperar por isso. Quando viu no jornal que Severin L'Rieux tinha morrido, ela se perguntou se Andrea ainda estaria na cidade, era bem provável que tivesse voltado para o funeral, que, de acordo com o jornal, seria realizado na St. John, e Olive achou que fazia sentido; isso também a fez estremecer um pouquinho. Todos aqueles católicos franco-canadenses, bem — adeus a Severin L'Rieux.

* * *

Para a viagem deles a Oslo, Jack havia comprado bilhetes de primeira classe. Olive ficou furiosa. "Eu não voo de primeira classe", ela dissera.

Jack tinha rido. "Você não voa de jeito nenhum", e isso a deixou mais irritada.

"Eu não vou voar de primeira classe. É obsceno."

"Obsceno?" Jack se sentou à mesa da cozinha e observou-a, ainda com uma expressão divertida no rosto. "Tudo o que é obsceno me agrada." Como ela não respondeu, ele disse: "Quer saber, Olive? Você é uma esnobe".

"Sou o contrário de esnobe."

Jack riu por um bom tempo. "Você acha que ser esnobe ao contrário não é ser uma esnobe? Olive, você é uma esnobe." Então ele se inclinou para a frente e disse: "Ah, por favor, Olive. Pelo amor de Deus. Eu tenho setenta e oito anos, tenho dinheiro, você tem dinheiro — embora, sim, eu tenha bem mais dinheiro que você —, se não for agora, será quando?".

"Nunca", disse ela.

Assim, ela foi na classe econômica e ele, na primeira classe. Ela não acreditou que Jack faria isso, mas ele fez. "Tchau, tchau", ele disse, acenando com a mão uma vez, e ela teve que encontrar seu assento sozinha; era na primeira fila, atrás da divisória. Ela se sentou na poltrona do corredor e ao lado de um homem grande — Olive mesma era grande —, e na janela estava a namorada do homem, uma garota asiática provavelmente vinte anos mais nova do que ele, mas como saber, em se tratando de asiáticos? Antes mesmo de eles decolarem, ela já odiava os dois. Esteve a ponto de chorar quando a comissária pegou sua bolsa e a colocou no compartimento de bagagens. "Quero a minha bolsa", disse Olive, e a mulher respondeu que ela poderia pegá-la assim que eles estivessem no ar.

O homem grande a seu lado se virava a todo instante para a namorada, de modo que suas costas gordas invadiam o espaço de Olive. Ela ouviu pedaços da conversa deles e desde o início percebeu que o homem era um mandão, ele estava atazanando sua jovem namorada. Ela achou os dois repugnantes. "Isto é o que você deveria ouvir", disse o homem, e repetiu isso várias vezes. Como se a garota tivesse um mau gosto musical. Depois o homem sussurrou no ouvido da namorada, e a garota se inclinou ligeiramente para a frente para olhar Olive. Eles estavam falando dela! Ela, com os joelhos erguidos, incapaz de esticar as pernas, uma velha senhora. O que diabos eles tinham a dizer sobre ela? A garota asiática encolheu os ombros de leve e Olive ouvia-a dizer: "Bem, é a vida dela". A vida de quem? O que aquela garota sabia da vida de Olive? Ah, ela estava uma fera e não pregou o olho o voo todo. Em dado momento, Jack saiu pela cortina que dividia as cabines e disse a ela: "Olá, Olive! Como estão indo as coisas?".

"Quero a minha bolsa", ela disse a ele. "Se você puder por favor pegar a minha bolsa."

Ele pegou a bolsa no bagageiro, colocou-a no colo dela e sussurrou em seu ouvido: "Pronto, aí está, senhorita".

"Cai fora, Jack", ela disse, e viu o homem grande a seu lado observá-la. Fechou os olhos e os manteve fechados; o voo foi absolutamente interminável.

Enquanto eles passavam pela alfândega, Jack foi gentil com ela. Ele disse: "Vamos para o hotel pra você poder descansar um pouco". Ele ficou de olho nela enquanto eles avançavam na fila. No hotel ela apagou na hora, e no dia seguinte eles pegaram o barco.

Quando ele ficou triste alguns dias depois, ela se sentiu péssima — e assustada. Achou que ele sentia falta da esposa (embora Olive fosse sua esposa). Ela se achou a pessoa mais errada para ele. Enfim, disse: "Jack, acho que eu não sou uma boa esposa para você...". Ele a olhou surpreso; ela viu a surpresa dele com o que ela tinha dito. "Olive, na verdade você é a esposa perfeita para mim. Realmente é." Ele sorriu e pegou a mão dela. "Só estou com saudade de casa", disse ele. "Toda esta maldita beleza..." Apontou com a cabeça na direção da janela da cabine deles. "Estou com saudade da costa do Maine."

"Também estou com saudade da costa do Maine", disse ela. Depois disso eles ficaram bem. Passaram um tempo maravilhoso.

Na última noite no barco, ele disse: "Ah, Olive, comprei um bilhete de primeira classe pra você no voo de volta. Espero que não se importe". Ele piscou para ela.

E ela mal acreditou naquele voo de volta. Ela tinha sua própria poltrona, que se inclinava para a frente e para trás. Era como se ela fosse uma astronauta em seu próprio cubiculozinho. Havia um kit com uma meia, uma máscara e uma escova de dentes, tudo para ela! Comeu um sanduíche de rosbife e tomou sorvete de sobremesa, e não conseguia parar de olhar para Jack, sentado do outro lado do corredor. Ele fez um som de beijo e disse: "Bem, agora não me perturbe". E tomou sua taça de vinho.

Na segunda semana de outubro, Olive foi cortar o cabelo com Janice Tucker, uma mulher que trabalhava em casa. Olive sempre marcava o primeiro horário do dia, às oito horas, e depois que se acomodou na cadeira Janice passou o avental de plástico em volta dela e disse: "Fiquei sabendo que você tomou café da manhã com Andrea L'Rieux".

"Tomei", disse Olive. "Se tomei."

"Então você deve ter ficado muito mal com o acidente dela."

"Como assim?" Olive virou a cabeça.

"Saiu no jornal de ontem. Achei que você tivesse visto. Espera, vou te mostrar." Janice se virou e rebuscou uma pilha de jornais na mesa da área de espera. Ela trouxe o jornal, dizendo: "Aqui. Olha. Ah, Olive, achei que você soubesse".

A pequena manchete dizia: Antiga Poeta Laureada dos Estados Unidos é Atropelada por Ônibus e Sobrevive. Um pequeno parágrafo dizia que Andrea L'Rieux tinha sido atropelada por um ônibus em uma rua de Boston, que sua situação era estável, com fratura da bacia e lesões internas. Esperava-se uma completa recuperação.

Olive sentiu saliva se acumulando nos cantos atrás da boca. Deixou o jornal no balcão e se recostou na cadeira sem dizer nada, enquanto Janice pegava sua pequena tesoura e começava a cortar o cabelo de Olive. "Muito triste, não é?", disse Janice, e Olive assentiu. Sentia-se péssima. Enquanto a mulher cortava gentilmente seu cabelo, Olive foi se sentindo pior e pior. Então, dando-se conta de que ela não tinha nenhum Jack — ou um Henry, seu primeiro marido — a quem contar isso quando chegasse em casa, ela disse subitamente: "Janice, acho que a garota estava tentando se matar".

Janice deu um passo para trás, a tesoura junto do peito. "Olive, pare com isso."

"Não, é sério. Eu estava aqui pensando nisso, ela falou comigo sobre suicídio. Ela falou sobre como os homens usam armas, enquanto as mulheres tendem a não usar armas, que elas costumam tomar comprimidos, e eu deveria ter sabido, deveria ter percebido..."

"Ah, Olive. Não pense nisso. Nem ouse pensar nisso. Tenho certeza de que não é o caso. Ela foi atingida por um ônibus, acontece, Olive."

"Janice, você não a viu. Ela parecia acabada. Usava um sueterzinho surrado, e estava fumando. Ela odiava o pai, e depois ele morreu. Isso também pode deixar uma pessoa perturbada."

Janice pareceu pensar a respeito. Então ela disse: "Olive, eu simplesmente não acredito que ela iria tentar se matar. Não quero acreditar nisso, então não vou".

"Tá bem", disse Olive. "Tá bem, tá bem, tá bem."

Ela não deixou uma gorjeta para Janice, como costumava fazer, e depois foi embora, acenando com uma mão por cima do ombro enquanto descia os degraus com sua bengala.

Era um outono glorioso. As folhas se agarravam às árvores e possuíam um tom mais vívido, como fazia anos não se via. As pessoas comentavam isso umas com as outras, e era verdade. E o sol brilhava sobre tudo isso dia após dia. Chovia sobretudo à noite, as noites eram frias, os dias não eram muito frios, mas também não fazia calor. O mundo cintilava, e os tons amarelo e vermelho, laranja e rosa-claro se mostravam esplêndidos para quem quer que pegasse a estrada até a baía. Olive via isso mesmo sem dirigir; da porta da frente de casa ela via o bosque, e todas as manhãs, quando abria a porta, percebia a beleza do mundo.

Isso a surpreendia. Quando seu primeiro marido morreu, ela não havia reparado em nada. Era a impressão que tinha. Mas ali estava o mundo, gritando a sua beleza para ela dia após dia, e ela se sentia grata por isso. No armário da entrada, os casacos e suéteres de Jack continuavam guardados. Isso também era diferente. Ela havia se livrado das coisas de Henry rapidamente, quando ele morreu. Tinha, inclusive, começado a se livrar delas enquanto ele ainda estava na casa de repouso, o sapato novo que ele estava usando no dia em que sofreu o derrame, que ele jamais iria usar de novo, ela havia se livrado dele num piscar de olhos. Sapato de camurça cor de pelo de camelo, os cadarços ainda sem nenhuma sujeirinha.

Mas as roupas de Jack ela guardou, e o cheiro delas chegava-lhe de leve quando ela abria o armário. Havia o cardigã verde-escuro com protetores de couro nos cotovelos, que ele tinha usado na primeira vez que eles saíram para jantar, e o casaco azul com corte triangular, de quando eles tiveram a primeira briga de verdade e ele disse: "Meu Deus, Olive, que mulher *difícil* você é. Caramba, como você é difícil, e foda-se tudo, mas eu te amo. Então, se você não se importa, Olive, talvez pudesse ser um pouco menos Olive comigo, mesmo que isso signifique ser um pouco mais Olive com os outros. Porque eu te amo, e nós não temos muito tempo".

Ela o ouviu.

E depois ele disse, sentado na cama: "Vamos nos casar, Olive. Venda a casa que você tinha com Henry e venha morar aqui. Por favor, case comigo, Olive".

"Por quê?", ela perguntou.

O sorrisinho ligeiro dele, com um canto da boca erguido. "Porque eu te amo", ele disse. "Eu simplesmente te amo, caramba."

"Por quê?", ela perguntou.

"Porque você é Olive."

"Você acabou de dizer que eu era Olive demais."

"Olive. Cale a boca. Cale a *boca* e case comigo."

Quando ele morreu dormindo, ao lado dela, um oceano de terror a atravessou. Dia após dia ela permaneceu aterrorizada. Volte, ela não parava de pensar, ah, por favor, por favor, por favor volte! Oito anos eles haviam passado juntos, tão rápido quanto uma avalanche, no entanto — que coisa horrível — ela às vezes pensava nele como o seu verdadeiro marido. Henry tinha sido o primeiro, e Jack fora o verdadeiro. Que pensamento horrível, não podia ser verdade.

Como escurecia rápido agora!

Para Olive isso significava uma mudança em sua rotina. Ela não dirigia mais no escuro, então agora, por volta das quatro da tarde, já estava na cama, vendo televisão. Cochilava e acordava assustada. Depois, aos poucos, o susto passava. Ela assistia ao noticiário com interesse. Que bagunça estava o país. Depois jantava, tomando uma taça de vinho. O vinho havia chegado à sua vida com Jack. Antes, Olive nunca tinha bebido na vida. "Ah, pelo amor de Deus, Olive, dá pra você tomar uma taça de vinho?", ele dissera uma vez, antes de eles se casarem. "Se há uma pessoa a quem uma taça de vinho faria bem, essa pessoa é você." Ele próprio bebia uísque, e não bebia pouco. Mas ela nunca o vira bêbado. Ainda assim, se ofendeu quando ele disse isso, sobre ela precisar de uma taça de vinho. No entanto, ele tinha razão. Porque quando ela tomou uma taça algumas noites depois, sentiu que estava... ela simplesmente se sentiu bem.

E sozinha, sem Jack, o vinho ainda a ajudava. Ela nunca tomava mais de uma, mas achava que ainda assim ajudava.

O inverno chegou.

Nevava como se jamais fosse parar, coisas brancas rodopiavam, ou arenosas, e a cada breve intervalo de dias desabava uma nova tempestade. Para Olive, dias como esses eram uma tortura. Ela não acreditava em como o tempo se arrastava — em como as tardes eram longas —, ela não acreditava! No entanto, ela devia saber disso, ela só podia saber, por causa da época em que Henry sofreu seu derrame. Mas então ela estava sempre indo à casa de repouso, ela parecia viver ocupada. Será? Bem, agora ela não estava. Pediu para entregarem o jornal, pois havia dias em que não conseguia dirigir com toda aquela neve. E um dia ela viu um pequeno artigo sobre Andrea L'Rieux. O motorista do ônibus que a havia atingido estava bêbado; a investigação acabara de ser encerrada. Sério mesmo? Olive leu de novo e depois atirou o jornal para o lado. Bem, então Janice Tucker tinha razão. No fim Andrea não tentou se matar. "Tá bem", disse Olive em voz alta. "Tá bem, tá bem, tá bem."

Ela olhou para o relógio, e eram apenas duas da tarde.

Então maio finalmente chegou.

Olive abriu a porta para sair um pouco, querendo apenas ver a paisagem do bosque que se estendia para além da entrada curva da casa. Da porta da frente dava para avistar o campo grande e comprido, mas Olive também gostava dessa vista, achava que era porque lembrava o bosque junto da casa que ela tinha com Henry. Ao se virar para entrar de novo, ela viu uma revista na caixa de correio; estava com a metade para fora, como se para chamar sua atenção, e Olive ficou surpresa, porque ainda levaria horas para o carteiro passar. Dizia *American Poetry Review*, então ela notou que alguém tinha colado um post-it perto da capa, como se para marcar uma página. Depois de pegá-la, ela entrou, fechou a porta e, antes mesmo de sair do vestíbulo, viu que a capa dizia: Novo Poema de Andrea L'Rieux.

Sentada à mesa de canto do café da manhã, ela abriu na página com o post-it e leu: *Acossada*. Olive não entendeu por que aquilo havia sido marcado, até que lentamente, enquanto ia lendo o poema, ela percebeu, e foi como se ela estivesse se movendo — bem, bem devagar — debaixo d'água. *Quem me ensinou matemática há trinta e quatro anos/ tanto me amedrontou e agora está ela própria amedrontada/ sentou-se diante de mim no café da manhã/ cabelos brancos/ me contou que eu sempre fui solitária/ sem imaginar que falava de si mesma*. Olive continuou lendo. Estava tudo ali, o suicídio de seu pai, seu filho ser uma agulha no coração; o tema do poema, martelando de novo e de novo, era que ela — Olive — era a pessoa solitária e apavorada. Terminava com *Use num poema, ela disse/ É todo seu*.

Olive se levantou, vacilante, foi até a lata de lixo e jogou a revista lá dentro. Depois se sentou de novo e olhou para fora, para o campo. Tentou entender o que havia acontecido, o tempo todo sabendo — mas sem acreditar — o que tinha acontecido. Então se deu conta de que alguém na cidade havia trazido a revista à noite, fora de carro até a sua casa deixar a maldita revista na caixa de correio, colando aquele post-it na página para ter certeza de que Olive iria ver, e isso a feriu ainda mais profundamente do que o poema. Ela se lembrou de quando, muitos anos atrás, sua mãe abriu a porta uma manhã e encontrou uma cesta com esterco de vaca na varanda, com um bilhete dizendo: Para Olive. Ela nunca soube quem deixou o esterco lá, e não imaginava quem teria trazido aquela revista.

Poucos minutos depois, ou talvez uma hora — Olive não sabia quanto tempo havia passado, quanto tempo ficou sentada imóvel diante da mesa —, ela se levantou, foi pegar a revista na lata de lixo e leu o poema de novo. Dessa vez ela disse em voz alta: "Andrea, este poema é uma *porcaria*". Mas seu rosto ficou muito quente; não lembrava de já ter sentido o rosto tão quente como desta vez, sentada ali olhando para o poema. Começou a se levantar para ir jogar a revista no lixo de novo, mas como não a queria nem dentro de casa pegou sua bengala, pegou o carro e foi dirigindo até passar pela baía Juniper, onde encontrou uma lixeira pública; como não tinha ninguém por perto, Olive, tirou o post-it e jogou a revista lá dentro.

Quando voltou para casa, telefonou para Edith. Edith disse: "Olive, como você está?".

"Como assim, como eu estou? Estou bem. Por que eu não estaria bem?" Ela achou ter detectado na voz de Edith algum sinal de que ela sabia do poema.

"Bem, eu não sei", disse Edith. "Não sei como você está, por isso estou perguntando."

"Como Buzzy tem estado ultimamente?"

"Ah, o Buzzy está bem. Você sabe, é o Buzzy. Acorda com o sol raiando, sai, vai comprar nosso café e depois volta. O mesmo de sempre."

"Bem, você tem sorte de ter ele por perto", disse Olive.

"Ah, sim, por Deus. Tenho sorte." Olive achou que Edith disse isso com mais emoção do que precisava.

"Tchau", disse Olive.

Ela caminhou em volta de casa naquele dia e pensou em Buzzy acordando cedo e indo comprar o café deles. Mas onde diabos Buzzy iria comprar um exemplar da *American Poetry Review*? Buzzy não ia saber o que era poesia nem se ela chegasse e se apresentasse para ele. Buzzy tinha trabalhado com construção de casas. Ainda assim, Edith perguntou como ela estava. Christopher uma vez havia dito para ela: "Você é paranoica, mãe". Ela não tinha gostado nem um pouco, e não gostava agora, enquanto pensava nisso.

Naquela noite, Olive se sujou enquanto dormia e acordou de imediato com o calor das fezes saindo dela. "Que horror", sussurrou consigo mesma. Isso já tinha acontecido duas vezes desde que Jack morreu, e Olive não ia contar a seu médico nem a ninguém. Enquanto trocava o lençol e tomava banho — era uma da manhã —, pensou em Andrea. E pensou em como ela, Olive, sempre tivera alguma coisa contra Andrea por ela ser franco-canadense. Sempre tivera. Quase sem saber, por causa disso tivera alguma coisa contra todos os L'Rieux. E contra todos os Labbe, e os Pelletier, embora de vez em quando uma criança a surpreendesse, como a menina Galarneau, que tinha um rosto iluminado e era tão inteligente, Olive havia gostado dela. Será que era verdade? Era verdade. Olive se sentou na ponta da cama. *É uma questão de classe social, como injetar heroína. Só que isso já não é mais tão classe baixa agora.*

A voz de Jack: "Você é uma esnobe, Olive. Você acha que ser esnobe ao contrário não é ser uma esnobe? Bem, você é uma esnobe, minha querida".

Olive tinha abordado Andrea L'Rieux naquele dia na marina porque a garota era famosa. Por isso foi se sentar e conversar com ela como se a conhecesse. Se Andrea L'Rieux jamais tivesse se tornado a Poeta Laureada dos Estados Unidos, se ela fosse apenas o que Olive havia pensado que ela se tornaria — mais uma mulher com filhos e mais ou menos feliz, mas de forma geral infeliz (suas caminhadas com rosto triste) —, Olive jamais teria se aproximado dela. Ela nem tinha gostado de sua poesia, com exceção do verso sobre a escuridão e as folhas vermelhas. Mas foi se sentar na frente dela porque a garota era famosa. E também porque ela, Olive, era — Andrea estava certa — solitária. Ela, Olive Kitteridge, que definitivamente não teria pensado isso a seu próprio respeito. Ela disse ferozmente em voz alta: "Trate de se lembrar disso, Olive, sua tola, trate de se lembrar disso".

Na semipenumbra do quarto, Olive pegou seu pequeno computador e entrou na página de Andrea no Facebook. Ela nunca tinha deixado um comentário, e de início não entendeu como fazer isso. Mas depois ela conseguiu e escreveu: "Vi seu novo trabalho. Que bom pra você". Ela ficou sentada olhando pela janela para a escuridão do campo; dali só se via um poste, bem longe. Ela voltou ao computador e acrescentou uma frase: "Ainda bem que você não morreu".

Por um longo tempo, Olive ficou sentada na cama; apenas olhando através do vidro para o campo escuro. Parecia-lhe que até então ela nunca tinha realmente entendido o quanto a experiência humana era algo distante. Ela não fazia ideia de quem Andrea L'Rieux era, e Andrea também não fazia ideia de quem Olive era. Ainda assim. Ainda assim. Andrea tinha captado melhor do que ela a experiência de ser outro. Que curioso. Que interessante. Ela, que sempre achou que sabia tudo o que os outros não sabiam. Simplesmente não era verdade. *Henry*. A palavra atravessou a mente de Olive enquanto ela olhava para a escuridão através da janela. Depois: *Jack*. Quem eram eles, quem eles tinham sido? E quem — quem diabos — era ela? Olive pôs a mão na boca enquanto refletia sobre isso.

Depois Olive guardou o computador e voltou para a cama. Ela disse as palavras baixinho: "É, Andrea. Que bom pra você. Ainda bem que você não morreu".

O fim dos dias de Guerra Civil

Os MacPherson viviam em uma casa grande e antiga nos arredores de Crosby, no Maine. Estavam casados fazia quarenta e dois anos, e nos últimos trinta e cinco mal tinham se falado. Mas ainda dividiam a casa. Quando jovem, o sr. MacPherson — seu nome era Fergus — tinha tido um caso com uma vizinha; na época não houve nem perdão nem divórcio. Então eles estavam presos juntos na mesma casa. Em dado momento, a filha mais nova deles, Laurie, tinha voltado por um breve período, seu casamento havia acabado e ela e o filho de seis anos foram morar com eles — tanto Fergus quanto a esposa ficaram felizes com a chegada dos dois, apesar do motivo que os trouxera —, mas logo Laurie disse que o "arranjo contínuo" deles, como ela o chamou, não era nada saudável para seu filho, e ela foi embora, mudando-se para um pequeno apartamento perto de Portland.

O arranjo deles era o seguinte: eles viviam com tiras de fita adesiva amarela separando a sala de estar ao meio; ela atravessava o piso de madeira e passava rente ao tapete que Ethel MacPherson tinha colocado do seu lado da sala; na sala de jantar a fita também estava presente, passando sobre a mesa, dividindo-a exatamente ao meio, estendendo-se pelo ar e depois pelo piso. Toda noite Ethel fazia o jantar, colocava seu prato de um lado da mesa, com a fita no meio, e o prato do marido do outro lado. Eles comiam em silêncio, e, quando Ethel terminava, deixava seu prato do lado da mesa do marido e saía da sala; ele lavava a louça. Anos antes a fita também havia sido passada na cozinha, mas por causa da pia e dos armários, a que ambos os MacPherson precisavam ter acesso, sobretudo de manhã, eles deixaram a fita se soltar em alguns pontos e de modo geral a ignoravam. Como ignoravam um ao outro. Seus quartos ficavam em andares diferentes, então isso não era um problema.

O problema principal, claro, eram as televisões na sala de estar. Em cada lado da fita adesiva, havia uma televisão; a de Fergus era a maior e a de Ethel a mais antiga. Por anos eles ficavam sentados ali à noite — Fergus passando os dedos pela barba; Ethel, nos primeiros anos, às vezes pondo bobes no cabelo, mas no fim ela o cortou curto e o tingiu de um tom amarelo-alaranjado; ela ainda tricotava bastante —, assistindo a programas diferentes em suas televisões, cada um aumentando o volume da sua televisão para abafar o som da outra. Mas alguns anos atrás Fergus — pouco antes de se aposentar na siderúrgica, onde trabalhava como projetista — comprou fones de ouvido especiais com um cabo que parecia um fio de telefone antigo que ele plugava em sua televisão, de modo que agora ele ficava sentado em sua poltrona com os fones, e Ethel podia deixar sua televisão num volume quase normal.

Em todo o caso, a filha mais velha deles, Lisa, viria para a casa dos pais dali a uma semana, fazer sua visita anual, vindo de Nova York, para onde tinha se mudado fazia dezoito anos. Havia alguma coisa nela que Fergus não conseguia explicar direito: ela era uma mulher bonita, mas nunca mencionava um namorado, a não ser uma vez, fazia muito tempo. Agora ela já estava com quase quarenta anos, e o fato de que provavelmente não teria filhos o entristecia. Lisa tinha um lugar especial no coração de Fergus que sua irmã mais nova, Laurie, não tinha, embora ele também amasse Laurie. Lisa trabalhava como assistente administrativa em um departamento da New School. "Então você é secretária", Fergus havia dito, e ela respondeu que sim, bem, basicamente ela era.

Agora — era sexta-feira à noite, início de agosto — Fergus disse alto para a sua televisão: "Merda", e isso fez sua esposa começar a cantar. "Lá-lá-lááá, nã-nã-nããã", ela cantarolou alto, pois odiava quando ele falava palavrão, mas como ele estava com os fones de ouvido e provavelmente não podia ouvir, ela desistiu. Fergus tinha xingado porque a visita da filha ia coincidir com as encenações no parque dos dias de Guerra Civil na semana seguinte, de que Fergus sempre participava, vestindo-se como um soldado da União, marchando para lá e para cá no sábado e atirando com uma espingarda — com balas de festim, claro. Depois ele dormia em sua pequena barraca de lona no parque com os outros soldados, e eles preparavam suas refeições em fogões improvisados, minúsculos, como aqueles usados nos dias da Guerra Civil. A função de Fergus era tocar o tambor, junto com outro homem, um velhote insuportável chamado Ed Moody, que vivia mais abaixo na costa e que, quando se juntou ao grupo anos antes, pareceu achar que cabia a ele tocar o tambor; tinha havido confusão por causa disso, mas o regimento finalmente decidiu que os dois homens podiam tocar um tambor. Na verdade, o entusiasmo de Fergus por essa coisa toda vinha diminuindo, mas, como ele sabia que sua mulher ria dele por participar disso, ele continuava indo. Quando ele parava para pensar a respeito, sempre tinha preferido o grupo St. Andrews — os Highland Games, quando os homens de ascendência escocesa usavam seus kilts e marchavam pelas feiras, as gaitas de foles ganindo; Fergus tocava tambor para eles também, marchando com seu kilt com o padrão xadrez dos MacPherson.

O cachorro, que estava deitado no canto da sala, um cocker spaniel pequeno — e agora velho — chamado Teddy, se levantou e foi até Fergus, abanando o rabo. Fergus tirou os fones. Ethel disse: "Espero que seu pai esteja pensando em te levar pra passear, pois eu não eu estou a fim esta noite", e Fergus disse: "Diga para a sua mãe ficar quieta". Fergus se levantou e, enquanto saía com o cachorro, disse: "Teddy, acho que vamos passar na mercearia", e sua esposa disse: "Espero que Fergus não esqueça o leite". Dessa maneira eles se comunicavam.

Durante anos Ethel tinha trabalhado na secretaria municipal, emitindo licenças de pesca, licenças para cães e coisas desse tipo para as pessoas que iam solicitá-las. Portanto ela era amiga de Anita Coombs, que ainda trabalhava lá, e esta noite, na mercearia, Anita estava na fila quando Fergus chegou com o leite, sua lata de feijões cozidos e seus cachorros-quentes. "Olá, Fergus", disse Anita, o rosto se abrindo feliz. Ela era uma mulher baixa, de óculos, que tinha suas próprias tristezas; Fergus sabia disso por ouvir sua esposa ao telefone. Fergus cumprimentou-a com um aceno de cabeça. "Como vai todo mundo?", perguntou Anita. E Fergus disse que todo mundo estava bem. No bolso dele, sua mão brincava com o maço de notas que ele sempre carregava. Anos antes, sua esposa tinha dito para as meninas que o pai delas era tão mesquinho que, se pudesse, colocaria o papel higiênico para secar, e isso o magoara; desde então, ele carregava um maço de dinheiro consigo, como se para desmentir o que ela dissera.

"Preparando-se para aquelas encenações dos dias de Guerra Civil?", perguntou Anita enquanto pegava seu cartão de crédito e o colocava na maquininha. Fergus disse que sim. Anita apertou os olhos para o cartão na máquina, depois se virou para Fergus e disse, tocando a ponta dos óculos: "Ouvi dizer que talvez vocês não passem a noite no parque este ano. Muitos drogados por lá à noite agora".

Fergus sentiu uma pontada de alarme atravessá-lo. "Não sei", disse. "Acho que estamos considerando todas as possibilidades."

Anita retirou seu cartão, pegou sua sacola de compras retornável e pendurou-a no ombro. "Mande um oi para Ethel", disse; ele falou que faria isso e ela disse: "Muito bom ver você, Fergie", e saiu da loja.

No carro, no estacionamento da mercearia, Fergus pegou o celular e viu uma mensagem de Bob Sturdges, que era o capitão do pequeno exército da Guerra Civil deles. Dizia: Tivemos uns problemas, me ligue quando puder. Fergus ligou para ele do carro e ficou sabendo que o que Anita tinha dito era uma meia verdade: de fato eles não iam passar a noite no parque. Mas Anita se enganara sobre os drogados. Era porque agora havia muitas questões políticas no país, muita gente irritada com as coisas; eles já tinham deixado de ter soldados confederados na unidade deles, mas nunca se sabe. E também os homens estavam ficando velhos. Essas foram as razões que Bob Sturdges deu a Fergus para eles não passarem a noite no parque; Fergus ficou decepcionado e depois, quando desligou, sentiu certo alívio. Quer dizer que eles iriam montar suas barracas no sábado, e ficaria por isso mesmo.

Lisa havia telefonado para dizer que chegaria atrasada; ela tinha pegado um voo para Portland e alugado um carro, e disse aos pais — cada um com uma extensão do telefone na mão —

que ia visitar a irmã no caminho. As meninas nunca foram muito próximas; tanto Fergus quanto Ethel observaram consigo mesmos que era curioso Lisa ir ver Laurie em vez de esperar que Laurie fosse até a casa dos pais com o filho, que era o que ela tinha feito outras vezes.

Agora se ouvia o carro de Lisa se aproximando da entrada, sua mãe foi até a porta e acenou, dizendo: "Olá, Lisa! Olá!". Lisa saiu do carro e disse: "Oi, mãe", e elas meio que se abraçaram, que era o que sempre faziam, uma espécie de semiabraço. "Deixa eu te ajudar", disse a mãe, e Lisa falou: "Não se preocupe, mãe, deixa comigo". O cabelo escuro de Lisa estava preso atrás num rabo de cavalo baixo, mais comprido do que no ano anterior, e seus olhos escuros — sempre grandes — brilhavam iluminados. Ethel observou a filha se aproximando com sua malinha e disse: "Você está apaixonada". Foi por causa da expressão de Lisa que sua mãe disse isso; havia uma camada extra de beleza em seu rosto.

"Ah, mãe", disse Lisa, fechando a porta atrás de si.

Alguns anos antes, Fergus tinha tido uma aventura com uma mulher nas encenações dos dias de Guerra Civil. Seu nome era Charlene Bibber, e ela era uma das mulheres que se vestiam com uma saia-balão, um xale e um pequeno chapéu junto com um punhado de outras mulheres vestidas assim — a maioria esposas dos supostos soldados. Naquela noite Fergus tinha bebido um pouco de uísque, foi parar nos limites do parque — era uma noite linda —, e ali estava Charlene, cujo marido fora um dos tais soldados até morrer no ano anterior. Fergus disse: "Você está uma belezura esta noite", e ela riu. Na verdade, Charlene tinha cabelo grisalho e era gordinha, mas naquela noite ela parecia exalar alguma coisa que Fergus queria. Ele a pegou pela cintura e brincou com ela um pouco, enquanto ela dizia: "Fergie, seu danadinho!". Rindo ao dizer isso, e então eles fizeram aquilo junto do coreto; a surpresa de tudo e a agitação de erguer aquela maldita saia-balão fizeram a situação parecer excitante. Mas quando acordou em sua barraca na manhã seguinte, ele pensou: Ah, Jesus, e foi atrás dela e sussurrou um pedido de desculpas. Ela agiu como se nada tivesse acontecido, o que ele achou extremamente rude.

"Escute, gente", disse Lisa. Ela tinha dado um beijo no pai, que se levantara para cumprimentá-la e que agora estava sentado em sua poltrona. Lisa havia sentado numa cadeira de frente para a mãe, ao lado da televisão da mãe, mas depois se levantou e moveu a cadeira, para que ela ficasse bem em cima da faixa de fita amarela; ela virou a cabeça para lá e para cá a fim de olhar para os pais. Tocou na franja comprida que caía em seu rosto, afastando-a ligeiramente para o lado. "Eu parei para ver Laurie no caminho..."

Fergus disse: "Nós sabemos, Lisa. Que bom que você fez isso."

Lisa lançou um olhar para ele e disse: "Eu contei a ela uma coisa, e ela disse que eu devia contar pra vocês, que se eu não contasse ela faria isso — então eu tenho que contar". O cachorro estava sentado aos pés de Lisa, e ele subitamente ganiu e abanou o rabo, cutucando a calça jeans dela com o focinho.

"Então conte pra gente", disse Ethel. Ethel lançou um olhar para o marido; ele olhava impassível para Lisa.

Lisa alisou seu longo cabelo castanho preso sobre o ombro, e seus olhos estavam muito brilhantes. "Fizeram um documentário." Ela disse isso e ergueu as sobrancelhas. "Estrelado por mim." Então ela se virou para o cachorro, afagando-o e fazendo sons de beijo para ele.

Fergus disse: "Como assim, um documentário?".

"É o que eu falei", respondeu Lisa.

Fergus se endireitou na cadeira. "Espera. Você está estrelando um documentário? Eu não sabia que os documentários tinham estrelas."

"Diga para o seu pai ficar quieto", disse Ethel. "Me fale desse documentário. Como assim? Você vai ser a estrela dele? Querida, que coisa mais empolgante."

Lisa assentiu com a cabeça. "Bem, é, pra falar a verdade. É bem empolgante."

Algumas vezes no verão, depois dos Highland Games em junho, Fergus vestia seu kilt — não aquele com o padrão xadrez dos MacPherson, mas outro de uma cor só; ele tinha engordado e comprado este último numa loja por apenas vinte e um dólares e noventa e nove centavos, o preço lhe agradara — e saía para caminhar pelas ruas de Crosby. Gostava disso; as pessoas eram simpáticas, e a textura do kilt era agradável; ele o usava com uma camiseta cinza que combinava com sua barba grisalha, e também colocava seu tênis marrom. As pessoas, geralmente veranistas, paravam para conversar com ele, elas falavam de seu próprio passado escocês, quando havia um, e ele sempre ficava surpreso — e feliz — com a quantidade de gente que tinha esse orgulho de seus ancestrais. Anos antes, um bando de garotos perto da High Street havia gritado: "O que é que um escocês usa embaixo do kilt? Um pau, um pau", e eles caíram na gargalhada. Ele teve vontade de atirar pedras nele, mas claro que não fez isso, e com o passar dos anos percebeu que esse tipo de coisa passou a acontecer cada vez menos, portanto ele tinha sua própria teoria, a de que as pessoas estavam se tornando mais tolerantes — em relação a um homem usar kilt, de qualquer forma, se não tolerantes também com toda a bagunça do país —, e isso o deixava contente.

"Sobre o seu trabalho?", Ethel estava perguntando a Lisa. "Ou é um documentário sobre alguém de uma cidade pequena que vai morar em Nova York?"

Lisa fechou os olhos e abriu de novo. "Sobre o meu trabalho", disse. Ela se levantou. "Ah, gente, vamos falar disso depois. Vou lá desfazer a minha mala."

Fergus disse: "Não, conte pra gente agora, Lisa. Desembucha, garota. Não é todo mundo que é estrela num documentário".

Lisa olhou para ele. "Bem. Certo. Agora escutem, vocês dois. Sou uma dominatrix", ela disse.

Fergus não conseguia pegar no sono. Ele fitava o escuro acima de sua cabeça. Fechou os olhos e sentiu medo na hora, por isso manteve os olhos abertos, mas assim ele não conseguia dormir. Depois de quase duas horas, saiu da cama, foi até o corredor e aguçou os ouvidos; ouviu Lisa se movendo pelo quarto, então bateu de leve na porta.

"Pai?" Ela deu um passo para trás para ele entrar. Ela estava de pijama; uma coisa cor-de-rosa que parecia de seda, a calça era comprida.

"Sabe, Lisa", ele disse. Levou a mão à nuca. "Sabe, se é de dinheiro que você precisa, juro por Deus, é só dizer. Eu não devia ter imaginado que você poderia dar conta lá sozinha..."

"Pai, não se trata de dinheiro. Bem, ele também pesa, acho, mas a questão não é essa." Lisa pôs a mão no cabelo, que estava solto, e o alisou por cima do ombro; ele parecia brilhante aos olhos de Fergus, como num comercial de televisão.

Ele se sentou na cama dela; suas pernas pareciam bambas. "Qual é a questão?", perguntou.

"Ah, pai." Ela olhou para ele com tanta tristeza no rosto que ele desviou os olhos.

Mais cedo — naquela tarde, depois de muita confusão, especialmente por causa de Ethel, que não entendia o que era uma dominatrix e ficava dizendo: "Eu simplesmente não entendo o que você quer dizer, Lisa" —, Lisa, depois de explicar à mãe o que ela fazia como dominatrix, que ela se fantasiava e realizava as fantasias sexuais dos homens, tinha dito aos pais: "As pessoas precisam ser esclarecidas".

"Por quê?" Ethel e Fergus perguntaram ao mesmo tempo.

"Para que *elas* possam *entender*", disse Lisa. "Como a mãe, que nem sabe o que a gente faz."

Fergus tinha cruzado a fita sem querer e passado para o lado da mulher na sala de estar. "As pessoas não precisam entender esse tipo de comportamento. Meu Deus, Lisa." Ele puxou a barba, caminhando em volta. Depois disse: "Você só está empolgada porque algum infeliz, algum maldito idiota, decidiu fazer um filme sobre isso".

"Um documentário", disse Lisa. Ela disse, quase exasperada: "Não tem a ver com sexo, pai. Eu não sou *prostituta*, pai". Ela acrescentou, erguendo os olhos para ele: "Eu não faço sexo com nenhum desses homens, sabe".

"Eu não entendo", disse Ethel, passando a mão pelo cabelo; ela se levantou e olhou em volta, depois se sentou de novo. "Eu realmente não entendo nada disso."

Fergus ficou intrigado, mas também — só de leve — aliviado em saber que ela não fazia sexo com ninguém, mas disse: "Como assim não tem a ver com sexo? Claro que tem a ver com sexo, Lisa. Fala sério".

"Tem a ver com atuar. Com se fantasiar." O tom de Lisa era o de alguém que tentava ser paciente. "Se vocês assistissem, podiam aprender alguma coisa. Laurie assistiu."

"Você está com ele aí?", perguntou Fergus.

"Sim, tenho um DVD. Não estou sugerindo que vocês assistam, só estou dizendo que *caso* isso aconteça..."

Agora, tarde da noite, Lisa apenas disse, ainda com tristeza no rosto: "Vá dormir, pai. Eu jamais deveria ter contado. Foi um erro. Mas, sabe, vocês poderiam acabar descobrindo, porque vai ser divulgado, e achei que vocês deviam saber".

"Você não faz sexo com esses homens?", perguntou Fergus.

"Não faço, pai. Não."

Fergus saiu do quarto. "Boa noite", disse.

"Bons sonhos", disse Lisa atrás deles.

E Fergus não pôde acreditar que ela tivesse dito isso.

De manhã, Fergus dormiu até tarde — ele demorou séculos para pegar no sono — e, quando acordou, ouviu Lisa e a mãe na cozinha. Ele se ajoelhou e pegou seu uniforme da Guerra Civil no baú embaixo da cama; o chapéu parecia achatado, e ele o sacudiu algumas vezes. O uniforme todo parecia amassado; ele não o tinha levado à lavanderia para passar, como fizera outras vezes. "Ah, pelo amor de Deus", murmurou. Ele o vestiu, pegou a pequena escova do bigode, tentou deixá-lo curvado nas pontas, foi ao banheiro e passou spray de cabelo no bigode, o spray entrou em seus olhos, e ardeu horrores.

Na cozinha, com a luz do sol jorrando pela janela, ele disse a Lisa: "Bom dia", ela sorriu para ele — "Oi, pai" —, ele se serviu de uma tigela de cereais, foi para a sala de estar e fez uma coisa que nunca fazia, sentar do lado da fita que era de Ethel, e fez isso para poder ouvir melhor o que elas estavam dizendo. Mas as duas falavam sobre panos de prato. Panos de prato! Lisa estava dizendo que queria passar naquela loja perto do Cook's Corner, que tinha panos de prato bonitos, e Ethel estava murmurando alguma coisa como Certo, elas podiam fazer isso. Fergus terminou de comer seu cereal, voltou à cozinha, enxaguou a tigela e disse a Lisa que estava saindo e a veria à noite. "Divirta-se", disse Lisa. Então sua esposa falou: "Diga a seu pai para ter um bom dia", o que o surpreendeu um pouco, e ele disse a Lisa para agradecer à sua mãe.

Mas ele não teve um bom dia. Depois de pegar sua barraca na garagem, ele a pôs na traseira da caminhonete e, quando chegou ao parque, todo mundo já estava lá; na verdade, ele ouviu os tiros antes mesmo de estacionar. O grupo parecia heterogêneo dessa vez, não havia tantos homens como de costume, ele pegou sua barraca e foi até Bob Sturdges, que o cumprimentou e disse: "Lá", apontando para um lugar perto das barracas onde Fergus devia colocar a sua, e Fergus já estava bastante incomodado com o calor dentro daquele uniforme enquanto montava o maldito troço. Ele não conseguia parar de pensar em Lisa. Pensou em quando ela era uma garotinha, em casa depois da escola no fim do dia: ela sempre fora do tipo alegre, ao contrário de Laurie, que tendia ao mau humor.

Um dos homens próximos — Fergus não conseguia lembrar o nome dele — estava cozinhando alguma coisa numa grelha minúscula colocada sobre uma pequena fogueira, e Fergus pegou seu café — ele tinha trapaceado e moído os grãos antes —, sua caneca de alumínio e foi se sentar com o homem, que disse: "Olá, Fergus!". Fergus fez seu café, sentindo-se um idiota, e ficou lá sentado tomando-o com o homem, cujo nome ele enfim lembrou, Mark Wilton. "Hoje não vieram muitos caras", disse Mark, e Fergus disse que era verdade, que eles não eram muitos.

Acima deles o sol batia com força; eles estavam sob a sombra minúscula de um carvalho, mas quase todo o parque estava tomado pelo sol. Os carvalhos e plátanos salpicavam aquele brilho todo, e Fergus de repente se lembrou do parque na época em que ele era criança ali; havia olmos naqueles tempos, e suas folhas eram tão grandes, tão espessas, que o parque parecia decorado com guirlandas. Em sua lembrança, a grama também era mais verde, na verdade hoje em dia toda uma parte do parque era só terra, por causa do mercado de agricultores que se instalava ali duas vezes por semana, os carrinhos matando a grama.

Ao se virar, Fergus viu uma mulher caminhando na direção deles com um vestido comprido, saia inflada, de um azul brilhante, ela segurando um pequeno guarda-sol azul para se proteger do sol. Ele podia ver o rosto dela, e o que o surpreendeu foi seu ar de quase presunção. Mas não era tanto presunção, ele percebeu, e mais uma alegria reprimida por poder usar um vestido daqueles hoje. Ela era uma mulher grande, e o vestido a fazia parecer ainda maior. "Olá, Fergus", ela disse ao se aproximar dele, e santo Deus se não era Charlene Bibber.

"Olá, Charlene, que vestido impressionante você está usando hoje." Fergus assentiu com a cabeça para ela.

"É verdade", disse Mark Wilton. "Olha só pra você."

"Bem, obrigada, rapazes. Eu mesma fiz este vestido *à mão*." Charlene ficou ali parada, algumas gotas de suor formando uma linha sobre seu lábio superior. "Pensei comigo, não havia máquinas de costura naqueles dias, então vamos lá, Charlene, você consegue, e eu fui e fiz."

Fergus se levantou, pedindo que o desculpassem, mas ele tinha esquecido uma coisa em casa.

"O que você esqueceu?", perguntou Charlene, e ele apenas balançou a cabeça. Enquanto entrava na caminhonete, ele viu que ela continuava a observá-lo.

Quando chegou em casa, ficou surpreso ao ver o carro de Laurie, e ainda mais surpreso quando viu seu neto, Teddy — em homenagem ao cachorro —, sentado no banco de trás. "Meu ursinho Teddy", disse Fergus, abrindo a porta do carro. "O que você está fazendo aqui sozinho?"

O garoto o fitou com ar sério. "A mãe disse que eu não podia entrar, que a conversa era sobre uma coisa que eu não podia ouvir."

"Ulalá", disse Fergus. Ele era louco por aquela criança. "Você não está com calor?"

O garoto fez que sim com a cabeça. "Mas eu deixei os vidros abertos. Ela disse que não ia demorar."

"Há quanto tempo ela está lá dentro?"

O garoto deu de ombros. "Não sei. Não faz muito tempo, acho. Eu só..." Ele lançou um olhar infeliz em volta. "Eu só não queria ter que ficar aqui." Depois ele disse, intrigado: "Vovô, você está com seu uniforme. Ele está diferente".

"Venha sentar na varanda, pelo menos", disse Fergus. "Venha, eu assumo a culpa se você ficar em apuros porque foi para a varanda. Venha, meu Ursinho." Então Teddy saiu do carro carregando um livro e se sentou no primeiro degrau da varanda.

"Por que o seu uniforme está parecendo diferente?", perguntou Teddy.

"Ah, eu não levei pra passar."

"Pra passar?", perguntou Teddy, estreitando os olhos na direção do avô.

"Passar a ferro. Deve ser por isso que está diferente." Fergus olhou para a sua calça e ficou chocado em ver como ela estava amarrotada.

Pela janela aberta veio uma súbita gritaria.

Teddy olhou assustado para Fergus, e Fergus disse: "Certo, garoto, de volta ao carro. Venho te buscar logo. Prometo". Então o garoto voltou para o carro e disse: "Vai ficar tudo bem, não vai?". Fergus disse: "Claro que sim", e achou que a expressão do garoto relaxou um pouco, e isso provocou um prazer absurdo em Fergus.

"Ela te contou?" Laurie atirou as palavras no pai assim que ele entrou em casa. "Contou?"

"Contou", disse Fergus. "Apenas se acalme."

"Que ela enfia alfinetes no pênis dos homens? Ela te contou isso?"

Fergus precisou se sentar. "Pelo amor de Deus, Laurie. Pare com isso." Seu escroto pareceu murchar quando ele disse isso.

"Você está me mandando parar? Não acredito que você está me mandando parar. Eu sou a normal da família! Ah, meu Deus, a sua filha é uma *prostituta* e você está dizendo que *eu* é que devo me acalmar." O pescoço de Laurie se esticou um pouco para a frente ao dizer isso.

"Sim, eu estou", disse Fergus. "Estou pedindo para você se acalmar já, Laurie MacPherson. Isso não está ajudando nem um pouco."

Laurie se virou para a mãe. "Mãe. Me ajude aqui. Por favor."

Mas Ethel, que estivera parada atrás de sua cadeira, agora se sentou nela e apenas disse: "Ah, Laurie". Ela acrescentou: "Mas ela não é prostituta, Laurie. Acho".

"Ah, meu Deus", disse Laurie. Ela deixou cair a carteira no chão e pôs as duas mãos no quadril.

"É que eu não sei o que dizer", disse Ethel. "Não está vendo? Eu simplesmente não sei o que *dizer*. A coisa toda tem sido… tem sido horrível."

"É *mesmo*?" Laurie fez um pequeno gesto dramático de cabeça ao dizer isso.

Fergus disse: "Laurie, pelo amor de Deus, se acalme, caramba. Agora".

Laurie apertou os lábios, se abaixou e pegou sua carteira. Ela disse baixinho: "Esta é a família mais doentia que já passou pela face da Terra". Ela se virou e saiu pela porta, batendo-a tão forte que uma panela do outro lado da cozinha caiu da prateleira.

Fergus se levantou e foi atrás dela. "Meu Ursinho Teddy", ele disse ao neto, curvando-se para falar com ele pela janela do carro, "a gente vai se ver logo. A sua mãe agora está brava, mas ela vai melhorar, e aí nós dois podemos ir pescar."

"Pescar", disse Laurie, enquanto punha o cinto de segurança. "Nem sonhando vocês vão pescar." E ela foi embora cantando pneus, seu pobre filho de olhos baixos enquanto Fergus acenava para ele.

Na sala de estar, Lisa parecia serena. Ela vestia camiseta branca e calça jeans, com ar jovial. Estava falando com a mãe e virou um pouco o corpo para incluir o pai na conversa, quando ele entrou e se sentou em sua cadeira. Um olhar para Ethel fez com que Fergus realmente sentisse pena da esposa; ela parecia assustada, e fisicamente menor. Lisa estava dizendo: "Sabe, eu só quero dizer uma coisa, a sra. Kitteridge nos disse, anos atrás, naquela disciplina de matemática — jamais vou esquecer —, um dia ela apenas interrompeu um problema de matemática que estava resolvendo no quadro-negro, ela se virou e disse para a turma: 'Vocês todos sabem quem vocês são. Se apenas olharem e ouvirem vocês mesmos, vocês vão saber exatamente quem vocês são. Não se esqueçam disso'. E eu nunca me esqueci. Isso meio que me deu coragem ao longo dos anos, porque ela tinha razão: eu sabia de fato quem eu era".

"Você sabia que era uma... uma dominatrix?", perguntou Fergus. "É isso que você está dizendo?"

"Mais ou menos, sim, é isso que eu estou dizendo. Eu sabia, eu sempre soube que amava me fantasiar, e gosto de dizer o que as pessoas devem fazer, eu *gosto* de gente, pai, essas pessoas têm certas necessidades e eu consigo realizá-las, e isso é uma coisa incrível."

Ethel disse: "Eu simplesmente não estou entendendo. Não estou entendendo nada". Seus olhos pareciam virar em direções diferentes; essa foi a impressão que Fergus teve quando olhou de novo para ela. Ele também reparou que a raiz do cabelo dela estava escura e que as partes amarelas estavam arrepiadas; ela devia estar passando a mão ali — sim, olha só, foi o que ela fez, passou a mão no cabelo. "Querida, estou tentando", disse Ethel. "Lisa, estou tentando, mas eu simplesmente não *entendo*."

Lisa assentiu com a cabeça com toda a paciência. Seus olhos escuros reluziam e seu rosto tinha aquele brilho de quando ela havia chegado à casa dos pais. "É exatamente por isso que estamos fazendo o documentário. Porque as pessoas não precisam mais se sentir tão... tão, tão, sabe, marginalizadas por gostarem dessas coisas. É um comportamento humano, nada mais, é isso que a gente está tentando dizer." Ela alisou o cabelo sobre o ombro; ela tinha uma confiança que era notável.

Fergus limpou a garganta e se inclinou para a frente com os cotovelos nos joelhos. "Se colocar agulhas no pênis de um homem é um comportamento humano aceitável, então alguma coisa está muito, muito errada." Ele puxou a barba. "Meu *Deus*, Lisa." Ele se levantou e se virou para sair, depois deu meia-volta e disse: "Comportamento humano? Pelo amor de Deus, os campos de concentração nazistas também eram um comportamento humano. Que conversa furada é essa de defender o comportamento humano? Francamente, Lisa!".

Então vieram as lágrimas. Baldes delas. Lisa chorava, chorava, os olhos borrando e fazendo a maquiagem preta escorrer pelo rosto. Como ele podia dizer que ela era uma *nazista*? Como ele podia *dizer* uma coisa dessa? Então, depois de alguns minutos de um choro ruidoso, ela disse que era por causa da ignorância. Ela se levantou; havia uma mancha de rímel preto em sua camiseta branca. "Eu te amo, pai", disse. "Mas você é ignorante."

À beira da estrada estava Anita Coombs, ao lado de um carro azul baixo com o para-choque amassado. Fergus encostou a caminhonete e saiu. Não havia outros carros passando, era na estrada para o Cabo, e só se viam campos em volta. O sol batia forte, fazendo o para-choque de Anita reluzir. "Ah, Fergie", ela disse enquanto ele se aproximava. "Nossa, que alívio ver você. Este maldito carro quebrou."

Fergus estendeu a mão e ela lhe entregou a chave. Espremido no banco do motorista, ele tentou dar a partida, mas nada aconteceu. Tentou mais algumas vezes, depois saiu, dizendo: "Apagou. Você já chamou alguém?".

"Já." Anita soltou um longo suspiro e olhou para o relógio. "Disseram que chegariam em quinze minutos, e já faz meia hora."

"Deixa que eu ligo pra eles", disse Fergus; ele pegou o celular de Anita, ligou para o pessoal do guincho e falou rispidamente com eles. Depois devolveu o telefone a ela. "Certo", disse. "Eles estão a caminho." Ele se encostou no carro e cruzou os braços. "Eu espero com você", acrescentou.

"Obrigada, Fergie." Anita parecia cansada. Ela pôs as mãos nos bolsos da frente de sua calça jeans e balançou a cabeça devagar. Então disse: "Para onde você estava indo?".

"A lugar nenhum", disse Fergus, e Anita assentiu com a cabeça.

Era domingo à tarde. Na noite anterior, Fergus tinha voltado ao parque às escuras e encontrado sua barraca, ainda armada ali, sozinha — ele ficara vagamente surpreso em ver que ela ainda estava lá —, e ele a desmontou e pôs na parte de trás de sua caminhonete. Agora, ali na parte de trás, também estavam, em um saco de lixo, seu uniforme da Guerra Civil, a bota e o chapéu. Nesta manhã, depois do café — Lisa tinha parecido calma de novo, em nenhum momento mencionou seu documentário ridículo —, Lisa disse: "Vou ligar para a Laurie. Não gosto que ela esteja tão brava comigo". Fergus quase falou: "Eu também estou bravo com você", mas não disse nada; apenas recolheu a louça e a lavou, enquanto Ethel continuava na mesa da sala de jantar, tamborilando os dedos nela. Ambos ouviam, vindo do quarto de Lisa, a voz dela, sem entender, porém, as palavras. Lisa continuou falando, falando, e depois de algum tempo Ethel disse: "Venha, Teddy", e levou o cachorro para passear. Quando voltou, ela perguntou: "Ainda no telefone?". Passado um momento, Fergus respondeu: "Sim". Depois ele disse: "Teddy, diga à sua mãe que eu vou dar uma volta de carro", e ele tinha saído de caminhonete com a intenção de ir até o Cabo e jogar seu uniforme da Guerra Civil em alguma lixeira de lá. Na caminhonete, tinha dito em voz alta algumas vezes: "Creag Dhubh!", que era o grito de guerra do clã MacPherson, mas depois ele parou; pensou nos Highland Games e se perguntou se aquilo também não era uma tolice: ir lá todo verão com seu kilt e ficar gritando aquilo com o restante do clã.

Agora ele perguntou para Anita: "O que você acha de Olive Kitteridge?".

"Olive?", disse Anita. "Ah, eu sempre gostei dela. Nem todo mundo acha que ela é flor que se cheire, mas eu gosto dela." Depois de um instante, disse: "Por que a pergunta?", e Fergus apenas balançou a cabeça. Anita deu uma breve risada. "Foi ela quem — Ethel te contou? — sugeriu pra gente, quando estávamos preenchendo aquelas licenças de pesca e havia a pergunta sobre o peso da pessoa, Olive disse: 'Por que vocês não perguntam para as pessoas quanto elas acham que um guarda-florestal diria que elas pesam?'. Achei brilhante. Sabe, a gente recebe aqueles gordinhos e não quer simplesmente perguntar: Ei, quanto você pesa? Então começamos a fazer isso."

"Anita", disse Fergus, virando-se para ela. "É uma loucura este mundo em que a gente vive."

"Ah, eu sei", disse Anita distraidamente. Ela assentiu com a cabeça. "Uhum, eu sei." E acrescentou: "Acho que sempre foi assim".

"Você acha?", perguntou Fergus. Ele olhou para ela através de seus óculos escuros. "Você acha mesmo que sempre foi assim tão ruim? Tenho a impressão de que as coisas estão ficando mais malucas."

Anita deu de ombros. "Acho que sempre foi maluco. Pelo menos é o que eu acho."

Então Fergus pensou a respeito.

Depois de alguns instantes, ele disse: "As coisas vão bem com você, Anita?".

Ela soltou um suspiro que fez suas bochechas inflarem por um momento. "Que nada." Ela olhou para um lado e para o outro da estrada e disse: "Gary anda mal desde que foi demitido, e isso já faz alguns anos, e os meus filhos são doidos". Ela olhou para Fergus, desenhando um círculo com o dedo em volta da orelha. Ela disse: "Sério, doidos mesmo". Ela balançou a cabeça. "Sabe o que o meu filho mais velho anda fazendo? Ele assiste a um reality show japonês no computador em que os participantes cheiram a bunda um do outro."

Fergus lançou um olhar para ela. "*Meu Deus*", disse. Depois continuou: "Convenhamos, Anita, o mundo com certeza ficou mais doido".

"Ah, talvez um pouco, vai saber." Anita encolheu os ombros de leve.

Fergus por fim disse, olhando para o chão: "É, filhos. O que se pode fazer?".

"Nada", respondeu Anita. "Como estão as suas meninas?"

"Ah, elas também são doidas. Malucas até não poder mais." Ele viu o caminhão do guincho chegando pelo campo, fez sinal para ele e Anita disse: "Ah, que bom".

"Você vai precisar de dinheiro para o guincho", disse Fergus. "Você tem?"

"Não, só o meu cartão de crédito."

Fergus pôs a mão no bolso e deu a Anita seu maço de dinheiro.

Ele esperou até o caminhão do guincho ir embora, Anita no banco da frente, acenando para ele, depois entrou em sua caminhonete e dirigiu até o Cabo, onde jogou seu uniforme no lixo, empurrando o saco até o fundo da lixeira. Ficou pensando nos filhos de Anita, quão doidos eles eram ou não eram. Ficar vendo as pessoas cheirar a bunda umas das outras? Santo *Deus*. Isso era mesmo uma doideira do caramba.

De volta em casa, ele ficou surpreso outra vez por ver o carro de Laurie na entrada, mas nada de Teddy dentro, e quando entrou ouviu sua televisão ligada. Ele sabia que era a sua, e não a de Ethel, por causa do som que ela fazia. Foi direto até a sala de estar e encontrou Ethel e suas filhas todas sentadas na poltrona reclinável dele, Ethel no meio e as meninas uma em cada braço, e ele estava prestes a abrir a boca para dizer Que diabos, quando viu o que estava passando na televisão, era Lisa, ela com uma roupa de couro, segurando um chicote, ela estalou o chicote e um homem gemeu; o rosto dele estava no chão, virado de lado, a imagem do rosto desfocada, mas o traseiro dele estava nu, e de novo aquela mulher — Lisa — o chicoteou e de novo ele gemeu.

"Desliguem isso", disse Fergus. "Desliguem já isso." Sua esposa apertou um botão no controle remoto e a tela ficou azul, com exceção do sinal de DVD. "E quem foi que disse que vocês podiam usar a minha TV?", acrescentou Fergus.

Lisa disse: "A gente precisava, pai, porque a da mãe é muito antiga para conectar um DVD, e ela disse que estava disposta a tentar assistir, e a Laurie também...".

"Pai", disse Laurie. "Você não vai acreditar. Ela fez um

cara rolar sobre umas cem bananas esmagadas e aí... ah, meu Deus, pai, ela *cagou* nele!"

Fergus lançou um olhar duro para Laurie. "E o que foi que te fez mudar de opinião sobre esse lixo?"

Laurie disse: "Bom, Lisa e eu tivemos uma conversa bem longa, eu comecei a pensar no assunto, e acho que talvez ela tenha razão, as pessoas deveriam ser educadas, então eu vim assistir com a mãe. A mãe disse que ia tentar, porque, sabe, é a Lisa, é a filha dela...".

"Cadê o Teddy?" Fergus olhou em volta.

"Ele está na casa do pai. É domingo."

Fergus teve uma sensação estranha de não saber exatamente onde ele próprio estava. Ele disse para Lisa: "Você cagou num homem?".

Lisa baixou os olhos. "É o que ele curte, pai."

Fergus foi até o aparelho de televisão, e então se deu conta de uma sensação estranha, seus olhos ficaram embaçados muito rápido e, sem o menor aviso de que seu corpo faria isto, ele caiu com tudo no chão, batendo a cabeça no canto da TV; por um breve momento, viu estrelas. Quando voltou a si, ouviu a conversa alta de mulheres, esta seria a sua família, elas tentavam sentá-lo, foi o que fizeram, e logo ele estava de pé e elas empurrando-o em direção ao carro.

Tudo o que Fergus queria era ficar deitado e encolhido, isso ficava passando pela cabeça dele, só se encolher, se encolher, se encolher, e quando elas o levaram ao hospital, ele fez isso, se deitou e se encolheu no chão da sala de emergência, e sem demora um enfermeiro veio e o levantou, depois ele foi parar numa cama estreita e se encolheu na cama. Quando alguém tentava endireitar suas pernas, ele as dobrava de novo, quase até o peito, e sua cabeça também estava abaixada. Tudo o que ele queria era ficar encolhido, de olhos fechados.

No fim, alguém disse "sedativo", e ele pensou: Sim, me deem isso, e devem ter dado, porque ele dormiu profundamente, e quando acordou se sentiu assustado, sem saber onde estava.

"Pai?" Era Lisa, curvando a cabeça, falando baixinho com ele. "Ah, pai, sabe de uma coisa? Você está bem! Ah, meu Deus, pai, que susto você nos deu, mas você está bem. Eles vão te manter aqui esta noite, mas você está bem, pai."

Ela pegou a mão dele, e ele a apertou.

Depois Laurie apareceu, e ela disse: "Ah, pai, ficamos com tanto medo", e ele assentiu.

Depois ele ficou sozinho e pegou no sono de novo. Quando acordou, soube na hora que estava no hospital e que era noite, uma pequena luz estava acesa acima de sua cama hospitalar. Ele fechou os olhos de novo.

Enquanto estava ali deitado, se deu conta de que alguém acariciava seu braço bem devagar, ritmadamente, para lá e para cá a mão percorria seu braço. Ele manteve os olhos fechados para que aquilo continuasse, e foi o que aconteceu. Depois que alguns minutos se passaram — quantos seriam? —, ele virou a cabeça, abriu os olhos e viu que era sua esposa. Ela parou quando percebeu que ele a observava e pôs a mão no colo.

"Ethel", disse ele. "O que foi que a gente fez?"

"Em relação a quê?", ela perguntou baixinho. "Em relação à nossa vida ou às nossas filhas?"

Ele disse: "Não sei o que eu quero dizer". Depois de um momento ele disse: "Você precisa me falar dos filhos da Anita. Não agora, mas algum dia, em breve".

"Ah", disse Ethel. "Eles são doidinhos."

"Ao contrário das nossas", disse ele.

Ethel disse: "Ao contrário das nossas".

Então ele apontou com a cabeça para o braço, um pequeno gesto, mas casados havia tanto tempo como eles eram, ela entendeu. Ela começou a acariciar o braço dele de novo.

Coração

Olive Kitteridge abriu os olhos.

Ela tinha estado em algum lugar — fora absolutamente encantador — e agora onde é que ela estava? Alguém parecia estar dizendo seu nome. Depois ouviu sons de bipe. "Sra. Kitteridge? A senhora sabe onde está?" Onde quer que ela estivera era um lugar muito ensolarado, e aqui não havia sol, apenas luzes acima dela. "Sra. Kitteridge?"

"Hum", ela disse. Tentou virar a cabeça, mas ela não se movia. Um rosto apareceu bem acima do dela. "Olá", disse ela. "Quem é você? É o Christopher?"

Uma voz de homem disse: "Sou o dr. Rabolinski. Sou cardiologista".

"É mesmo", disse Olive, e ela moveu os olhos de volta para as luzes.

"A senhora sabe onde está?", disse a voz do homem.

Olive fechou os olhos.

"A senhora sabe onde está, sra. Kitteridge?" A voz estava começando a ficar irritante. "Sra. Kitteridge, a senhora está no hospital."

Olive abriu os olhos. "Ah", disse. Ela pensou sobre isso. "Bem, que inferno", disse. Os sons de bipe continuavam. "Já chega."

Agora uma mulher se inclinava sobre ela. "Olá, sra. Kitteridge?"

Olive disse: "Foi tão bom. Como foi bom".

"O que foi bom, sra. Kitteridge?"

"Onde quer que eu estivesse", disse Olive. "Onde é que eu estava?"

"A senhora estava morta." Era a voz do homem.

Olive continuava olhando para cima, para as luzes. "Você disse que eu estava morta?", perguntou ela.

"Exato. A senhora não tinha pulso."

Olive pensou sobre isso. "Petúnias", disse, "dão tanto trabalho." Ela disse isso porque lhe veio a imagem de flores mortas sendo arrancadas. E arrancar as flores mortas das petúnias era um trabalho constante. "Por Deus", disse, pensando em petúnias lilases. "O tempo todo", disse.

"O tempo todo o quê? Sra. Kitteridge?" Era a voz da mulher, que ficava aparecendo e desaparecendo.

"Petúnias", disse Olive.

Então o som das vozes diminuiu, eles estavam falando entre si, e o som do bipe continuava. "Daria pra fazer isso parar?", Olive perguntou ao teto.

O rosto da mulher, um rosto comum, voltou para seu campo de visão. "Fazer o que parar?"

"Esse bipe-bipe-bipe-bipe." Olive tentou se lembrar de quem era aquela mulher; havia algo familiar nela.

"É o som do monitor cardíaco, sra. Kitteridge. Com isso podemos saber que o seu coração está batendo."

"Bem, é só desligar", disse Olive. "Quem se importa?"

"A gente se importa, sra. Kitteridge."

Olive pensou em tudo o que tinha acontecido até então. "Ah", disse. Depois disse: "Ah, *merda*. Sinceramente. Mas que porra". O rosto da mulher desapareceu. "Eeei", disse Olive. "Ei, eeeei. Desculpe, não sei por que eu falei 'merda'. Eu nunca digo 'merda'. Eu odeio a palavra 'merda'." Ninguém pareceu ter ouvido isso, embora ela escutasse vozes por perto. "Certo", disse Olive, "vou voltar agora." Ela fechou os olhos, mas o bipe continuou. "Ah, pelo amor de Deus."

O rosto do homem reapareceu. Olive gostava mais do homem do que da mulher. Ele perguntou: "Qual é a última coisa de que a senhora lembra?".

Olive pensou a respeito. "Bem", disse. "Não sei dizer. O que eu deveria dizer?"

"A senhora está indo bem", respondeu o homem.

Que homem gentil. "Obrigada", agradeceu Olive. Depois ela disse: "Eu gostaria de voltar agora, por favor".

O homem falou: "Infelizmente não vai ser possível voltar para casa por algum tempo, sra. Kitteridge. A senhora teve um ataque cardíaco. Está entendendo?".

Quando ela acordou de novo, havia um homem diferente ali; ele parecia quase um garoto. "Olá", disse ela. "Qual o seu nome?"

"Jeff", respondeu o sujeito. "Sou enfermeiro."

"Olá, Jeff", disse Olive. "Bem, diga lá por que é que eu estou aqui."

"A senhora teve um ataque cardíaco." O sujeito balançou a cabeça, empático. "Sinto muito."

Olive moveu os olhos para olhar ao redor. Havia muitas máquinas, muitas luzinhas, e ainda aquele som de bipe. Depois olhou para o braço e viu que havia coisas presas nele. Sua garganta estava estranha, meio dolorida. Ela voltou a olhar para o garoto. “Nossa”, disse ela.

“Pois é”, disse ele, encolhendo os ombros. “Sinto muito mesmo.”

Olive refletiu sobre isso um momento. “Bem, não é culpa sua”, disse. O garoto tinha olhos castanhos e cílios compridos. Um rapazinho adorável.

“Ah, eu sei”, disse ele.

“Qual é o seu nome mesmo?”

“Jeff.”

“Jeff. Certo, Jeff. Quanto tempo você acha que eu vou ficar aqui?”

“Eu realmente não sei. Acho que nem o médico sabe.” Jeff estava sentado em uma cadeira, ela percebeu, que fora colocada bem ao lado da cama em que ela estava deitada.

Ela olhou em volta, sem erguer a cabeça. “Estou sozinha?”, perguntou.

“Não. Há mais duas pessoas no quarto. A senhora está na UTI.”

“Ah, que *inferno*.” Passado um momento, Olive disse: “Quem são essas pessoas? São homens?”.

“Não. Mulheres.”

“Elas podem me ouvir?”

Jeff virou a cabeça, como se para olhar para alguém. Ele se virou de novo e disse: “Sei não”.

Olive fechou os olhos. “Estou muito cansada”, disse. Ela ouviu a cadeira sendo empurrada para trás. Não vá, ela quis dizer, mas estava cansada demais para dizê-lo.

Quando acordou de novo, seu filho, Christopher, estava sentado junto da cama. “Christopher?”, disse ela.

"Mãe." Ele pôs as mãos na frente do rosto. "Ah, mãezinha", ele disse, "você quase me mata de susto."

Isso deixou Olive mais confusa do que qualquer outra coisa que tivesse acontecido até então. "Você é real?", perguntou.

As mãos de seu filho se afastaram do rosto dele. "Ah, mãe, diga alguma outra coisa. Ah, *por favor*, que você não tenha enlouquecido!"

Por alguns instantes, Olive ficou em silêncio; precisava organizar seus pensamentos. Então disse: "Olá, Chris. Eu definitivamente não enlouqueci. Tive — ao que parece — um ataque cardíaco, e você — ao que parece — veio me ver". Como ele não disse nada, ela cobrou: "Então? Acertei?".

Seu filho assentiu. "Mas você me assustou, mãe. Disseram que você estava falando palavrões. E eu pensei: Ah, meu Deus, ela estava falando palavrões? Então ela ficou louca, e eu pensei: Prefiro que ela esteja morta a estar louca."

"Eu falei palavrão?", perguntou Olive. "Que tipo de palavrão?"

"Não sei, mãe. Mas eles se divertiram. Quando perguntei, eles apenas riram e não quiseram me contar, só disseram que você realmente ficou brava."

Olive pensou sobre isso. O rosto de seu filho lhe pareceu muito velho. Ela disse: "Bem, não importa. Eu estava em um lugar maravilhoso, Chris, então eles me trouxeram de volta e acho que fiquei zangada, não lembro, mas me pergunte o que quiser, que eu te mostro que não estou louca. Caramba, eu espero realmente não estar louca."

"Não, você parece melhor. Parece você mesma. Mãe, disseram que você estava *morta*."

"Não é interessante isso?", disse Olive. "Acho que é bem interessante."

* * *

O dr. Rabolinski segurava sua mão quando falava com ela; ela não lembrava de ele já ter feito isso. A mão dele era macia, no entanto era mão de homem, e ele segurava a mão dela entre as dele ou às vezes só uma das mãos dele segurava a dela enquanto ele falava com ela. Ele usava óculos bem grossos, mas ela podia ver seus olhos por trás das lentes; escuros e penetrantes, eles olhavam para ela enquanto falava, segurando sua mão. Ela era uma mulher forte, ele disse, apertando de leve a mão dela. Um stent tinha sido colocado em sua artéria, ele explicou. Ela havia sido entubada; Olive não sabia o que isso significava, e não perguntou. Ele lhe contou de novo que ela tinha sofrido um ataque cardíaco na entrada da casa de sua cabeleireira. Ela havia caído sobre a buzina do carro, então a mulher saiu e chamou uma ambulância na hora, por isso Olive estava viva, embora ela não tivesse pulso quando eles chegaram para buscá-la. Mas eles a haviam trazido de volta à vida.

Olhando para os olhos do dr. Rabolinski enquanto ele segurava sua mão, Olive disse, pensativa: "Bem, não sei se foi uma ideia tão boa".

O homem suspirou. Ele balançou a cabeça devagar. "O que eu posso lhe dizer?", disse com tristeza.

"Nada", ela falou. "Não há nada a dizer sobre isso."

Ela estava apaixonada por ele.

Olive permaneceu na UTI; ela acabou tendo pneumonia por causa da entubação. Foram dias em que ela soube muito pouco do que acontecia com ela, a sensação era de ser um pedaço enorme de queijo fedido, de vez em quando alguém parecia secá-la, virando-a de um lado, depois do outro. Ela pegava no sono e acordava, e depois parecia que não conseguia pregar o olho. Uma tristeza profunda tomou conta dela, e tudo o que conseguia fazer era ficar olhando para o teto ou tentar conversar com Christopher — que vinha, ela achava, com bastante frequência —, sentado junto de sua cama, falando com ela, às vezes parecendo tão ansioso que ela tinha vontade de dizer: "Por favor, vá embora", mas não dizia isso, ela estava velha e cansada, e seu filho estava ali para lhe fazer companhia. Achou que era uma das poucas vezes na vida em que não disse o que estava pensando. Mas quando ele não estava ali sua tristeza aumentava, e depois de algum tempo ela entendeu que provavelmente não ia morrer, mas que sua vida seria muito diferente.

Ela falou isso baixinho ao dr. Rabolinski, quando ele foi vê-la, sentou-se na cama e segurou a mão dela. "A sua vida vai ser bem parecida com o que era antes", ele disse a ela. "A senhora só precisa se recuperar, e vai se recuperar."

"Uhum", disse ela, puxando a mão.

Mas ele continuou sentado. Ah, que homem gentil ele era. Ela devolveu a mão até onde ele pudesse pegá-la de novo, se quisesse, mas ele não fez isso, e naquele seu estado meio zonzo Olive entendeu que ela o impossibilitara de fazê-lo.

"Segure a minha mão", disse. "Gosto quando você segura a minha mão." Então ele pegou a mão dela de novo e contou que ela estava recebendo antibióticos intravenosos, que eles estavam ajudando e que logo ela iria sair dali.

E então ela saiu dali e foi para um quarto comum do hospital. Ainda ficou no hospital por alguns dias, mais tarde soube que haviam sido sete dias, e quando pensava nisso tinha a impressão de que fora mais tempo, mas também menos. Em outras palavras, o tempo se tornara algo diferente. No quarto para o qual foi transferida, sua cama ficava de frente para uma janela com vista para algumas árvores — era outono, ela viu as folhas do plátano caírem uma a uma, às vezes duas ou três flutuando juntas —, e gostou disso. Ela não gostou da mulher com quem dividia o quarto e pediu que a cortina fosse fechada entre as duas camas, alguém fez isso para ela, e Olive disse: "Deixe *assim* agora".

À noite tinha a impressão de que não dormia, ao mesmo tempo não se importava, ou talvez ela de fato dormisse; Christopher havia levado o radinho dela para o hospital, e ela se agarrava a ele, segurando-o contra o rosto, como se fosse um bichinho de pelúcia e ela, uma criança. Nas primeiras horas da manhã, via a luz entrando pela janela, e o céu era impressionante ao mudar de um tom cinza-escuro para rosa e azul; ele iluminava a copa das árvores e depois penetrava nelas; Olive realmente se surpreendia com isso. Como era lindo! Depois — tão cedo que o sol mal tinha nascido — o dr. Rabolinski aparecia, dizendo: "Olá, Olive, como a minha paciente favorita está hoje?".

"Ah, um inferno", respondia ela, "quero ir pra casa." Só que ela não queria, porque estava apaixonada por aquele homem. Secretamente, a vergonha desse sentimento a queimava por dentro. Mas não havia nada que ela pudesse fazer a respeito.

Quando ele perguntou se o intestino dela tinha funcionado, ela quase morreu. "Não", disse, desviando os olhos. Quando ele perguntou se ela estava com gases, ela disse: "Não sei". E ele falou: Certo, mas que ela lhe contasse quando acontecesse. Ele se sentou na cama e pegou a mão dela. Disse que ela estava indo muito bem, que em poucos dias poderia voltar para casa.

"Sou uma mulher de oitenta e três anos", ela respondeu, olhando para ele. Os olhos dele a fitavam por trás dos óculos grossos.

Ele deu de ombros e disse: "No meu mundo, isso é um bebê".

Mas quando eles traziam a bandeja com o café da manhã e o dia no hospital começava, ela ficava rabugenta e queria ir para casa. Christopher — que tinha feito uma curta viagem até sua casa em Nova York, mas que já havia voltado — aparecia, às vezes quando ela estava cutucando seus ovos mexidos, ou mais tarde, mas ele parecia cansado e ela se preocupava com ele. "Arranjei uma assistência em domicílio", disse ele. "Nas duas primeiras semanas haverá alguém com você vinte e quatro horas por dia."

"Eu não preciso disso", disse Olive. "Que ideia."

Mas, a bem da verdade, a ideia de ficar sozinha em casa lhe dava medo.

À tarde, o enfermeiro Jeff passava para vê-la antes de começar seu turno na UTI. "Olá, olá", disse ela. "Tenho andado pelos corredores, já estou pronta para ir para casa."

"A senhora é incrível", ele falou. Numa das vezes, ele a segurou pelo braço enquanto ela caminhava pelos corredores com ele, a bengala na outra mão.

"Você também", disse ela.

O dr. Rabolinski perguntou de novo se o intestino dela tinha funcionado, ela pensou em mentir, mas desistiu. "Não."

"Não se preocupe", ele falou. "Vai funcionar."

Então naquela tarde — oh céus! — Olive soltou gases, depois mais gases e então ela começou a vazar pelo traseiro. De início ela não entendeu o que estava acontecendo, mas assim que se levantou da cama viu a bagunça que havia ali. Ela tocou a campainha para chamar a enfermeira. A enfermeira não veio. Ela chamou de novo. A enfermeira finalmente apareceu e disse: "Ih, meu bem". E isso fez Olive se sentir pior.

"Pois é", disse Olive. "Isso é horrível."

"Não se preocupe", disse a enfermeira. "Acontece."

"Acontece?", quis saber Olive, e a enfermeira disse que sim, às vezes, eram os antibióticos que ela estava tomando por causa da pneumonia, vamos lá para o chuveiro, ela iria trocar a roupa de cama, e quando Olive saiu do chuveiro a roupa de cama já estava trocada e em cima dela havia uma enorme fralda descartável.

Quando o dr. Rabolinski apareceu na manhã seguinte, Olive esperou para ver se ele tinha ouvido falar do horror dela, e, como ele não mencionou nada, ela disse: "Meu intestino funcionou com uma ferocidade assustadora". Ela se forçou a olhar para ele enquanto dizia isso. Ele argumentou: "São os antibióticos", encolhendo os ombros de leve. Então ela relaxou um pouco, perguntou quando poderia ir para casa, e ele respondeu: "Muito em breve". Em seguida, ele se sentou na cama sem dizer nada, e Olive olhou para fora da janela. Por instantes, ela sentiu algo próximo da felicidade, mas era mais como se o tempo tivesse parado — só durante aqueles poucos instantes o tempo tinha parado —, havia apenas o médico e a vida, e o sentimento permaneceu ali com ela sob o sol da manhã jorrando sobre a cama. Ela pôs a mão sobre a dele por um breve momento e, ainda olhando para fora, disse baixinho: "Obrigada", e ele respondeu, baixinho: "De nada".

De volta à sua casa, Olive se sentia péssima. Não conseguia entender como tinha morado naquela casa — na casa de Jack — por tantos anos, o lugar lhe parecia muito diferente, e ela temia se sentir sempre assim. Estava frio e ela aumentou bastante o aquecedor, coisa que nunca fizera. A sala de estar parecia enorme, ela tinha a impressão de que mal conseguia atravessá-la, e passou a dormir no quarto de hóspedes do andar de baixo. Mas Betty — a primeira cuidadora — veio, e ela era uma pessoa grande. Não gorda, apenas grande. Sua calça de algodão marrom ficava apertada, sua camisa mal fechava; ela devia ter uns cinquenta anos. De imediato ela se sentou numa cadeira. "E aí?", perguntou a Olive, e Olive não gostou nada.

"Tive um ataque cardíaco e ao que parece você veio ser minha babá."

"Não sei se eu chamaria assim", disse Betty. "Sou técnica de enfermagem."

"Tudo bem", disse Olive. "Chame do que quiser. Mas ainda assim você está aqui para ser minha babá."

Quando Olive, caminhando até a cozinha alguns minutos depois, olhou para fora da janela, para a caminhonete em que Betty tinha vindo, e viu na traseira do carro um adesivo no para-choque daquele homem horrível de cabelo laranja que era presidente, ela quase morreu. Respirou fundo, foi até onde Betty estava e disse a ela, alto: "Escute aqui. Nós não vamos falar de política. Você ouviu?". Betty deu de ombros e respondeu: "Tá, tanto faz". Olive estremecia toda vez que pensava naquele adesivo no para-choque.

Mas depois de alguns dias de Betty, Olive meio que se acostumou com ela. No fim das contas, Olive tinha dado aula para a mulher anos atrás em seu curso de matemática para o oitavo ano; ela havia esquecido até Betty lembrá-la. "A senhora me mandava bastante para a diretoria", disse Betty.

"Por quê?", perguntou Olive. "O que você poderia ter feito?"

"Eu não parava de falar na aula. Eu era tagarela."

"E eu te mandava para a diretoria?"

Betty assentiu. "Eu fazia de propósito. Eu tinha uma queda e tanto por ele."

Olive observou-a do outro lado da sala.

"Ah, eu tinha mesmo uma queda por aquele homem", disse Betty. "O sr. Skyler. Uau."

"Jerry Skyler", disse Olive. "Ele era um bom homem, eu também gostava dele. Ele sempre dizia para as pessoas: 'Excelente trabalho'. Ele tinha sido treinador."

Betty riu. "É verdade! Ele sempre dizia isso. Bem, eu *realmente* gostava dele. Sabe, eu era magra na época", e ela passou a mão pela frente do corpo. "E meio que bonitinha. E acho que ele me achava bonitinha. Vai saber. Mas, ah, eu era louca por aquele cara." Betty balançou a cabeça devagar, depois apontou um dedo para Olive e disse: "Excelente trabalho".

Às quatro da tarde chegava uma mulher diferente; seu nome era Jane, ela era simpática, mas Olive a achava sem graça. Jane fazia o jantar e Olive lhe dizia que queria ficar sozinha, então Jane ia para o andar de cima. Depois, quando Olive acordava de manhã, já havia outra mulher ali, mas logo ela ia embora e Betty voltava.

Alguns dias depois, por volta das quatro da tarde — no horário previsto para Jane chegar —, Betty foi atender a porta e Olive a ouviu dizer "Olá", mas ela ouviu algo diferente na voz de Betty, seu tom não foi tão simpático como de costume. Olive se levantou, foi até o corredor e, parada ali, havia uma moça de pele escura com um lenço cor de pêssego brilhante na cabeça e um vestido longo fechado de um tom de pêssego mais escuro. "Bem, olá, olá", disse Olive. "Olhe só pra você! Você parece uma borboleta, entre."

A moça sorriu, uma fileira de dentes brancos brilhantes atravessando seu rosto. "Olá, sra. Kitteridge", disse. "Meu nome é Halima."

"Bem, vamos entrando. Muito prazer em conhecê-la", disse Olive, e a mulher entrou na sala de estar, olhou em volta e falou: "Que casa grande".

"Grande demais", disse Olive. "Fique à vontade."

Betty saiu sem dizer uma palavra, e Olive achou isso repugnante. Mas Halima assumiu o comando de imediato; ela foi para a cozinha, perguntando o que Olive comia, depois fez a cama no quarto de hóspedes, embora fossem cinco da tarde, enquanto Olive ficava sentada na sala de estar.

"Venha se sentar aqui", Olive finalmente chamou a mulher, então a mulher foi, sentou e Olive pensou de novo como ela estava linda. "Vou te chamar de Borboleta", disse Olive, a mulher sorriu com aqueles dentes brancos e brilhantes, deu de ombros e falou: "Tudo bem, mas meu nome é Halima".

"Agora me conte, srta. Halima Borboleta, você deve vir de Shirley Falls."

Halima disse que ela estava certa; ela tinha estudado na Faculdade Comunitária Central Maine, onde obteve seu diploma de técnica de enfermagem, e — ela encolheu os ombros, erguendo os braços ligeiramente, o vestido balançando feito asas delicadas — ali estava ela, disse.

"Você nasceu aqui?", perguntou Olive.

"Nasci em Nashville. Depois minha mãe se mudou para cá quinze anos atrás."

"Ela esteve num daqueles campos no Quênia?", perguntou Olive.

O rosto da mulher se iluminou. "A senhora sabe sobre os campos?", perguntou.

"Claro que eu sei. Acha que eu sou uma tola ignorante?"

"Não, não acho." Halima se recostou na cadeira. "Minha mãe esteve no campo por oito anos e depois conseguiu vir pra cá."

"Você gosta daqui?", perguntou Olive.

Halima apenas sorriu para ela, depois disse: "Vamos lá arranjar alguma coisa para a senhora comer. A senhora está muito magra", e isso fez Olive rir. "Eu nunca fui magra na minha vida, srta. Halima Borboleta", e Halima foi para a cozinha.

"Não fique apenas aí sentada me vendo comer", disse Olive para ela depois que Halima lhe serviu um pedaço de bolo de carne e batatas cozidas feitas no micro-ondas. "Se não vai comer nada, cai fora." Então Halima saiu depressa e depois voltou à cozinha quando Olive estava terminando de jantar.

"Por que você veste esse negócio?", perguntou Olive.

Halima estava lavando a louça, se virou e sorriu para Olive por cima do ombro. "Sou assim." Depois de um minuto, Halima desligou a água e disse: "Por que a senhora veste *esse* negócio?".

"Certo", respondeu Olive. "Eu só estava perguntando."

No dia seguinte, Olive disse: "Agora, trate de me escutar, Betty Boop".

Betty se sentou na cadeira de frente para Olive.

"Eu vi como você tratou aquela mulher ontem, e nesta casa isso é inaceitável." O rosto de Betty — Olive subitamente viu isso com nitidez — parecia como se ela tivesse doze anos de novo e estivesse ficando emburrada. "E pare de fechar essa cara", disse Olive. "Francamente, está na hora de você crescer."

Betty moveu o traseiro na cadeira e falou: "A senhora disse que não iríamos discutir política".

"Claro que não", disse Olive. "E aquela mulher não é política. Ela é uma pessoa, e tem todo o direito de estar aqui."

"Bem, eu não gosto da aparência dela, aquele negócio que ela veste, aquilo me dá calafrios. E isso *é* política", acrescentou Betty.

Olive pensou a respeito, até que suspirou e disse: "Bem, na minha casa você tem que ser gentil com ela, está entendendo?". Betty se levantou e foi pôr a roupa para lavar.

Ao final daquela primeira semana, Betty levou Olive para a consulta com o dr. Rabolinski. Olive tinha passado batom, e se sentou ao lado da Grande Betty no carro; Betty estava dirigindo o carro de Olive, Olive sinceramente preferia morrer a ser vista numa caminhonete com aquele adesivo no para-choque. Estava quieta, com medo de ver aquele homem de novo. Na sala de espera do consultório dele, elas esperaram quase uma hora, Betty folheando revistas, suspirando, Olive apenas sentada em silêncio com as mãos no colo. Por fim, a enfermeira chamou Olive. Olive vestiu a camisola hospitalar de papel, sentou na mesa de exames, a enfermeira voltou, fixou coisas em seu peito, fez um eletrocardiograma, depois tirou as coisas de metal dela e deixou Olive sozinha. Olive se sentou. Um espelho à sua frente a fez olhar para si própria, e ela se horrorizou. Parecia um travesti. O batom estava brilhante demais em seu rosto pálido! Como ela não tinha reparado nisso em casa? Olhou em volta à procura de um lenço, desesperada para tirar o batom idiota da boca, quando o dr. Rabolinski entrou e fechou a porta. "Olá, Olive", disse. "Como vai?"

"Péssima", disse ela.

"Ah, querida." O homem se sentou numa banqueta com rodinhas e deslizou até ela. Ele a fitou através de seus óculos grossos. "O seu ECG estava bom. Me diga por que está se sentindo péssima."

Olive sentiu como se estivesse na primeira série, só que ela tinha se tornado o Sawyer Esquilinho, o garoto que se sentava em frente a ela naquele ano. O Sawyer Esquilinho, que lembrança ela fora ter agora. Ele era de uma família muito pobre e nunca entendia o que o professor queria dele, e o seu estado de confusão — e o seu silêncio constante — agora retornavam com força na mente de Olive. Ela não conseguia abrir a boca enquanto o médico esperava sua resposta.

Passado um momento, o médico pegou o estetoscópio e habilmente o passou pela abertura da camisola dela para ouvir o coração de Olive. Depois pôs o estetoscópio nas costas dela e lhe disse para inspirar e expirar. "De novo", disse, e ela inspirou fundo. "De novo." Ele voltou para a banqueta e disse: "Gosto de tudo o que ouvi". Ele segurou o pulso dela, ela percebeu que ele estava tomando seu pulso, mas não olhou para ele. "Bom", ele disse, anotando alguma coisa. Ele passou a tira de velcro no braço dela, insuflou-a para medir sua pressão, disse "Bom" de novo e anotou isso também. Depois se sentou outra vez na banqueta, ela teve certeza de que ele a fitava, e ele disse: "Bem, tente me dizer por que está se sentindo péssima".

E lágrimas — *lágrimas*, por Deus! — desceram por seu rosto e sobre os lábios com aquele batom idiota; ela os sentiu tremer. Não conseguia falar e se recusava a olhar para ele. Ele estendeu-lhe um lenço, ela o pegou, enxugou os olhos e a boca, vendo a mancha do batom ficar no lenço. Ele disse: "Não se preocupe, Olive. É natural. Não esqueça o que eu disse — depois de um ataque cardíaco, é comum se sentir deprimido. Você vai se sentir melhor, eu prometo".

Ela ainda não olhava para ele.

"Está bem?", ele perguntou, e ela assentiu com a cabeça. "Venha me ver de novo daqui a uma semana", disse.

Ele se levantou e saiu da sala. Então ela chorou, chorou, até que por fim limpou o batom da boca, enxugou os olhos, se vestiu e, quando saiu, Betty olhou para ela com alguma surpresa, e Olive gesticulou com a mão, para indicar que ela devia ficar de boca fechada. As duas voltaram para casa em silêncio.

Quando já estavam dentro de casa, Betty disse: "Agora me diga, está tudo bem?".

Olive se sentou na poltrona que costumava ser a de Jack. "Estou bem", disse. "Só estou de saco cheio de tudo isto."

"Mas a senhora está indo muito bem", falou Betty, deixando-se cair na poltrona em frente a Olive. "Acredite, tive pacientes que não conseguiram tomar banho sozinhos por semanas, e a senhora, no primeiro dia que voltou para casa, foi lá, lavou a cabeça e já saiu em seguida." Betty apontou para ela e disse: "Excelente trabalho!".

Olive olhou para ela. "Eles não conseguiram tomar banho? Depois de um ataque cardíaco?"

"Claro", disse Betty.

"E o que você fez?"

"Eu *ajudei* essas pessoas", disse Betty. "Mas a senhora eu não tive que ajudar nem um pouquinho. Caramba, nem precisei segurá-la pelo braço."

Olive refletiu sobre isso. "Bem, mesmo assim estou de saco cheio", disse por fim.

Quando Halima Borboleta chegou, Betty disse com exagero: "Ei, olá!". Olive quis matá-la.

"Ela é uma idiota", Olive disse para Halima depois que Betty foi embora. Halima olhou para Olive e falou: "A senhora está falando do adesivo no para-choque dela?".

"Sim", disse Olive, "é exatamente disso que eu estou falando."

Halima contou, baixando os olhos, correndo um dedo pela mesa que tinha um abajur: "Sabe, quando o meu irmão mais novo soube que esse homem havia se tornado presidente, ele começou a chorar". Halima ergueu os olhos para Olive. "Ele chorou e disse: Agora a gente vai ter que voltar, e minha mãe explicou para ele que ele tinha nascido aqui e não precisava ir embora."

"Ah, meu Deus", disse Olive; ela fechou brevemente os olhos. Depois Olive pediu: "Me conte como é ser você". Halima olhou pela sala em volta. Ela estava com um vestido vermelho-escuro e um lenço de cabeça escuro. "A propósito", acrescentou Olive, "aquele negócio cor de pêssego que você estava usando no outro dia era uma graça."

Halima sorriu de leve e disse: "A senhora não gostou deste?".

"Não tanto", disse Olive. "Muito escuro."

Halima contou a Olive que ela tinha quatro irmãs e dois irmãos pequenos, e que duas irmãs e um irmão moravam em Mineápolis. "Por quê?", perguntou Olive. Halima explicou que eles gostavam de lá. Depois ela se levantou e disse que ia começar a cuidar do jantar de Olive.

Quando Halima Borboleta não apareceu no dia seguinte — era Jane de novo —, Olive se sentiu muito mal. Ela perguntou a Jane onde estava a menina somali, e Jane disse que não sabia.

Olive não parou de pensar nisso, ficou se perguntando de novo e de novo em sua cabeça por que a garota não tinha vindo; ela simplesmente não havia gostado de Olive, foi o que Olive pensou, e isso a magoou e ao mesmo tempo a deixou com raiva.

Na manhã seguinte, quando Betty saiu para resolver algumas coisas para ela, Olive telefonou para a agência de assistência em domicílio e perguntou por que Halima não tinha ido. A mulher ao telefone disse que não fazia ideia, que ela não era responsável pelos agendamentos. "Tá", Olive disse, e desligou.

Na consulta da semana seguinte com o dr. Rabolinski, Olive mesma foi dirigindo, mas com Betty ao lado. Mais cedo, ela tinha treinado, indo para a cidade e voltado para casa — também com Betty junto. "Está vendo?", disse Betty. "Tudo ótimo."

Desta vez Olive havia se preparado. Ela parecia o melhor que podia para uma mulher velha e flácida com um ataque cardíaco nas costas; usava um casaco azul e branco que tinha encontrado no armário, e, quando viu o médico, ela não sentiu quase nenhum apego a ele. Isso a surpreendeu; e ela também reparou — ou achou que reparou — que ele não estava sendo tão simpático com ela como antes. "A senhora está indo bem", disse ele, encolhendo os ombros. "O que eu posso lhe dizer? A senhora já está boa."

"Aham", disse ela.

"Nos vemos daqui a um mês", disse ele. Então, quando ia sair pela porta, ele se deteve e falou: "A senhora deve ter sido uma mãe muito boa".

Ela não devia ter ouvido direito. "Por que diabos você acha isso?", perguntou enquanto se sentava na maca.

"Porque o seu filho vinha com muita frequência ao hospital, e ele já me ligou duas vezes para se certificar de que a senhora está bem." O médico inclinou a cabeça de leve. "Então a senhora deve ter sido uma mãe muito boa."

Olive ficou perplexa. "Não sei se isso é verdade", disse devagar.

"Pode se vestir e depois vá até a minha sala", disse o dr. Rabolinski.

Em sua sala, o dr. Rabolinski simplesmente repetiu que ela estava indo bem. E Olive se levantou e foi embora.

Enquanto voltava para casa, dirigindo, com a Grande Betty ao lado, Olive ficou se perguntando se o seu sentimento inicial pelo homem tinha a ver com o fato de ela achar que ele havia salvado sua vida. Talvez a gente se apaixone pelas pessoas que salvam a nossa vida, mesmo quando achamos que não valia a pena ter feito isso.

Mas na casa de Jack — porque agora o lugar tinha voltado a ser a casa de Jack, e não a dela, essa impressão foi se tornando cada vez mais forte para Olive desde que voltara do hospital — ela se sentia instável. Não se sentia mais como antes. Ela não parava de pensar: eu estou diferente. Depois do último dia de trabalho de Betty e das outras (Betty havia tentado abraçá-la, e Olive apenas ficou ali parada), ela se sentiu especialmente infeliz; estava indisposta e cansada. Mas quando contou isso ao dr.

Rabolinski na consulta seguinte, ele disse: "A senhora está indo bem. Não há razão para não morar sozinha e dirigir seu carro. A senhora está boa agora".

"Aham", disse ela.

Às vezes ela conseguia nomear aquilo. Era quase pânico o que sentia. "Maldito homem", dizia, e se referia ao médico, que ainda era jovem e não fazia ideia — ele não fazia ideia — de como era ser velho e sozinho. Mas em outros dias ela se sentia bem. Não maravilhosa. Mas conseguia dirigir e fazer suas compras, visitava sua amiga Edith naquele lar de idosos horroroso em que ela vivia, chamado Residencial Plátano Apartamentos. Depois, quando chegava em casa, se sentia contente de estar ali, embora não conseguisse se livrar totalmente da sensação de que a casa era de Jack. Agora ela se sentava na poltrona de Jack, para que não precisasse olhar para ela escancaradamente vazia. E às vezes, enquanto estava ali sentada, uma tristeza profunda a dominava, porque ela queria estar morando na casa que tinha construído com Henry; a casa havia sido demolida, ela não suportava nem passar em frente ao lugar. Mas que casa bonita tinha sido! Que homem bom fora Henry! E a tristeza aumentava quando ela olhava para toda esta casa em que morava — há quase oito anos ela vivia ali — e pensava: Francamente. Ficar sentada aqui no meio deste campo, quando eu ainda podia estar perto do mar.

Ela pensou na expressão de Jack na noite em que ele morreu ao lado dela na cama. Ele tinha dito: "Boa noite, Olive" e estendido a mão para apagar a luz, dando-lhe antes um sorriso fugaz, que agora, em sua lembrança, parecia ser o sorriso que ele dava quando estava distante dela. Ela tinha vivido com ele só o tempo suficiente para começar a reconhecer essas coisas, as mudanças de expressão — tão breves — que indicavam que ele estava em algum outro lugar. E ela achava que era assim que ele estava quando disse suas últimas palavras: "Boa noite, Olive".

Vá pro inferno, ela pensou, mas de fato ficou magoada quando se deu conta disso. Ele não estava com ela quando morreu. Ah, ele estava com ela, estava deitado a seu lado, mas só porque era a casa dele — a casa dele com sua esposa Betsy —, e Olive sentia (agora) que esta não era a sua casa, e se sentia instável ali.

Então uma tarde ela caiu.

Foi no meio de uma tarde de abril, e uma tempestade se aproximava. Olive observava as nuvens se moverem sobre o campo, então ouviu pingos de chuva na varanda, batendo nas janelas. Ela se levantou e foi até a varanda. Só ia recolher as almofadas das cadeiras que recentemente tinha colocado lá fora, e ela não vestiu um casaco nem pegou sua bengala, mas saiu direto, e ao se curvar para pegar uma almofada azul da cadeira de madeira ela olhou mais de perto e viu que ali mesmo, entre as tábuas do piso, havia uma bituca de cigarro. Olive continuou olhando, sem entender como diabos aquilo tinha ido parar ali. Estava realmente intrigada — e alarmada. Mas ali estava, e não parecia estar ali havia muito tempo — certamente não fazia semanas, a parte branca do cigarro continuava branca, só estava amassada. Bem do lado da cadeira. Será que alguém tinha se sentado naquela cadeira e fumado enquanto ela estava fora? Como era possível?

Olive se curvou — mais tarde, pensando nisso, ela não entendeu como caiu, mas foi o que aconteceu. Ela caiu para a frente, quase de cabeça, mas então rolou para o lado, entre a casa e as costas da cadeira, e ficou tão surpresa com o acontecido que por um momento sua cabeça pareceu um pouco diferente; era apenas surpresa. Depois ela não conseguiu se levantar. Simplesmente não conseguiu.

"Olive, levante-se", ela disse baixinho. "Olive, levante-se." Ela tentou, tentou, mas não tinha força no braço para se erguer.

"Levante-se", ela ficava dizendo, de novo e de novo. "Olive, levante-se — sua idiota. *Levante-se.*" O vento mudou ligeiramente de direção e a chuva começou a cair direto nela como se tivesse feito mira. Era uma chuva gelada e ela sentia os pingos batendo com força em seu rosto, braços, pernas. Meu Deus, pensou, vou morrer aqui fora. Ela tinha falado com Christopher por telefone na noite anterior, ele não pensaria em ligar para ela senão dali a alguns dias. Se outras pessoas telefonassem para ela — quem, Edith? — e ninguém atendesse, elas não iriam se preocupar. "Olive, levante-se, trate de se levantar agora mesmo", repetiu vezes sem conta.

Era o fato de que ela ia morrer de... do que ela ia morrer? De hipotermia? Não, não estava tão frio, embora ela estivesse sentindo muito frio com aquela chuva batendo nela. Ela ia morrer de fome. Não, ia morrer de desidratação, e quanto tempo ia levar? Três dias. Ela ia ficar ali caída daquele jeito por três dias. "Olive, trate de se levantar agora mesmo." Você já ouviu falar desse tipo de coisa. Marilyn Thompson, que caiu na garagem e ficou lá por dois dias; Bertha Babcock, que caiu pela escada do porão e ficou lá por três dias até ser encontrada morta.

"Trate de se levantar agora mesmo, sua idiota." Mas ela não conseguia. Continuava tentando, mas tudo o que conseguiu foi rolar ligeiramente até ficar mais de lado, e seus braços não tinham força. Avistou a torneira, projetando-se da casa. Jack não queria a torneira ali, achava ridículo aquele negócio saindo da casa direto para a varanda, mas contou que sua esposa quis, para facilitar na hora de ela regar suas plantas. "Certíssima, Betsy", disse Olive. Agora ela batia os dentes. Centímetro após centímetro, Olive conseguiu mover o corpo, empurrando-o de novo e de novo até onde pudesse alcançar a torneira. Ficou tentando alcançá-la sem sucesso, até que por fim a agarrou, e Deus sabe o quanto isso ajudou. Ela se manteve estável, a torneira, e Olive conseguiu, segurando-a, mover-se para a posição sentada, depois se virou, se ajoelhou, colocou em seguida as mãos na cadeira até finalmente se pôr de pé. Ela estava tão trêmula que foi se apoiando com a mão na parede de telhas asfálticas enquanto voltava, devagar, para dentro de casa. Uma vez lá dentro, ficou sentada por muitos minutos, molhada, na cadeira de madeira junto à mesa, e depois finalmente se sentiu forte o bastante para ir tomar banho.

Mas aquilo realmente mexeu com ela. Sentada na cama, segurando uma toalha na cabeça, Olive olhou em volta. Quem diabos teria fumado em sua varanda? Quem poderia *ser*? Olive ficou imaginando um homem sinistro fumando em sua varanda enquanto esperava ela voltar, algum homem horrível que sabia que ela morava ali sozinha no meio do nada.

Na semana seguinte, Olive não conseguia parar de se sentir apavorada. Ela se sentia assim quando ia deitar e logo que acordava. Sentia-se apavorada à tarde, sentada lendo seu livro. O sentimento não diminuía, só piorava. Então ela entendeu que o que ela estava sentindo era um verdadeiro terror, um tipo de terror diferente de quando Jack havia morrido, ou Henry. Nesses casos ela tinha ficado *tomada* por um terror, mas agora o terror estava ao lado dela. Ele a acompanhava na mesa do café da manhã, na banheira enquanto ela lavava o rosto, ele a acompanhava junto da janela enquanto ela lia, ali aos pés da cama.

E ela começou a percorrer aquela casa que tinha dividido com Jack, dizendo: “Eu odeio, eu odeio, eu *odeio* este lugar”.

Solidão. Ah, a solidão!

Ela cobria Olive de bolhas.

Durante toda a vida ela nunca tinha conhecido um sentimento como aquele; era isso que ela pensava enquanto se movia pela casa. Talvez fosse o terror finalmente diminuindo e dando lugar àquele universo abismal e poderoso diante dela, mas ela ficava perplexa por se sentir assim. Percebia que era como se ela tivesse tido — toda a sua vida — quatro rodas grandes embaixo de si, sem saber, claro, e agora elas estavam, todas as quatro, bambas e prestes e cair. Ela não sabia quem era ou o que ia acontecer com ela.

Um dia ela se sentou na grande poltrona em que Jack costumava ficar e pensou que tinha se tornado patética. E se havia uma coisa que Olive odiava era gente patética. E agora ela era uma delas.

Ouviu um carro se aproximando da casa, se levantou devagar e foi até a entrada, espiando pela cortina que cobria a janela da porta. Bem, por Deus, se não era a Halima Borboleta! Olive abriu a porta, e Halima já foi passando por ela, dizendo: "Olá, sra. Kitteridge".

"O que você está fazendo aqui?", perguntou Olive, fechando a porta.

"Vim fazer uma visita", disse Halima. Ela estava com o mesmo traje cor de pêssego da primeira vez em que Olive a vira. "Eu estava por perto e pensei: vou lá ver a sra. Kitteridge. Como a senhora está?"

"Terrível", disse Olive. "Por que você não voltou?"

Halima disse: "Não gosto de ter de fazer toda a viagem de Shirley Falls até Crosby, então, quando há um cliente mais perto de mim, eu troco". Ela encolheu os ombros cobertos pelo vestido. Depois sorriu seu sorriso incrível de dentes brancos e brilhantes. "Mas agora estou aqui."

"Certo", disse Olive.

Sentada na sala de estar, Olive contou sobre sua queda para Halima e sobre a bituca de cigarro. Halima pareceu preocupada. "Não gosto disso", ela falou. "A senhora não deveria estar morando sozinha."

Olive fez um som de fastio, acenando com a mão para indicar que era uma bobagem dizer uma coisa daquela. Mas Halima se inclinou para a frente, apontando um dedo para Olive. "Na minha cultura", disse, "a senhora jamais ficaria sozinha."

Olive não gostou disso. "Bem, na minha cultura", disse Olive, apontando o dedo na direção da mulher, "os filhos se casam, vão embora e nunca mais voltam."

A lista de espera do Residencial Plátano Apartamentos era de um ano. Mas ao telefone, uma noite, Christopher disse que tinha descoberto um jeito de instalá-la no lugar em apenas quatro meses. "Mãe", disse ele, "fiz sua inscrição dando como motivo o seu ataque cardíaco, só para garantir. Portanto você está na fila de espera." Depois Christopher disse: "Mas, mãe, escute bem: você vai ter que vender essa casa. Você precisa viver com assistência, mas pode morar na parte independente do Residencial. Você não pode mais morar sozinha nessa casa".

Olive estava muito cansada. "Certo", disse.

E assim foi. Quando a primavera deu os primeiros sinais de chegada, Olive percebeu e ficou contente. Primeiro os arbustos da forsítia, e também as campânulas-brancas junto à casa. Mas depois nevou um pouco uma noite, e de manhã a forsítia parecia ovos mexidos. Depois os narcisos brotaram, e finalmente os lilases. Ela reparou nisso a caminho do Residencial Plátano Apartamentos, aonde ia agora com mais frequência visitar sua amiga Edith, cujo marido, Buzzy, havia falecido recentemente. Edith não parava de falar sobre o homem maravilhoso que ele fora; Olive nunca tinha gostado muito dele, mas ficou ali ouvindo Edith falar mais uma vez de como ele havia sofrido uma queda e sido levado "para o outro lado da ponte", como Edith disse que chamavam o lugar que realmente ficava depois de uma pequena ponte, onde as pessoas eram levadas quando tinham derrames e coisas do tipo, falando então de como ele havia morrido tão de repente... Ah, como era cansativo ouvir aquilo. Mas Edith disse que estava feliz porque logo Olive iria morar ali também, embora ela tenha dito isso apenas uma vez e Olive teria gostado de ter ouvido mais vezes.

Sempre que entrava e saía do Residencial Plátano Apartamentos, Olive — naturalmente — olhava para o lugar todo com outros olhos. As pessoas pareciam *velhas* demais. Por Deus, havia homens se arrastando e mulheres todas corcundas. Pessoas com andadores que possuíam pequenos bancos acoplados. Bem, este seria o futuro dela. Mas a verdade é que aquilo não lhe parecia real.

Então, num dia em que estava sentada na poltrona de Jack, ela ouviu um carro se aproximando da casa e disse em voz alta: "Quem diabos será que é?", pegou sua bengala — de súbito torcendo para que fosse Halima Borboleta de novo — e foi até a porta, e era Betty saindo de sua caminhonete. Quando Olive abriu a porta, Betty disse: "Oi, Olive!" num tom de voz que Olive achou falsamente alegre.

"Entre", disse Olive.

Betty se sentou de imediato na cadeira em que sempre tinha se sentado e largou a bolsa no chão ao lado dela. "Como a senhora está?", perguntou Betty.

E Olive lhe contou. Contou que ia se mudar para o Residencial Plátano Apartamentos no final do verão, contou como tinha caído e quase morrido (foi como ela disse a Betty) e depois contou que havia sido por causa de uma bituca de cigarro que ela tinha encontrado perto das cadeiras da varanda.

"Ah", disse Betty. "Provavelmente era minha. Desculpe."

Olive precisou de um instante para processar a informação. "Como assim?", perguntou.

Betty disse: "Eu vim aqui um dia e a senhora não estava em casa, então me sentei lá fora e fumei um cigarro".

"Você *fuma*?", disse Olive. "Está brincando comigo?"

Betty olhou para baixo, para seus pés, ela usava um tênis sem cadarço. "Só quando estou muito triste. E eu estava triste naquele dia." Ela ergueu os olhos para Olive e disse: "Jerry Skyler morreu".

Olive não disse nada, apenas a observou. Estava espantada de ver lágrimas brotando nos olhos de Betty.

"Pois é", disse Betty, varrendo as lágrimas com o dorso da mão. "Pesquisei sobre ele no Google um dia e descobri que ele havia morrido. Ele só tinha sessenta e oito anos. Ataque cardíaco, embora talvez eu não devesse contar à senhora essa parte. Ele morreu enquanto varria folhas nos fundos da sua casa, ao norte de Bangor."

Olive estivera a ponto de gritar com ela, com aquela mulher que havia fumado na sua varanda, que a tinha feito morrer de medo — a ponto de *se mudar* dali! Mas Olive não gritou. Observou o rosto de Betty, viu as lágrimas escorrendo por sua boca, as mesmas lágrimas que haviam escorrido pela boca de Olive quando ela passara batom para aquele médico por quem se apaixonara. E Olive pensou nisto: em como as pessoas eram capazes de amar gente que mal conheciam, em como esse amor podia ser duradouro, e em como podia ser profundo também, mesmo quando — como no seu próprio caso — era temporário. Pensou em Betty e no adesivo idiota dela, na criança que tinha ficado tão assustada, como Halima lhe contara, e, no entanto, dizer qualquer dessas coisas naquele momento para Betty, que estava sofrendo genuinamente — como Olive havia sofrido —, parecia cruel, e ela ficou calada.

Passado um momento, Olive se levantou com esforço e trouxe uma caixa de lenços para Betty, largando-a no colo dela, depois voltou para a sua poltrona. Betty assoou o nariz, enxugou os olhos. "Obrigada", disse.

Depois de um tempo, Olive perguntou: "Como é a sua vida, Betty?".

Betty olhou para ela. "A minha *vida*?", disse. Mais lágrimas caíram por seu rosto. "Ah, a senhora sabe." Ela balançou o lenço no ar de leve. "Uma droga", disse, tentando sorrir.

Olive disse: "Bem, me conte. Eu gostaria de ouvir".

Betty continuava chorando, mas também já estava sorrindo mais, e disse: "Ah, é só uma vida, Olive".

Olive pensou sobre aquilo. Ela disse: "Bem, é a sua vida. Tem importância".

Então Betty lhe contou de seus dois casamentos que tinham dado errado, de três filhos que precisavam desesperadamente de dinheiro, de seu filho que tivera uma infecção de garganta com doze anos que tinha afetado seu cérebro e que agora ele vivia falando em como se sentia doido, do trabalho que ela tinha tido por um tempo entregando jornais às quatro da manhã, de como enfim ela foi fazer faculdade para se tornar técnica de enfermagem. Olive ouvia, afundando na vida daquela mulher, e ela pensou que sua própria vida tinha sido extraordinariamente fácil comparada às coisas pelas quais aquela garota havia passado.

Quando Betty parou de falar, Olive ficou em silêncio.

O fato de Betty ter carregado no coração aquele amor por Jerry Skyler, o que aquilo significava? Era algo a ser levado a sério, Olive entendeu. Todo amor deveria ser levado a sério, inclusive seu próprio e breve amor por aquele médico. Mas Betty tinha guardado aquele amor bem perto do seu coração por anos e anos; ela havia precisado muito, muito dele.

Enfim Olive disse, inclinando-se para a frente na cadeira: "Vou te dizer o que eu penso, minha jovem. Acho que você está fazendo um excelente trabalho". Depois ela se recostou de novo.

Que coisa era o amor.

Olive o sentiu por Betty, mesmo com aquele adesivo na caminhonete dela.

Amiga

Numa manhã no início de dezembro, Olive Kitteridge subiu na pequena van que levava os residentes do Plátano Apartamentos até a cidade para ir ao mercado; nevara um pouco na noite anterior e havia uma brancura brilhante por toda parte. Ela agarrou o corrimão junto dos pequenos degraus até o lugar onde o motorista esperava — um rapaz mal-humorado com tatuagens no pescoço — e se sentou no terceiro banco, do lado da janela. Ela era a primeira pessoa a entrar na van, e esta era a sua primeira vez ali. Olive ainda tinha seu carro, mas decidira pegar a van até a cidade hoje porque sua amiga Edith, que já morava no Residencial Plátano Apartamentos havia muitos anos, dissera recentemente a Olive que ela devia ser mais amistosa com as pessoas que viviam ali. "Aham", Olive tinha respondido. "Bem, acho que elas deviam ser mais amistosas comigo."

Agora ela observava os outros velhos entrar — por Deus, alguns eram realmente ancestrais —, depois uma mulher que parecia um pouquinho mais nova do que a maioria entrou e sentou ao lado de Olive. "Olá!", a mulher disse para Olive, instalando-

-se com uma porção de sacolas retornáveis e também com uma grande bolsa de mão vermelha. Ela era uma mulher bonita, com olhos muito azuis e um cabelo branco um pouco mais comprido do que Olive achava necessário. "Olá, como vai?", disse Olive, e a van arrancou, pulando nas lombadas até chegar à estrada principal, saindo do Plátano. A mulher se chamava Barbara Paznik, ela disse a Olive, e ela perguntou quanto tempo fazia que Olive morava no Residencial. Olive lhe disse: Três meses. Bem, disse Barbara, deslocando ligeiramente o peso do corpo para ver melhor o rosto de Olive, *ela* tinha se mudado fazia um mês e achava que era um lugar *maravilhoso*, Olive não achava? Olive perguntou: "Você é de onde?". A mulher disse que era da cidade de Nova York, mas que tinha vindo acampar no Maine quando criança, que ela e o marido haviam tirado férias ali durante anos, e agora lá estavam eles, e eles *simplesmente* amavam. Amavam, amavam, amavam. Eles costumavam acordar cedo e iam caminhar pela trilha entre as árvores todas as manhãs. Depois de um instante, a mulher disse: "De onde você vem?". Mas Olive se virou para olhar pela janela: a mulher tinha bafo.

Eles estavam passando pela igreja congregacional, onde acontecera o funeral do primeiro marido de Olive, Henry, depois a van seguiu pela avenida Appleton, passando pelas pequenas casas dali; uma criança e sua mãe tinham acabado de sair da porta de uma delas. Era um menino, ele não usava nenhum gorro, e sua mãe, Olive notou, parecia cansada. Ela estava de tênis naquela neve.

"Eu sou daqui", disse Olive, virando-se para a mulher. Mas Barbara Paznik estava conversando com a mulher do outro lado do corredor, praticamente só o que Olive via agora era a parte de trás do casaco de tweed dela. Depois de um instante, Olive estendeu o dedo e cutucou o casaco de tweed com força, e Barbara se virou com uma expressão de surpresa. "Eu disse que eu sou daqui", falou Olive, e Barbara disse: "Ah, certo", e em seguida voltou a conversar com a mulher do outro lado do corredor.

No estacionamento do grande supermercado, a van parou numa vaga e as pessoas saíram — devagar. Olive comprou pasta de dentes, sabão em pó, alguns biscoitos salgados e aveia, e com isso já estava pronta para voltar. Por alguns minutos, ficou sentada num banco que havia dentro da loja, junto à porta de entrada, segurando sua sacola retornável com suas coisas dentro; ela tinha frequentado esse mercado a maior parte de sua vida e nunca sentara nesse banco perto da porta; esse fato a fez se sentir estranhamente — e particularmente — triste. Ela se levantou e voltou para a van. O motorista abriu a porta dobrável; ele não tirou os olhos do celular. Ela sacudiu a neve da ponta da bengala e sentou no mesmo banco junto da janela em que havia sentado antes; ela era a primeira pessoa a voltar para a van. O silêncio a envolvia enquanto ela esperava.

Observando os outros enfim entrarem na van, Olive notou que umas poucas mulheres velhas pareciam estar usando aquelas calças geriátricas, aquelas fraldas horrorosas para velhos. Ela podia ver como aquilo aumentava o traseiro delas quando o casaco não passava da cintura, e uma mulher, enquanto se curvava para pegar alguma coisa que tinha deixado cair no piso do ônibus, praticamente expôs esse fato para todo mundo. Aquilo provocou um estremecimento em Olive.

Barbara Paznik nem sequer olhou para Olive quando entrou; ela simplesmente passou adiante e foi se sentar com outra pessoa. Ninguém se sentou na poltrona ao lado de Olive. E todo mundo parecia estar tagarelando com alguém. Então, quando a van saiu pela rua e dobrou a esquina — Olive não acreditou —, todos começaram a cantar. "As rodas do ônibus giram, giram, giram, giram..." As mulheres olhavam para ela com um riso em seu rosto velho enquanto cantavam, e até os poucos homens velhos que havia estavam rindo. Olive teve que olhar para fora pela janela, o rosto ficando quente. "Meu Deus, Jack", pensou, "que festa você está perdendo." Ela teve muita raiva dele por ele ter morrido. Depois pensou: ele não era assim grande coisa, aquele Jack.

Para Olive, era como se uma tela tivesse descido sobre ela, o tipo de coisa que se coloca sobre um bolo numa mesa de piquenique no verão para afugentar as moscas. Em outras palavras, ela estava presa, e sua visão do mundo havia diminuído. Todas as manhãs, ia de carro até a loja de donuts, comprava dois donuts e um copo de café para viagem, entrava no carro, ia até o Cabo Juniper e ficava olhando o mar enquanto comia seus donuts; as ondas, as algas, os abetos na pequena ilha, essas coisas a faziam lembrar de sua vida com Henry. Depois ela ia embora e jogava seu copo de café na lixeira dali. Relutante, voltava para o Residencial Plátano Apartamentos.

Seu apartamento, que era de um cômodo, com uma pequena cozinha, um quarto e um banheiro grande, ficava voltado para o norte, portanto não recebia diretamente a luz do sol. Isso aborrecia muito Olive. Ela amava o sol. Será que ia ter que viver sem sol? Ela tinha contado isso a Christopher, por telefone, assim que chegou ao Residencial, e ele disse: "Mãe, já tivemos sorte de conseguir uma vaga para você aí".

Ela tinha trazido a cama de solteiro do quarto de hóspedes da casa que havia dividido com seu segundo marido, Jack, e uma mesa de madeira que tivera com seu primeiro marido, Henry. Além de uma pequena cristaleira, que também tinha tido com Henry. Foi Jack quem sugerira guardar esses móveis no porão da casa deles, e agora ela estava muito feliz por ter feito isso. Significava que havia um pedaço de Henry ali. "Obrigada, Jack", ela tinha dito assim que os homens da mudança foram embora. Depois disse: "E obrigada a você também, Henry". Na cristaleira ela havia colocado uma fotografia de Henry e uma fotografia menor de Jack.

Todas as noites, um grupo de residentes se reunia no salão de descanso, onde havia pequenas mesas de madeira e uma porção de cadeiras verde-escuras com braços. Ali as pessoas tomavam seu vinho, e Olive continuava tentando se juntar a elas. Na noite depois daquele passeio horrível de van, ela foi e se postou perto do grupo de pessoas no salão, segurando uma taça de vinho branco, mas aquelas pessoas — ela achou — deixaram claro que ela não era uma delas. Elas eram ricas, Olive tinha chegado a essa conclusão, e eram esnobes. Naquela noite, uma mulher, que era alta e vestia uma calça azul-escura e uma blusa branca, estava falando sobre Harvard. Harvard isso, Harvard aquilo. Olive disse a ela: "Meu segundo marido lecionou em Harvard. Ele estudou na Yale e depois foi o professor mais jovem a ser promovido em Harvard".

A mulher olhou para ela. Apenas olhou para ela. "Certo", disse, afastando-se.

"Bem, vão pro inferno todos vocês", disse Olive, deixando sua taça de vinho numa mesinha, e em sua mente ela se referia também a Jack. De fato, quando voltou para o seu apartamento, guardou a fotografia de Jack, deixando apenas a foto de Henry ali na cristaleira, sozinha.

Umas poucas pessoas eram dali; sua amiga Edith, por exemplo, que morava havia anos no lugar, mas Edith já tinha toda uma vida ali. Quando Olive, bem na sua primeira noite, foi ao salão de jantar — era uma sala grande com uma treliça branca idiota cobrindo a metade superior das paredes —, Edith estava sentada numa mesa para quatro, com outras três pessoas, e ela acenou apenas para Olive, foi isso, de modo que Olive ficou sentada sozinha numa mesa para dois. Ela não sabia onde enfiar a cara enquanto comia a salada estúpida do bufê de saladas, e depois o pedaço mirrado de salmão com arroz amarelo.

Mas Bernie Green estava morando lá. Olive lembrava dele, porque quando Henry precisou vender sua farmácia para aquela rede gigantesca Bernie tinha cuidado dos aspectos jurídicos para ele, e Henry sempre falava muito bem do homem. E lá estava ele, parecendo tão velho quanto o mundo, e onde estava sua esposa? No fim, a esposa dele estava do outro lado da ponte; ela tinha desenvolvido Alzheimer logo depois que os dois se mudaram para lá, então todas as manhãs Bernie ia — atravessando a pequena ponte que levava à unidade de Alzheimer — e ficava sentado ao lado da cama da mulher, mesmo com o estado dela se deteriorando cada vez mais. Sempre que Olive o via, ele tinha lágrimas nos olhos, e às vezes elas estavam simplesmente descendo por seu rosto. Por que tudo aquilo? Ela fez essa pergunta a Christopher ao telefone, e ele disse: "Bem, mãe, ele deve estar triste por causa da esposa", e Olive tinha dito: "Mas, Chris, ele anda por aí chorando!". E Christopher disse que era uma questão cultural. "Cultural?", perguntou Olive. "O que diabos isso significa?" Christopher disse que significava que o cara era judeu, e que os homens judeus não tinham vergonha de chorar.

Olive desligou, revoltada com os dois.

Ethel MacPherson já morava ali havia seis meses — ela havia se mudado depois que seu marido, Fergus, morreu —, e ela parecia saber tudo sobre todo mundo; foi ela quem contou a Olive que a esposa de Bernie tinha ido para o outro lado da ponte.

Ethel disse: "Ah, eu não suportava mais continuar morando naquela casa grande e velha depois que Fergie morreu! Ah, como sinto a falta dele!".

"Era ele que costumava andar por Crosby de kilt?", perguntou Olive.

Ethel disse que sim, que era o marido dela.

"Por que ele fazia aquilo?", perguntou Olive. "Eu mesma nunca entendi direito."

Ethel pareceu ofendida. "Bem, se você tivesse ascendência escocesa, talvez pensasse diferente", foi o que ela respondeu.

Olive disse: "Mas eu tenho ascendência escocesa!".

"Bem, talvez não tenha significado tanto para você como significou para Fergie", disse Ethel, e então ela se afastou, acenando para alguém do outro lado do salão de jantar.

Vá catar coquinho, pensou Olive. Mas ela se sentia péssima; ninguém estava falando com ela, e depois de alguns minutos voltou para o seu pequeno apartamento.

Assim que escurecia ela se acomodava em sua pequena cama de solteiro e assistia televisão. O noticiário a assombrava. E isso a ajudava. O país estava numa desordem terrível, e Olive achava isso interessante. Às vezes achava que o fascismo talvez estivesse batendo à porta do país, mas depois pensava: Ah, eu vou morrer logo, e daí? Às vezes lembrava de Christopher e de todos os filhos dele, se preocupava com o futuro deles, mas depois pensava: Não há nada que eu possa fazer, está tudo perdido.

Por fim Olive conheceu os Chipman; eles tinham morado há uma hora dali, em Saco, ele era engenheiro aposentado e sua esposa, uma enfermeira aposentada. Ambos eram democratas, graças a Deus, então eles podiam conversar sobre a bagunça em que o mundo estava, e eles jantavam juntos, os três numa mesa para quatro. Isso ajudava Olive; dava-lhe um lugar. O fato de ela achar os dois um pouco maçantes não era uma coisa em que ela pensasse muito, mas com frequência, depois de comer com eles, revirava os olhos enquanto voltava para seu quarto.

Assim era a sua vida agora.

Alguns dias depois do Natal, seu filho, Christopher, sua esposa e todos os quatro filhos deles foram visitá-la. E houve uma surpresa! O filho mais velho de Christopher, Theodore, que tinha outro pai e que nunca, na lembrança de Olive, havia falado com ela, entrou em seu apartamento, um adolescente agora, e disse: "Sinto muito por você ter ficado doente. Com o seu coração e tal".

"Bem", disse Olive, "acontece."

Depois o garoto disse, hesitante: "Talvez as coisas melhorem aqui".

"Talvez", disse Olive.

A neta de Olive, Natalie, tinha oito anos agora, estava falando com Olive, mas depois se virou e se agarrou à mãe, que revirou os olhos para Olive e disse: "Ela está passando por uma fase".

"E não estamos todos?", disse Olive.

E o Pequeno Henry, o neto de Olive que tinha dez anos, havia decorado o nome de todos os presidentes dos Estados Unidos. "Parabéns!", Olive lhe disse, mas ficou extremamente entediada enquanto ele recitava os nomes, e quando ele chegou ao presidente atual Olive soltou um som de repugnância, e o garoto disse, sério: "Eu sei".

Depois que a família de Christopher foi embora, ela ficou arrasada, e comeu sozinha em seu apartamento por dois dias antes de voltar a sair e se juntar aos Chipman.

Era abril quando Olive avistou a mulher pela primeira vez — ela morava duas portas adiante, do outro lado do corredor —, e Olive achou que ela parecia sonsa, Olive nunca havia gostado daquela aparência de ratinha dela. Olive seguiu em frente até o salão de jantar e depois que se sentou à mesa, esperando os Chipman chegar, reparou que a mulher sonsa, que usava uns óculos grandes em seu rosto pequeno e tinha uma bengala com quatro pontas na base, também havia entrado no salão e olhava em volta, insegura. Olive pegou sua bengala e a agitou no ar, a mulher viu, e Olive fez sinal para que ela fosse se sentar com ela. "Por Deus", murmurou Olive, porque estava levando uma eternidade para a Ratinha contornar as mesas, e ela ainda parecia hesitante, como se Olive não a tivesse chamado a sério para ir se sentar com ela.

"Sente-se!", disse Olive quando a mulher finalmente chegou à mesa, a Ratinha se sentou e disse: "Eu me chamo Isabelle Daignault, e obrigada por me convidar para sentar com você".

"Olive", disse Olive. (Ela pensou: "Francesinha", porque a mulher tinha aquele sobrenome.)

Depois os Chipman chegaram, e Olive apresentou o casal a ela. "Isabelle." Todos começaram a comer e a conversar, a Ratinha falava muito pouco, e Olive pensou: Ah, francamente. Quando eles terminaram de comer, a Ratinha se levantou e esperou, um pouco insegura, e Olive perguntou: "Você vai voltar?". A Ratinha disse que sim, então elas saíram juntas do salão de jantar e voltaram pelo corredor.

A Ratinha disse: "Acabei de me mudar para cá, faz só dois dias".

"É mesmo?", disse Olive. Então acrescentou: "Leva um tempo para se acostumar, vou te dizer. Os Chipman são simpáticos. O resto do pessoal, a maioria, é metido". A Ratinha olhou para ela com uma expressão confusa. "Tchau", disse Olive. E deixou a mulher diante da porta dela.

* * *

A primavera já havia chegado de forma definitiva, e Olive decidiu que queria uma máquina de escrever. Tinha começado a escrever coisas — memórias — no computador, mas a impressora parou de funcionar e ela ficou tão frustrada que tremia; suas mãos tremiam. Ela telefonou para Christopher e disse: "Preciso de uma máquina de escrever". Depois acrescentou: "E de uma roseira". E por Deus se na semana seguinte o garoto não veio de carro de Nova York com uma máquina de escrever e duas roseiras; ele trouxe o Pequeno Henry junto.

Enquanto trazia a máquina de escrever elétrica, Christopher disse: "É difícil encontrar isto agora, sabe", mas ela achou que ele não havia falado por mal.

"Bem, eu agradeço", disse Olive. Ele tinha trazido cinco cartuchos de tinta e lhe mostrou como inseri-los. Depois plantou as roseiras seguindo as instruções dela, bem na frente da pequena porta dos fundos, no pedaço de terra antes da calçada; o diretor do lugar tinha dito que ela podia fazer um jardim ali fora. Christopher cavou buracos fundos, como ela lhe pediu que fizesse, e ele regou as roseiras de imediato, também conforme ela instruíra. "Oi, vovó", o Pequeno Henry ficava repetindo; ela estava ocupada com as roseiras. Mas depois que Christopher entrou e lavou as mãos, o Pequeno Henry olhou para o pai, que assentiu para ele. "Quer ver a pintura que eu fiz pra você?", a criança perguntou, e Olive disse: "Sim, quero". O menino desdobrou cuidadosamente uma folha com a aquarela de uma pessoa parecendo esquelética e uma casa grande. Olive achou bem sem graça. "Quem é?", perguntou, e ele disse: "Sou eu, e esta é a minha casa", e Olive disse: "Bem, bem".

"Quer pôr na geladeira?", perguntou o Pequeno Henry num tom muito sério, depois ele disse: "É o que a mamãe faz com os nossos desenhos", e Olive disse: "Depois eu ponho lá".

* * *

No que se referia à máquina de escrever, Olive se sentia quase feliz. Gostava do barulho que a máquina fazia, gostava de pôr uma folha de papel ali e vê-la sair — sem aquela maldita impressora piscando! — e gostava de empilhar os papéis. Alguns dias ela lia as coisas que escrevia, outros não. A pilha foi crescendo aos poucos. Era o único momento em que sentia que aquela tela atrás da qual estava vivendo se erguia, quando estava escrevendo suas memórias.

Um dia, veio-lhe uma lembrança. Mas não podia ser verdade. Ela era uma garotinha perguntando à mãe por que não tinha irmãos ou irmãs como as outras pessoas, e sua mãe olhou para ela e disse: "Depois de você? Não tivemos coragem de ter outro filho depois de você". Mas essa lembrança não podia ser verdade, e Olive não escreveu sobre ela.

Mas registrou a lembrança de como, nos meses que antecederam à descoberta do tumor cerebral de sua mãe, sua mãe tinha se comportado de maneira estranha — e uma das coisas estranhas é que ela ia e acariciava seu carro como se ele fosse um dos cavalos da fazenda de sua infância. Quando Olive pensava nisso agora, ela entendia. Ela nunca entendera isso, mas como seu próprio carro lhe propiciava a única liberdade que ela tinha, Olive entendia que sua mãe também havia amado seu carro, como se ele fosse o pônei de sua juventude que poderia tirá-la de lá e levá-la de um lugar para o outro.

"Henry acreditava em Deus", Olive escreveu um dia. Depois acrescentou: "E eu também, por causa dos sapos que dissecávamos nas aulas de biologia". Ela se lembrou de como um dia na faculdade tinha pensado, olhando para as entranhas de um sapo: Deve existir um Deus que criou estas coisas todas. Agora refletiu sobre isso e em seguida escreveu: "Eu era jovem na época".

* * *

A Ratinha continuou jantando com Olive e os Chipman, e um dia, enquanto as duas voltavam do salão de jantar, ela perguntou se Olive gostaria de entrar um pouco. Só recentemente Olive ficara sabendo que a Ratinha era de Shirley Falls — tão tímida ela era, não mencionou isso antes —, e então Olive disse: "Certo", e entrou no apartamento da Ratinha e ficou surpresa com todas as bugigangas que a mulher possuía, uma estatueta num traje típico alemão, outra num vestido suíço, e muitas fotografias diferentes espalhadas pelas mesas. Olive se sentou. "Bem, pelo menos você recebe um pouco de sol", disse.

Ela viu como os tornozelos da Ratinha estavam muito inchados e que os pulsos dela — nos quais Olive já havia reparado — também estavam inchados, e a Ratinha então disse: "Tenho artrite reumatoide".

"Que horrível", disse Olive, e a mulher concordou que era difícil.

A Ratinha falava baixo e Olive perguntou se ela podia falar mais alto. "Não consigo te ouvir", disse Olive, inclinando-se na poltrona.

A Ratinha respondeu: "Sim, desculpe".

Olive disse: "Ah, pelo amor Deus, não há por que se desculpar, só estou pedindo para você *falar mais alto*".

A Ratinha se inclinou para a frente e começou a falar. Falou sem parar, e Olive se viu ficando extremamente interessada em tudo que ela dizia. A mulher contou isto: disse que seu nome originalmente era Isabelle Goodrow e que quando era garota engravidou do melhor amigo de seu pai. Isso aconteceu não muito tempo depois de o pai ter morrido. Ela era filha única, tinha sido muito protegida e não sabia — disse isso olhando nos olhos de Olive — absolutamente nada sobre sexo. Então aconteceu isso. O homem era casado e morava na Califórnia com a família, ele tinha voltado à pequena cidade onde Isabelle e a mãe moravam, em New Hampshire, para fazer uma visita. E quando ele foi embora, ela estava grávida. Sua mãe a havia levado até o ministro da igreja congregacional, que dissera que o amor de Deus operava de maneira misteriosa, então Isabelle, que terminou o ensino médio quase no fim da gravidez, teve o bebê e ficou morando em casa com a mãe; ela chegou a cursar algumas disciplinas na faculdade, mas depois sua mãe morreu e ela ficou sozinha com o bebê. E sentia muita vergonha. "Na época, as pessoas sentiam isso", disse Isabelle. "Quero dizer, pessoas como eu. Muita vergonha." Ela se recostou de novo.

Olive disse: "Continue".

Passado um momento, Isabelle se inclinou para a frente outra vez e disse que um dia fez as malas e subiu pela costa até Shirley Falls, no Maine.

"Eu te falei que cursei o ensino médio em Shirley Falls", Olive a interrompeu. "Venho da pequena cidade de West Annett, fiz o ensino médio lá, e meu marido também." Isabelle esperou, seus dedos inchados envolvendo o topo de sua bengala. Olive disse: "Certo, continue. Não vou te interromper de novo".

Bem, disse Isabelle, ela não conhecia ninguém naquela cidade quando chegou, e supunha que por isso mesmo fora para lá. Mas estava muito solitária. Contratou uma babá para sua filhinha e arranjou um emprego no escritório de uma fábrica de sapatos, ela era secretária do gerente daquele departamento, e o lugar estava cheio de mulheres. "Eu achava que era melhor do que elas", disse Isabelle. "Eu realmente pensava isso. Durante anos trabalhei com aquelas mulheres, e pensava: Bem, as minhas notas no ensino médio eram muito boas, eu teria me tornado professora se não tivesse tido Amy, e aquelas mulheres jamais poderiam ser professoras. Eu pensava coisas desse tipo", disse, olhando de novo nos olhos de Olive.

Olive pensou: Por Deus, ela é sincera.

Ocorre, porém, que as mulheres do escritório se tornaram verdadeiras amigas. Quando Amy tinha dezesseis anos, houve uma crise. Isabelle descobriu que Amy estava tendo um relacionamento com seu professor de matemática. "Sexual", disse Isabelle. Isabelle tinha ficado furiosa. "Sabe o que eu fiz?" Ela olhou para Olive, e Olive viu que os olhos da mulher estavam menores e avermelhados.

"Me conte", disse Olive.

"Amy sempre teve um cabelo lindo. Um cabelo loiro, comprido e ondulado, o cabelo do pai, não o meu, e quando eu soube da história com aquele professor de matemática — Olive, eu entrei no quarto daquela menina com uma tesoura na mão e cortei o cabelo dela." Isabelle olhou para longe, tirou os óculos e passou a mão nos olhos.

"Hum". Olive refletiu isso. "Bem, acho que eu entendo", disse.

"Entende?" Isabelle olhou para ela, colocando os óculos de volta. "Eu não entendo. Ah, bem, fui *eu* que fiz isso, então deveria entender, mas, ah, essa lembrança me persegue, que coisa para se fazer com aquela criança!"

"Ela gosta de você agora?", perguntou Olive.

O rosto de Isabelle se abriu, alegre. "Ah, ela me ama. Não entendo como ela pode me amar, eu realmente não fui uma boa mãe, eu era tão quieta, e ela não tinha amigos, mas, sim, ela mora em Des Moines e tem um filho de trinta e cinco anos que mora na Califórnia e trabalha com coisas de computador. Sim, Amy me ama, e é por causa dela que eu posso pagar este lugar."

Olive pediu para ver uma foto da garota, e Isabelle apontou para trás de Olive, que se virou e viu uma série de fotografias. A garota era muito mais velha do que Olive teria imaginado, mas então se lembrou de como Isabelle era jovem quando a teve.

Amy tinha um cabelo grisalho curto, rosto redondo, e havia doçura em sua expressão. "Hum", disse Olive. Ela olhou atentamente para as fotos.

"Bem, eu também não fui uma boa mãe", disse Olive, voltando-se para Isabelle. "Mas meu filho me ama. Agora. Depois do meu ataque cardíaco parece que ele cresceu." Ela perguntou: "O que Amy faz?".

Isabelle respondeu: "Ela é médica. Oncologista".

"Caramba", disse Olive. "Bem, que coisa. Trabalhar o dia todo com pacientes com câncer, minha nossa."

"Ah, imagino que seja bem difícil, mas ela parece achar fascinante. Sabe, o primeiro filho dela, ele morreu com um ano e meio. Não de câncer. De síndrome de morte súbita infantil. Ela estava na faculdade de enfermagem, depois ela foi e continuou sua formação. Ela é casada com um médico também. Ele é pediatra."

Por algum motivo, Olive achou isso surpreendente. Ela disse: "Bem, meu filho também é médico, em Nova York".

"Nova York!", disse Isabelle, perguntando qual era a especialidade dele.

"Podólogo", disse Olive. Acrescentando: "As pessoas caminham muito em Nova York. Seu consultório vai de vento em popa". Ela reparou nas várias estatuetas pequenas dispostas numa prateleira junto à janela.

"Eram da minha mãe", disse Isabelle.

"Quando foi que você se casou?", perguntou Olive, olhando de novo para ela.

"Ah, eu me casei com um homem maravilhoso, ele era farmacêutico…"

"*Eu* me casei com um farmacêutico!" Olive quase gritou isso. "A farmácia do meu marido ficava bem aqui em Crosby, ele era um *amor* de pessoa, um amor. Henry era feito de amor."

"Meu marido também", disse Isabelle. "Eu me casei com

ele na época em que Amy foi para a faculdade. Ele morreu no ano passado, e nossa casa simplesmente era demais para mim, então Amy me colocou aqui."

"*Ora*", disse Olive. "Ora, ora, ora. Nós *duas* nos casamos com farmacêuticos."

Isabelle disse: "Meu marido se chamava Frank".

"E ele era franco-americano", disse Olive. "O que a gente costumava chamar de Francesões." Isabelle disse que sim, e que não era engraçado, porque na época em que ela trabalhava na fábrica de sapatos, se achava superior às outras mulheres ali, ela jamais teria pensado que iria se casar com um franco. Mas foi o que aconteceu. E ele era maravilhoso. Ele tinha tido uma esposa que morrera muito jovem, antes de eles terem filhos, e depois que a esposa morreu o que esse homem fazia, todos os dias durante a primavera, o verão e o outono, era voltar para casa depois do trabalho — ele e essa jovem esposa tiveram uma casa nos arredores de Shirley Falls com campos por todos os lados —, pegar o cortador de grama e simplesmente sair cortando a grama daqueles campos. Cortando, cortando, cortando. Então ele conheceu Isabelle.

"Ele parou de cortar a grama?", perguntou Olive.

Isabelle disse: "Ele já não cortava tanto".

Olive sentiu um calor envolvê-la; apoiou a bengala no chão e se impeliu para levantar da poltrona. "Bem, eu gosto do sol que você recebe aqui", disse.

Então aconteceu uma coisa que preocupou Olive bem mais do que a falta de sol em seu apartamento. O intestino de Olive começou a ficar solto. Primeiro acontecia à noite, ela acordava toda vez com uma sensação horrível de pavor, até que um dia, voltando do salão de jantar, pensou: É melhor eu correr para o banheiro, mas ela não chegou a tempo. Para Olive, foi absolutamente assustador.

No dia seguinte ela acordou às seis da manhã, pegou o carro — ela passou por Barbara Paznik e o marido, que estavam caminhando, Barbara acenou com entusiasmo — e foi até o Walmart fora da cidade. Caminhando o mais rápido que podia com sua bengala, comprou um pacote daquelas fraldas abomináveis para idosos, as trouxe de volta e guardou no alto do armário do banheiro. Ela se perguntava quando deveria pôr uma. Nunca sabia quando ia acontecer.

Algumas noites depois, após o jantar, enquanto ela e Isabelle caminhavam pelo corredor, Olive sentiu aquela urgência, e quando Isabelle perguntou: "Quer entrar?" Olive disse: "Sim, e rápido", e foi direto ao banheiro de Isabelle. "Ufa", disse, e enquanto se endireitava alguns minutos depois, ergueu os olhos e viu — uma caixa de fraldas geriátricas!

Olive saiu, sentou e disse: "Isabelle Goodrow Daignault. Você usa essas fraldas idiotas para idosos", e o rosto de Isabelle ficou vermelho. Olive disse: "Bem, eu também! Ou pelo menos devo começar a usar de vez em quando".

Isabelle empurrou os óculos para cima do nariz com o dorso de seu pulso inchado e disse: "A minha bexiga parece que não consegue se controlar, então tive que começar a usá-las. Nem sempre, mas à noite eu uso".

Olive disse: "Bem, o meu traseiro vaza, acho que isso é bem pior".

A boca de Isabelle se abriu, consternada. "Ah, meu Deus, Olive. Isso *é* pior."

"Só Deus sabe que é. Acho que acontece depois que eu como. Francamente, Isabelle. Agora não posso deixar de pôr as minhas *fraldinhas* idiotas. Até a minha neta não precisa mais delas — e já faz anos!"

Isabelle pareceu achar isso engraçado; ela riu a ponto de saírem lágrimas dos olhos. Depois ela disse a Olive que ficava constrangida de comprá-las quando pegava a van para ir ao mercado com os outros velhos (ela não tinha carro); ela tentava sempre levar escondido, e Olive disse: "Mas que diabos, posso comprar quantas você quiser, o que eu faço é ir ao Walmart quando ele abre, às seis da manhã".

"Olive." Isabelle soltou um suspiro. "Estou muito feliz por ter te conhecido."

Quando Olive voltou a seu apartamento, ela não escreveu nenhuma lembrança; apenas se sentou na cadeira, observou seus pássaros no comedouro do lado de fora da janela e pensou que não era infeliz.

E o ano passou. No Natal, Olive conheceu Amy Goodrow e o marido, que era asiático — Olive já sabia disso pelas fotos —, e ficou surpresa em ver Amy em pessoa; havia algo de doce e ao mesmo tempo de frio nela. Olive não soube o que pensar dela, mas disse a Isabelle, depois que eles foram embora — eles tinham vindo de avião passar três dias na cidade —, que ela era uma boa garota. "Ah, ela é *maravilhosa*", afirmou Isabelle, e Olive pensou nisto, no quanto Isabelle adorava aquela garota.

A família de Olive passou o Natal em Nova York. "Eles têm todas aquelas crianças pequenas, a árvore, toda aquela bobagem", Olive disse a Isabelle. E Isabelle disse: "Mas é claro".

Outra primavera chegou lentamente.

Uma noite, Olive percebeu que Bernie Green tinha alguns convidados na mesa do jantar. Ela observou da porta enquanto entrava. Era um casal, talvez na faixa dos cinquenta, mas enquanto olhava ela de repente se deu conta: Ora, mas era a garota Larkin! Então Olive foi até a mesa deles e disse: "Olá, você não é a garota Larkin?".

A mulher ergueu os olhos para ela, fechando seu cardigã vermelho-escuro com a mão, e disse, hesitante: "Sim?".

Olive disse: "Foi o que achei. Você se parece com sua mãe. Sou Olive Kitteridge. Ela era conselheira na escola em que eu trabalhava".

A mulher disse: "Bem, sou Suzanne, e esse é meu marido". O homem fez um gesto de cabeça para Olive, com simpatia. Olive achou que Suzanne era uma bela mulher, embora lhe parecesse que havia uma espécie de tristeza pulsando nela.

"Sabe, ah, isto já faz muitos anos..." Olive se sentou na cadeira vazia da mesa. "Uma vez sua mãe me chamou de filha da puta."

Suzanne Larkin levou a mão até a garganta, olhou para o marido e depois para Bernie. Bernie começou a rir.

"Ah, eu mereci", disse Olive. "Fui visitá-la depois que o meu marido morreu, e fui lá porque achava que os problemas dela eram piores do que os meus, e ela sabia que eu tinha ido lá por causa disso, foi extraordinário, realmente, nunca esqueci. Mas caramba, que coisa para se dizer."

Suzanne Larkin olhou para Olive, e então uma súbita expressão afável surgiu em seu rosto. "Lamento por isso", disse.

E Olive disse que não havia por que se lamentar, não mesmo.

"Ela faleceu nesta semana", disse a garota.

"Ah, nossa", disse Olive. Depois disse: "Bem, eu lamento. Por você".

A garota tocou de leve na mão de Olive. "Não há por que se lamentar." Ela se inclinou na direção de Olive. "Não mesmo."

* * *

Na maior parte do tempo, Olive e Isabelle falavam dos maridos e também um pouquinho da infância; Olive logo havia contado a Isabelle que seu pai tinha se matado na cozinha da casa dele quando Olive tinha trinta anos, e a expressão de Isabelle foi de uma tristeza genuína. Isso foi importante para Olive; se a mulher tivesse feito um ar reprovador, Olive achava que elas não teriam continuado amigas. Só de vez em quando mencionavam os netos, e um dia Olive perguntou a Isabelle por que ela não falava mais do neto, o sujeito da Califórnia que trabalhava com coisas de computador. Isabelle pôs a mão no queixo, pensando sobre isso. "Bem, ficar falando dos netos pode ser entediante para os outros, além disso…" Nesse momento Isabelle suspirou, olhou em volta pela sala de Olive — elas se alternavam nas visitas — e disse: "Além disso, eu realmente não o conheço muito bem. A verdade, Olive, é que Amy é boa comigo, mas ela mora em Iowa, e às vezes eu penso que quando um filho se muda para tão longe é porque está realmente tentando *fugir* de alguma coisa, e nesse caso desconfio que seja de mim".

Só então — de certa forma — Olive entendeu por que Christopher morava em Nova York. "Acho que você tem razão", disse devagar, a dor dessa constatação se ramificando como um reticulado dentro dela. Então ela pensou em Amy. Por isso aquela ligeira frieza dela: Amy amava a mãe, mas não era próxima dela. As coisas que acontecem na infância não vão embora.

"Eu amo meu neto", Isabelle estava dizendo, "ah, eu amo, mas ele realmente não faz parte da minha vida."

Olive começou a balançar o pé para cima e para baixo. Passado um minuto, falou para Isabelle de como havia escrito uma carta para o Pequeno Henry e outra para o irmão mais velho dele, que de repente tinha sido gentil com Olive, e os dois responderam, mas nisso ela recebeu uma ligação de Christopher dizendo:

"Mãe, você tem que escrever para as meninas também". Olive ficou chateada com isso, então escreveu para as meninas, mas nunca recebeu uma resposta delas.

Isabelle escutou e balançou a cabeça devagar. "Não sei, Olive", disse.

E Olive disse: "Eu também não sei".

Então um dia Isabelle não apareceu no jantar. Olive bateu na porta dela, e Isabelle foi abrir — embora tenha levado um longo tempo —, e ela tinha hematomas por todo o braço, que mostrou a Olive assim que Olive entrou. "Ah, Olive", disse. "Eu caí." Ela contou a Olive que estava entrando no chuveiro quando caiu e que por alguns momentos achou que ela não fosse conseguir se levantar, mas ela conseguiu, e agora estava com muito medo. Lágrimas cintilavam por trás de seus óculos. "Estou com medo de que eles me mudem para o outro lado da ponte", disse. E Olive entendeu.

Naquele dia, cada uma deu uma chave reserva de seu apartamento para a outra, e ficou decidido que toda manhã e toda noite uma delas ia abrir a porta do apartamento da outra para se certificar de que estava tudo bem, e depois apenas sair. Olive ficou surpresa com a enorme segurança que sentiu na primeira vez — naquela noite — em que ouviu sua porta sendo aberta às oito e viu Isabelle entrando em seu quarto. Olive acenou, Isabelle acenou e depois Isabelle saiu. E assim foi. Olive ia ver Isabelle às oito da manhã e Isabelle ia vê-la às oito da noite. Elas mal se falavam nesses momentos, apenas trocavam um aceno, e ambas concordavam que estava funcionando bem.

Um dia Olive abriu a porta do apartamento de Isabelle — era um pouco mais cedo que de costume, Olive estava acordada fazia horas — e quando já ia gritar "Sou eu", ouviu Isabelle falando, então ela quase saiu, pensando que Isabelle estava com algum amigo.

Mas aí Olive ouviu isto: Isabelle, falando com voz de criança, disse: "Mamãe, acha que eu sou uma boa menina?".

Então a voz de Isabelle mudou para um tom adulto e calmo, e ela disse: "Sim, querida. Acho que você é uma ótima menina. Eu realmente acho".

De novo a voz de criança de Isabelle: "Está bem, mamãe, isso me deixa feliz. Eu tento ser uma boa menina".

A voz adulta e calma de Isabelle: "E você consegue ser. Você é uma menina muito boa".

Voz de criança: "Mamãe, eu preciso tomar banho".

Voz adulta: "Está bem, querida. Pode ir".

Voz de criança: "Eu posso? Porque às vezes eu fico com medo. De cair ou de alguma coisa assim, mamãe".

Voz adulta: "Ah, eu entendo, querida. Mas você vai ficar bem. Você consegue".

Voz de criança: "Certo, mamãe. Obrigada, mamãe. Você é muito boa comigo".

Então Olive viu Isabelle indo na direção do banheiro, e Olive, no maior silêncio, tomando tanto cuidado que sentiu a tensão se espalhar por suas costas, fechou a porta, ouvindo o clique, e esperou na frente do apartamento de Isabelle; depois de alguns instantes ouviu o barulho do chuveiro, e Olive voltou pelo corredor até seu quarto.

Sentada em sua poltrona junto da janela, Olive continuava ouvindo Isabelle falando sozinha naquelas duas vozes diferentes; um arrepio percorreu seus braços. Será que a mulher era esquizoide? Olive não conseguia parar de sentir um medo profundo.

Talvez Isabelle estivesse ficando lelé. Outro arrepio percorreu a perna de Olive.

Naquela tarde, Olive disse a Isabelle, enquanto elas estavam sentadas no apartamento de Olive: "Tenho pensado muito na minha mãe".

Isabelle olhou com simpatia para Olive. "É mesmo?", disse. Como Olive não respondeu, Isabelle perguntou: "No que você tem pensado, Olive?".

E Olive disse, encolhendo os ombros de leve: "Acho que minha mãe não gostava realmente de mim. Acho que ela me amava, mas não sei se gostava de mim".

Isabelle disse: "Ah, Olive, que triste".

Então Olive entrou de cabeça e perguntou: "E a sua mãe, Isabelle? Me fale mais sobre como ela era".

A expressão de Isabelle não se alterou; ela apenas disse: "Ah, ela me amava. Mas sabe, Olive, eu a decepcionei. O fato de eu ter engravidado tão nova, isso foi muito difícil para a minha mãe. E depois ela morreu. Foi muito triste, Olive, esses anos todos isso me deixou triste, porque eu teria gostado que ela tivesse vivido o bastante para ver que Amy... ah, para ela ver que Amy é médica, e muito inteligente, eu teria gostado que ela soubesse do meu casamento com Frank. Ela teria se sentido muito melhor".

"Sim", disse Olive. "Bem, é a vida. Não há nada que se possa fazer."

"Não." Isabelle balançou a cabeça, concordando. "É verdade. Mas ultimamente ando sentindo saudade dela. Por algum motivo sobretudo agora. Às vezes eu converso com ela — faço até que ela fale comigo. Do modo como ela fazia quando eu era criança." Isabelle balançou a cabeça devagar; a luz refletia em seus óculos enquanto ela olhava para Olive. "Isso me consola. E as coisas se misturam com a mãe que eu mesma fui para Amy, porque acho que não fui uma mãe tão boa para ela. Você sabe, já te falei disso."

Olive teve que pensar sobre isso depois que Isabelle foi para seu apartamento. Ao que parecia, Isabelle não era esquizoide nem estava ficando lelé. Ela sentia saudade da mãe e a chamava com sua própria voz. Ou com a voz de sua mãe. Por um longo tempo, Olive ficou sentada em sua poltrona junto à janela. Um beija-flor veio até as treliças do lado de fora, em seguida um chapim. Olive, depois de muitos minutos pensando no que Isabelle tinha lhe contado, disse, hesitante: "Mãe?". Pareceu uma bobagem. Sua própria voz, a voz de uma mulher de oitenta e seis anos, dizendo essa palavra. E ela não conseguia responder na voz de sua mãe. Não, não ia funcionar.

Então, de alguma forma, Olive sentiu uma camada diferente de perda; de certa maneira, Isabelle ainda tinha sua mãe, e Olive não. Olive ficou sentada, refletindo sobre isso. Depois de um instante, se levantou e disse: "Ah, vá catar coquinho", sem saber a que se dirigia.

Era junho agora.

Uma semana antes, quando Olive saía do estacionamento com seu carro a caminho do Walmart, ela tinha visto Barbara Paznik e o marido fazendo sua caminhada matinal, e Barbara havia sorrido e acenado entusiasmada. Então parece (Olive ficou sabendo disto depois) que Barbara desabara em seguida; ela havia sofrido um derrame e dois dias depois morreu. Olive ficou chocada, e ficou chocada com o modo como aquilo a abalou.

Agora ela estava sentada no início da tarde em uma das cadeiras dispostas na sala de reuniões para o funeral de Barbara; ela havia colocado uma de suas fraldas, só para garantir. Isabelle não tinha vindo porque não conhecia a mulher, e disse que não achava certo ir. Havia cerca de vinte pessoas numa sala que comportava três vezes esse número. Ninguém estava chorando; eles permaneciam sentados ouvindo a filha de Barbara falar sobre como sua mãe sempre fora muito otimista, depois um sobrinho falou sobre como a tia Barbara sempre tinha sido muito divertida, e — basicamente — foi isso. Olive começou a voltar para o seu apartamento, mas então se virou e voltou para a sala de reuniões, onde encontrou o marido de Barbara falando com duas mulheres. Ela esperou até ele terminar, depois disse: "Barbara tentou ser gentil comigo um dia, e eu não fui muito simpática com ela. Sinto muito por ela ter partido. Sinto por você", acrescentou.

E o homem foi tão gentil! Ele pegou a mão dela e agradeceu, chegou até a chamá-la de Olive, dizendo que ela não devia se preocupar com o modo como havia tratado Babara; sua esposa nunca tinha mencionado nada. Depois ele se inclinou e deu um beijo no rosto de Olive. Ela não acreditou.

E ela não acreditava em como se sentia triste.

Durante toda aquela tarde ela permaneceu sentada em sua poltrona junto à janela, refletindo sobre muitas coisas. Ela não tinha sido simpática com Barbara Paznik porque a mulher era de Nova York. Depois pensou em como Barbara Paznik era mais nova que ela mesma, Olive, e cheia de energia, e agora se fora. Morta. Olive não parava de visualizar o rosto bonito e animado da mulher. E de alguma forma Olive, apesar de já ter perdido dois maridos, agora entendeu que aquilo tinha a ver com ela,

Olive. *Ela* ia morrer. Para ela parecia algo extraordinário, incrível. Ela nunca havia realmente acreditado nisso.

Mas, apesar de tudo, sua vida estava quase no fim. Sua vida se agigantava atrás dela como uma rede de pesca de sardinhas, com toda a espécie de algas inúteis, pedaços quebrados de conchas e peixes minúsculos brilhando — as centenas de alunos para quem ela tinha dado aula, as meninas e os meninos do ensino médio por quem ela passara no corredor quando era estudante (muitos — a maioria — já deviam estar mortos), os bilhões de traços de emoção que ela havia sentido enquanto olhava um nascer do sol, um pôr do sol, as diferentes mãos de garçonetes que tinham lhe servido xícaras de café —, tudo isso deixando de existir, ou prestes a deixar.

Olive mudou um pouco de posição na poltrona, com sua fralda por baixo da calça preta e sua blusa florida. Ela não parava de pensar: Barbara Paznik estava viva e agora está morta. Depois, a mente borbulhando, Olive de repente se lembrou de quando era criança e caçou gafanhotos, de tê-los colocado num vidro com a tampa fechada e de seu pai ter dito: "Solte os gafanhotos, Olive, senão eles vão morrer".

Depois ela pensou em Henry, na bondade de seus olhos de rapaz, e na bondade que continuou ali com ele já cego depois do derrame, na expressão gentil de seu rosto enquanto ficava sentado naquela cadeira de rodas fitando o vazio. Ela pensou em Jack, em seu sorriso furtivo, e pensou em Christopher. Ela tinha tido sorte, achava. Fora amada por dois homens, e isso tinha sido uma sorte; sem sorte, por que eles a teriam amado? Mas foi o que aconteceu. E seu filho parecia ter se aproximado dela.

Era consigo mesma, Olive percebeu, que ela não estava feliz. Ela se mexeu ligeiramente na poltrona.

Mas era tarde demais para ficar pensando nisso...

* * *

Assim, ela ficou sentada, observando o céu, as nuvens lá em cima, em seguida desceu os olhos até as rosas, que estavam realmente maravilhosas depois de apenas um ano. Ela se inclinou para a frente e observou a roseira — ora, se não era outro botão nascendo ali bem atrás daquela flor! Ah, como isso a deixou feliz, a visão desse botão de rosa fresco. Então ela se recostou de novo na poltrona e pensou em sua morte, e a sensação de espanto e ansiedade regressou.

Uma hora ia acontecer.

"Pois é, pois é", disse. E por muitos minutos ainda ela ficou ali sentada, sem nem mesmo saber realmente em que estava pensando.

Por fim Olive se levantou devagar, apoiando-se na bengala, e foi até a mesa. Sentou-se em sua cadeira, pôs os óculos e uma folha nova na máquina de escrever. Inclinando-se para a frente, pressionando as teclas, ela escreveu uma frase. Depois outra. Tirou a folha de papel e colocou-a com todo cuidado no alto de sua pilha de lembranças; as palavras que acabara de escrever reverberavam em sua mente.

Não tenho a menor ideia de quem eu fui. Verdade seja dita, eu não entendo nada.

Olive apoiou a bengala no chão e se levantou com esforço. Estava na hora de ela ir buscar Isabelle para o jantar.

Agradecimentos

Gostaria de agradecer às seguintes pessoas pela ajuda com este livro: Jim Tierney, Kathy Chamberlain e Jeannie Crocker, minha amiga de infância que me tranquilizou em relação às diferenças culturais entre Nova York e o Maine; Ellen Crosby, minha companheira de quarto na faculdade, cujo apoio ao longo dos anos tem sido significativo e importante, e que forneceu aos meus leitores o nome da cidade de Crosby; Susan Kamil, Molly Friedrich, Lucy Carson, dr. Harvey Goldberg e — sempre — Benjamin Dreyer.

ESTA OBRA FOI COMPOSTA EM ELECTRA PELO ACQUA ESTÚDIO E IMPRESSA
PELA GRÁFICA SANTA MARTA EM OFSETE SOBRE PAPEL PÓLEN SOFT DA SUZANO S.A.
PARA A EDITORA SCHWARCZ EM JANEIRO DE 2023

A marca FSC® é a garantia de que a madeira utilizada na fabricação do papel deste livro provém de florestas que foram gerenciadas de maneira ambientalmente correta, socialmente justa e economicamente viável, além de outras fontes de origem controlada.